BASTEI
LÜBBE

Douglas Ryne Pearson

Der rote Schaukelstuhl

Aus dem Amerikanischen übertragen
von Bettina Albrod

BASTEI
LÜBBE

BASTEI-LÜBBE-TASCHENBUCH
Band 12 776

Deutsche Lizenzausgabe 1997
Originaltitel: Simple Simon
Printed in Germany, Januar 1998
Titelbild und Umschlaggestaltung: Richardt - Savsek - Turek, Köln
Satz: hanseatenSatz-bremen, Bremen
Druck und Verarbeitung: Elsnerdruck, Berlin

Der Preis dieses Bandes versteht sich einschließlich
der gesetzlichen Mehrwertsteuer.

Für Dominic und Melissa

Danksagung

Mehr denn je gebührt mein Dank R. H., S. H. und M. G. Außerdem meinen Freunden und meiner Familie für ihr Vertrauen und dafür, daß sie in jedem Buchladen, den sie besuchen, meine Bücher mit der Titelseite nach oben legen. Clyde Taylor, für die Starthilfe. Chuck Verrill für die Beratung. Howard Sanders und Richard Green dafür, daß sie Träume haben wahr werden lassen, und Joe Singer, Maureen Peyrot und Karen Kehela dafür, daß sie die Bilder gesehen haben, die eine Geschichte manchmal heraufbeschwört. Und wie immer meiner Frau Irene dafür, daß es sie gibt und daß sie bei mir ist.

PROLOG

Der Sohn erhebt sich

Im Norden Tokios ...

Keiko Kimura stand am Fußende des Bettes. Ein schlichtes weißes Nachtkleid mit Spaghettiträgern umspielte ihre noch immer verführerischen Formen. Sie fand die beginnende Erektion des Amerikaners wenig eindrucksvoll und dachte unwillkürlich daran, daß sein Blut teuflisch schwer aus der feinen Seide rauszukommen wäre.

Aber sie konnte weder den Taumel leugnen, in den die warme, rote Nässe auf ihrer Haut sie stürzte, noch die Höhen, in die ein Schmerzensschrei sie trug, und als sie den nackten, blassen Körper betrachtete, der da freiwillig an die Bettpfosten gefesselt lag, wußte sie, daß die ruinierte Wäsche ein angemessener Preis sein würde.

»Benutze mich, mama-san«, forderte der Amerikaner mit verlangendem Blick und erwartungsvoll in den Fesseln zuckenden Gliedern, Fesseln, auf die er bestanden hatte, um irgendeine masochistische Phantasie auszuleben. »Tu mir weh.«

»Du willst, daß Keiko dich schlägt?« Ein Fuß glitt über den hölzernen Boden, dann der andere, bis sie neben dem Bett stand. Das dunkle Haar fiel ihr über die Schultern, und dunkle Augen wanderten über seinen Körper. Als sie sich auf die Matratze setzte, erschien ihre Zungenspitze und fuhr leicht über ihre Unterlippe.

Er lächelte breit, und sein Brustkasten hob und senkte sich. Seine Erektion wurde stärker. »Ich will, daß du mich *bestrafst.*«

Als er *das* Wort aussprach, weckte er ein urtümliches Verlangen in ihr. *Bestrafen,* dachte sie. Er sprach es so eindringlich aus, und sein Verlangen danach war so eindeutig und groß, daß Keiko sich die Melodie dieses Wortes innerlich wieder und wieder vorsang. Nach ein paar Wiederholungen spürte sie, daß sie feucht wurde.

»Mach schon, mama-san, ich brauche das so, und ich brauche es schnell ...«

Keiko wandte den Kopf und sah dem Mann direkt in die Augen. Auf seinem Gesicht hatten sich glitzernde Schweißperlen gebildet. Sie stellte sich jeden kleinen Tropfen als blutrote Perle vor – blutige Tränen, die er weinte ... ihretwegen weinte.

Oooh, Liebling, dachte sie, während Wärme in ihr aufstieg und sie fast zum Höhepunkt brachte, ehe sie sich selber Einhalt gebot. *Zu viel. So schnell, zu viel.* Sie würde Zeit genug haben für die Lust, aber es war wichtig, daß erst das Geschäft kam, ehe ihr Spielzeug tot war.

»Mach schon«, verlangte der Amerikaner jetzt mit zusammengebissenen Zähnen.

»Erst mußt du etwas für Keiko tun«, sagte sie und fuhr mit der Hand durch die schwarzen Locken auf seiner Brust. Sie fand seine Brustwarze und drückte sie fest zwischen Daumen und Zeigefinger.

»Uuunnnh«, stöhnte er, und sein Gesicht verzog sich im ersten lustvollen Schmerz. Dafür hielt er es zumindest.

Keikos Fingernägel waren an den Enden scharf zugespitzt, und damit zwickte sie ihn jetzt. Fest, sehr fest, so fest, daß der Amerikaner aus seiner aufkeimenden erotischen Stimmung gerissen und zu *echtem* Schmerz gezwungen wurde.

»Heh! Nicht so doll!«

Fast beiläufig grub Keiko die Nägel tief in die Brustwarze und riß ihre Finger zurück, trennte den Nippel ab und schleuderte den Fetzen rosa Fleisch beiseite. Er traf die weiße Wand, wo er eine grellrote Spur hinterließ, ehe er zu Boden fiel.

»Verflucht, du verrückte Hexe! –«

Er bäumte sich auf und zog und zerrte und kämpfte. Blut sprühte aus der Wunde und befleckte Keikos Gesicht und das Nachtkleid, um das sie sich vor kurzem noch Gedanken gemacht hatte. Wieder kam ihre Zunge zum Vorschein und leckte die Tropfen von der Oberlippe. Ihr Geschmack, ihr bloßes Vorhandensein auf ihrem Gesicht machten es ihr sehr schwer, sich auf das Geschäftliche zu konzentrieren. Fast unmöglich. »Du solltest mit mir reden, Joe.«

»Joe?« fragte der Amerikaner trotz der Schmerzen. Er wußte nicht, daß für seine Peinigerin alle Amerikaner Joes waren.

»Du bist nicht der einzige, der Keiko heute nacht bezahlt, Joe.« Ihr Mund genoß den salzigen Metallgeschmack seines Blutes. *Darin baden*, dachte sie. Bald, wenn auch nie bald genug. »Jemand will wissen, was du weißt.«

Er runzelte bei ihren Worten die Stirn. Ein warmes rotes Rinnsal floß seine Rippen entlang. »Du bist eine verdammte Geistesgestörte! Will was wissen?«

Keikos Gesicht nahm einen bestimmten Ausdruck

an – kein Lächeln oder Ärger. Nichts, was leicht einzuordnen war. *Der Blick eines Tieres auf einem menschlichen Gesicht,* dachte der Amerikaner. Dann sah er, daß in ihrer blutigen Hand jetzt ein Messer aufblitzte.

»Du weißt es«, sagte sie und hielt das Messer zierlich am Griff, malte damit langsam Achten vor seinem Gesicht.

»Weiß was?« schrie er jetzt, fast bettelnd.

Endlich lächelte sie und senkte das Messer, um mit der harten Arbeit dieser Nacht zu beginnen. »Es spielt keine Rolle, Joe. Du wirst mir alles über alles erzählen, und ich werde es ordnen.« Sie stach ihm in die Nasenspitze und führte die Schneide des Messers dann langsam an ihre Zunge, kostete den Geschmack. Seine Existenz war so flüchtig, wie es ihr Orgasmus sein würde. Am Morgen, wenn sie den Job erledigt haben würde und dieses Spielzeug beiseite geschafft worden war, würde die heftige Begierde erneut einsetzen. Mit der Begierde kam die Not. Und für diese Not würde jemand da sein, irgendwo, der Befriedigung versprach. Bis dahin ... »Genieße es einfach, Joe. Wir haben die ganze Nacht.«

Nach kaum zwei Monaten in Chicago hatte sich Art Jefferson den US-Anwalt Angelo Breem zum Feind gemacht.

»Was, zum Teufel, sollte das, Jefferson?« wollte Breem wissen, als er den zweiten Mann von Chicagos FBI auf den Gerichtsstufen eingeholt und am Ellbogen gepackt hatte.

Art warf einen Blick auf Breems dürre Hand, und

der US-Anwalt zog sie klugerweise zurück. »Was sollte was?«

Breem, der immer noch außer Atem war, weil er hatte sprinten müssen, um Art zu erwischen, nachdem das Gericht sich vertagt hatte, deutete mit einem zitternden Finger auf den Mann, den er für einen Abtrünnigen hielt. »Sie wissen ganz genau, wovon ich spreche. Was Sie da im Zeugenstand ausgesagt haben, wird Kermit Fiorello die Freiheit bringen!«

Art wandte sich um und stieg eine Stufe höher, so daß er jetzt mit Breem auf gleicher Stufe stand. Er überragte den eifrigen Staatsanwalt um mindestens zehn Zentimeter. »Ich habe die Wahrheit gesagt.«

»Um Himmels willen, Jefferson! Sie wissen, daß Fiorello schuldig ist! Schuldig wie die Sünde! Er ist für wenigstens sechs Auftragsmorde verantwortlich, von denen wir ihm zwei hätten nachweisen können, plus die Erpressungsanklagen, wenn *Sie* nicht weich geworden wären!«

»Weich?« wiederholte Art und neigte den Kopf. Eine Ader schwoll an seiner linken Schläfe. »Hören Sie mir mal zu, Mr. US-Anwalt, wenn Sie sich besser in acht genommen hätten, hätte ich überhaupt nicht aussagen müssen. Ihr Fall war von Anfang an schwach. Und deshalb haben Sie sich entschieden, mich aufzurufen, damit ich irgendeine alte Geschichte über Fiorello ausgrabe. Das war vor fünfzehn Jahren, Breem. Es hatte nichts mit dem papierdünnen Fall zu tun, den Sie bis vor zehn Minuten verfolgt haben. Ich habe Ihren Fall nicht getötet, er hat sich selbst umgebracht.«

Breem kochte vor Wut, und seine Hände ballten sich unwillkürlich zu Fäusten. Am liebsten hätte er dem selbstbewußten schwarzen Agenten einen Schwinger verpaßt. *Mr. Hohes Tier kehrt von seiner Zeit an der Küste zurück.* »Er ist schuldig, Jefferson.«

»Denken Sie, das wüßte ich nicht?« fragte Art und beugte sich ganz dicht zu Breems Gesicht hinunter. Breems Züge waren bleich und schroff. »Ich war schon hinter Fiorello her, als Sie noch Ihren Vergnügungen nachgingen.«

»Warum haben Sie dann ausgesagt, er hätte nichts mit dem Carerra-Mord zu tun?«

»Weil er es nicht hat!« Art trat zurück und schüttelte den Kopf. »Wenn Sie sich die Mühe gemacht hätten, mit mir zu sprechen, ehe Sie mich in den Zeugenstand holten, dann hätte ich Ihnen das gleich sagen können. Aber nein, Sie bauen den ganzen Fall auf diesem einen Verbrechen auf. Wenn Fiorello Carerra auf dem Gewissen hat, dann auch zehn Jahre später Tangini, und dann Picone und so weiter. Bei Tangini und Picone stimmt es, aber nicht bei Louie Carerra. Jeder Agent, der damals damit zu tun hatte, hätte Ihnen das sagen können.« Er bohrte einen kräftigen Finger in Breems rote Krawatte. »Sie haben Ihre Hausaufgaben nicht gemacht, und deshalb ist Kermit Fiorello wieder ein freier Mann. Danken Sie sich selbst, Breem, bevor Sie die Schuld bei einem anderen suchen.«

Damit wandte Art dem US-Anwalt den Rücken zu und lief leichtfüßig die Stufen hinunter, wobei er die Blicke, die ihn erdolchten, ignorierte. Aus Leuten wie Breem machte er sich nicht viel. Hochgestochenes Geschwafel und großartige Inszenierung im Gerichtssaal, ja, aber nichts wirklich Handfestes, um einen Fall von Anfang bis Ende zu untermauern. Breem wollte so schnell wie möglich Karriere machen, und in diesem Fall war er einen verdammten Schritt zu schnell gewesen. Es hatte den Anschein, als wollte jeder US-Anwalt so schnell wie möglich nach Washington kommen und dort ein hübsches Büro im Justizministerium ergattern. Nun, Angelo Breems Weg an die Spitze war gerade an einer Umleitung angelangt, und Art machte sich keinerlei Illusionen darüber, daß dieses Würstchen ihn bis an sein Lebensende dafür verantwortlich machen würde.

Was soll's? sagte sich Art, als er unten angekommen war und sich Richtung Dearborn wandte, um bei Nico's etwas zu essen. In seinen langen Jahren beim FBI hatte er sich schon gefährlichere Feinde gemacht. Was konnte ihm ein armseliger US-Anwalt schon anhaben?

Nummer 6601 brauchte einen Eingriff.

Das Zwei-Milliarden-Dollar-Teil aus Elektronik und bilderschaffender Zauberei, das unter dem Namen KH-14 bekannt war und die Erde in einer 89-Grad-Umlaufbahn synchron zur Sonne in 150 Seemeilen Entfernung umkreiste, arbeitete gerade ein Jahr lang von einer für zehn Jahre geplanten Zeitspanne, als *Atlantis,* dasselbe Shuttle, das es in die Umlaufbahn gebracht hatte, eine Stunde vor Sonnenuntergang in Cape Canaveral in Florida startete. Bei der vierten Umkreisung traf sich *Atlantis* mit dem Aufklärungssatelliten und paßte sich präzise dessen Kurs und Geschwindigkeit an. Zwillingsmonde von Menschenhand im Orbit von Mutter Erde.

Als an der Ostküste die Sonne unterging, verließen

zwei Männer vom Planeten Erde die *Atlantis* und legten mittels MMUs (manned maneuvering units = bemannte Manövriereinheiten) die zehn Meter zu Nummer 6601 zurück. Einer der Astronauten hatte Werkzeug bei sich. Der andere trug eine kleine Schachtel von der Größe eines Schuhkartons. Im klaren Sonnenlicht des Alls schimmerte sie silbern.

Der Astronaut mit den Werkzeugen öffnete ein Zugangspaneel an der Seite des Satelliten, hinten, unterhalb des zweiten Solarpaneels. Er arbeitete sorgfältig und entfernte vier Riegel, die eine rote Schachtel hielten. Ein Kabel führte in die rote Schachtel hinein, ein zweites heraus. Er kabelte sie ab und zog die rote Schachtel heraus.

Er brauchte weitere zwanzig Minuten dafür, die silberne Box einzusetzen und die Kabel wieder anzuschließen.

Nachdem sie die Reparatur abgeschlossen hatten, nahmen die Astronauten die rote Schachtel mit und gingen wieder an Bord der *Atlantis*. Sie sollten die »wissenschaftlichen« Experimente von Mission 98-A noch acht Tage fortsetzen und dann, wenn das Wetter es erlaubte, wieder in Cape Canaveral landen.

Nummer 6601 brauchte nur fünf Minuten, um sich von dem Eingriff zu erholen, gerade lange genug, um über verschiedene geheime Einrichtungen den Kontakt mit Kontrolleuren am Boden an verschiedenen Orten der Vereinigten Staaten wiederherzustellen. Alle antworteten in demselben Kauderwelsch. Sie verstanden einander. Aber niemand sonst tat es.

Nummer 6601 hatte gerade eine neue Sprache gelernt.

Es war sehr spät, als der Vater in der Ecke des Kinderzimmers im Schaukelstuhl saß und seinen Sohn auf den Schoß nahm. Der Sohn trug einen weißen Flanellpyjama mit kleinen blauen Schneeflocken darauf, und als er sich in die starken Arme kuschelte, drückte er seine Nase in den Nacken des Vaters. Der Sohn erkannte den schwachen Geruch von Motoröl, und das beruhigte ihn. Er steckte den Daumen in den Mund und fing an zu nukkeln.

»Weißt du, wieviel Sternlein stehen an dem blauen Himmelszelt«, begann der Vater leise zu singen. Er traf den Ton nicht, und der Rhythmus war falsch. Der Junge war damit zufrieden, er kannte es nur so. »Weißt du, wieviel Wolken gehen, weithin über alle Welt.«

Dem Sohn fielen die Augen zu, und er begann, stärker an seinem Daumen zu saugen. Der Vater starrte mit leerem Blick an die Wand und summte weiter die Melodie. Er hatte schon lange aufgehört, Gott darum zu bitten, seinen Sohn zu heilen. Er nahm ihn nun so, wie er war. *»Gott, der Herr, hat sie gezählet, daß ihm auch nicht eines fehlet an der ganzen großen Zahl.«*

Der Vater liebte seinen Sohn. Er hatte ihm jede Nacht seines Lebens, bis auf eine, vorgesungen. Es war ihre besondere Zeit. *»Weißt du, wieviel Sternlein ...«* Von diesem Punkt summte er dann nur noch. *»Hmm-hm-hm-hm-hmmmm-hm-hm.«*

Der Sohn schlief in den Armen seines Vaters sicher ein.

Eine halbe Welt entfernt gab es für den Sohn eines anderen Vaters keine Sicherheit. Sein Körper war schon kalt.

Aber in der Stille dieses Hauses im Mittleren Westen

gab es nur Frieden, als der Vater sein Wiegenlied summte und sein Sohn tief schlief, während die Nacht fortschritt. Dieses Ritual änderte sich nie.

Vorerst.

KAPITEL 1

Der Himmel stürzt herab

Simon Lynch saß in dem kleinen Raum allein an einem viereckigen Tisch, den Stuhl etwas zurückgeschoben, die Hände im Schoß gefaltet. Sein Oberkörper bewegte sich in einem gleichförmigen Rhythmus vor und zurück, wie ein lebendes Metronom. Seine Augen, grün und mißtrauisch, wanderten über die leere Tischfläche, blieben nirgends länger als eine Sekunde haften. Ein paar blonde Haare hingen ihm in die Stirn. Seine Lippen bewegten sich immer schneller, als würde er rezitieren.

Die vier Wände des Raumes waren weiß und schienen kahl zu sein. Doch eine war es nicht.

»Wie alt ist er?« fragte Dr. Anne Jefferson, den Blick auf den großen Bildschirm gerichtet. Das Studienobjekt befand sich fünf Meter entfernt in einem schalldichten Beobachtungsraum. Eine perfekt getarnte Kamera sendete die Bilder.

»Er ist vor zwei Wochen sechzehn geworden«, antwortete Dr. Chas Ohlmeyer. Ein Notizblock lag auf seinen Knien. Auf Annes Schoß leuchtete ein Notizcomputer. »Wie können Sie mit dem Ding Beobachtungen festhalten?«

»Damit?« Sie schüttelte lächelnd den Kopf. Ihr Lächeln war ihr größter Pluspunkt, zumindest hatte das ihr frischgebackener Ehemann behauptet. Wenn sie nicht lächelte, war sie einfach nur eine klassische Schönheit mit einer Haut, die die Farbe von Vollmilchschokolade hatte und so weich war wie die eines Babys. Bei der richtigen Beleuchtung schienen ihre Augen fast durchsichtig zu sein. Das schwarze Haar war zu einem lockeren Pferdeschwanz gebunden, um dem Sturm, der vom Lake Michigan blies, zu trotzen. »Sie haben noch immer eine Couch in Ihrer Praxis, nicht wahr?«

Ohlmeyer akzeptierte den freundschaftlichen Seitenhieb. »Freud ist mein Idol.«

Anne kicherte, dann wandte die sich wieder dem Bildschirm zu. »So, Simon Lynch. Sie glauben, seine Persönlichkeit durchschaut haben?«

Ohlmeyers Gesichtsausdruck verriet nichts. »Ich hoffe, Sie können mir bei der Einordnung helfen. Er kommt erst seit ein paar Monaten ins Thayer. So lange hat er gebraucht, um sich ein bißchen einzugewöhnen und langsam zu öffnen. Letzte Woche dann ... aber sehen Sie selbst.«

Sie betrachtete den jungen Mann auf dem Bildschirm genau. Beim ersten Hinsehen mochte ein weniger professioneller Betrachter eine Nervenkrankheit vermuten. Zugegeben, die Szene hatte etwas von einem Polizeifilm: Das Befragungszimmer, ein leerer Würfel mit einer Tür und einer Lampe an der Decke, am Tisch der Verdächtige, der auf die beiden Polizisten wartete. Und doch war es nicht so, und das Verhalten entsprach nicht einem Nervenkranken. Hier ging es um etwas Schwerwiegenderes.

Links im Bildschirm öffnete sich die Tür. Anne fiel sofort auf, daß sich Simons Bewegung ein wenig beschleunigte. Eine junge Frau trat ein, sprach ein paar beruhigende Worte zu dem Studienobjekt und stellte eine Schachtel auf den Tisch, ehe sie sich zurückzog. Die Tür fiel mit einem weichen Klicken ins Schloß.

»Was ist das?«

»Ein Puzzle«, antwortete Ohlmeyer. Ein subtiles Grinsen erschien auf seinem faltigen Gesicht. »Wir haben herausgefunden, daß Simon Puzzles mag.«

Annes Finger bewegten sich über das kleine Keyboard und hielten ihre ersten Beobachtungen fest. Nach dreißig Sekunden begann sie langsamer zu tippen. Dann hörte sie ganz auf und beugte sich mit geweiteten Augen zum Monitor vor. »Oh, nein.«

Simon Lynch hatte den Inhalt der Schachtel, fünfhundert gezackte Teile ähnlicher Form und Größe, so auf dem Tisch ausgebreitet, daß keines ein anderes berührte. Den Deckel der Schachtel, auf dem eine überdachte Brücke in ländlicher Szenerie abgebildet war, hatte er kaum eines Blickes gewürdigt. Jetzt lag der Deckel mit der Oberseite nach unten auf dem Boden. Die leere Schachtel legte er dazu. Dann fing er mit dem Puzzle an.

»Chas, er ist –«

»Ich weiß.«

Erst richtete Simon alle Teile in eine Richtung aus, ohne daß sie einander berührten. Sie konnten sich nur berühren, wenn er sie zusammensetzte. Und das tat er nur dann, wenn sie mit der Bildseite nach unten lagen. Als auf der Tischfläche nur noch eine Menge grauer Puzzleteile zu sehen war, beugte Simon sich weiter vor und fing mit funkelnden Augen an, die Teile zusammenzusetzen. Es klappte sehr gut. Fast keine Fehlversuche.

»Guter Gott, Chas«, kommentierte Anne leise, fast

andächtig. Sie war keine Beobachterin mehr, sie war jetzt Zuschauerin.

»Erstaunlich, nicht wahr?« Ohlmeyer warf einen Blick auf seine Rolex. *Fünfundzwanzig Sekunden.* Simon hatte ein Viertel dessen geschafft, was er früher in ganzen Sitzungen geleistet hatte. Mehr als zwei Teile pro Sekunde. Dr. Chas Ohlmeyer, Dekan der Schule für Psychologie der Universität von Chicago und Direktor des Lewis Thayer-Zentrums für Fehlentwickler, lächelte strahlend angesichts dieser Leistung. Eine Leistung, die nie öffentlich Eindruck machen oder von ihm erklärt werden könnte, aber die der Experte zu schätzen wußte.

Anne nickte in Richtung des Bildschirms. »Erstaunlich«, urteilte sie. »Wie oft haben Sie das schon mit ihm gemacht?«

»Das Puzzle? In einer Testsituation dreimal. Es war nicht geplant. Simon kam einfach hereingeschneit.«

»Wie bitte?« fragte Anne, die Augen weiter auf den Bildschirm geheftet. Die Hälfte der Teile hatte sich jetzt zu einem grauen Dreieck verbunden.

»Wenn ich sage ›kam hereingeschneit‹, meine ich mehr als nur das Talent, das Sie gerade beobachten«, erklärte Ohlmeyer. »Er wäre nie zu uns – oder sonst jemandem – gekommen, wenn er nicht an einem häßlichen Virusinfekt gelitten hätte. Seine Eltern hatten ihn, seit er ein Jahr alt war, sehr abgeschirmt aufgezogen. Damals war ihnen und ihrem Arzt klargeworden, daß es in seiner Entwicklung schwerwiegende Unregelmäßigkeiten gab. Seine Eltern dachten nur eins: zurückgeblieben.« Einen Moment lang wurde Ohlmeyers Gesichtsausdruck säuerlich, was ihn Jahre älter als fünfundfünfzig aussehen ließ. »Als sie ihn zur Behandlung seiner Infektion vor ein paar Monaten in die Uni brachten, erkannte der behandelnde Arzt – Sie kennen ihn, Larry Wollam – die verhaltenstypischen und entwicklungsgemäßen Symptome. Er überredete Simons Eltern, ihn zu einer Untersuchung ins Thayer zu bringen. Als wir ihnen die Ergebnisse mitteilten, war es ihnen gewissermaßen gleichgültig; sie hatten noch nie etwas von Autismus gehört.«

»Sie scherzen wohl«, meinte Anne und wandte für eine Sekunde den Blick von Simon ab. Als sie wieder hinsah, waren schon drei Ecken des Puzzles fertig.

»Es sind einfache Leute«, fuhr Ohlmeyer fort. »Der Vater ist Mechaniker, die Mutter Hausfrau, beide Ende Vierzig. Ich war der, der ihnen alles erklärt hat. Ich glaube, die Mutter versteht es besser als der Vater. Er glaubt immer noch, daß er einen zurückgebliebenen Sohn hat.«

»Aber der Junge ist hier in Behandlung«, sagte Anne, um ihn zum Weiterreden zu bringen.

»Ja, das ist er. An seinem ersten Tag hier hat ihm einer der Pfleger ein Fünfundzwanzig-Teile-Puzzle gegeben. Wirklich einfach, eine blaue Kuh und ein rotes Schwein, glaube ich, ich weiß es nicht mehr genau. Simon hat es nie angerührt. Am nächsten Tag nahm er ein Fünfhundert-Teile-Puzzle aus dem Regal, tja, und nun ...«

»Von sich aus?«

»Ganz allein«, bestätigte Ohlmeyer stolz. Er empfand über den Fortschritt jedes Patienten Stolz, und in diesem Fall war es so, als beobachte man eine Blüte, die im Winter aufgeht. »Die Pfleger haben ihm ein Tausend-Teile-Puzzle gegeben ... nichts. Dann wieder eins mit fünfhundert ... *voilà*! Er macht nur Puzzle mit fünfhundert Teilen, und immer erst, nachdem er die Bildseite nach unten gedreht hat.«

»Andere Fähigkeiten?« wollte Anne wissen. Die vierte und letzte Ecke des Puzzles stand jetzt kurz vor der Vollendung.

»Sofortiges Erkennen und Einordnen, da sind wir sicher. Wir haben ihm ein Fünfhundert-Teile-Puzzle gegeben und vorher ein Teil entfernt. Er fing an, die Teile umzudrehen, hörte dann nach Sekunden damit auf und fing an, nervös hin und her zu schaukeln.«

»Die Ordnung war gestört«, kommentierte Anne. »Wie schnell nach seiner Geburt traten die Symptome auf?«

»Nach ein paar Monaten«, antwortete Ohlmeyer mit einem Nicken. »Frühkindlicher Autismus. Und ja, er kann sprechen, und zwar seit seinem zweiten Lebensjahr.«

Die einzelnen Teile verschwanden, bis nur noch ein graues Rechteck, durchkreuzt von den krummen Linien des Puzzles, übrig war. Simon ließ die Hand kurz darüber schweben, dann legte er sie wieder in seinen Schoß und begann erneut, leicht hin und her zu schaukeln.

»Alle Anzeichen sprechen dafür, daß er ein Kanner ist«, sagte Anne und bestätigte damit Ohlmeyers Verdacht, daß Simon Lynch möglicherweise zu jener zehn Prozent umfassenden Untergruppe der Autisten gehörte, die als sogenannte Kanner bekannt waren. Diese Patienten wiesen ähnlich fortgeschrittene Fähigkeiten im Erinnerungs- und Rechenvermögen auf und beharrten auf eine immer gleiche Umgebung. Einige zeigten bemerkenswerte mathematische, künstlerische oder musikalische Begabungen. Ein noch geringerer Prozentsatz verfügte auf einzelnen Gebieten über herausragende Fähigkeiten.

Dr. Anne Jefferson, Psychologieprofessorin an der Universität von Chicago, sah voller Bewunderung auf den Bildschirm und beobachtete einen jungen Mann von bemerkenswerter – *ja,* so sagte sie sich, *vielleicht sogar das* – Begabung, der leise vor und zurück schaukelte.

Ohlmeyer nickte. »Ich wollte nicht, daß Sie voreingenommen sind.«

»Immer ganz Wissenschaftler, Chas, was?« Sie schaltete ihren Computer ab und schloß den Deckel. »Haben Sie schon die beiden Hirnhälften überprüft?«

»Oberflächlich, aber ich denke, jetzt sollten wir es machen, mit dem ganzen Drum und Dran. Natürlich muß ich seinen Vater erst dazu bringen, daß er seine Erlaubnis gibt. Die Mutter ist auf unserer Seite, aber es hat uns einige Mühe gekostet, den Daddy dazu zu bringen, daß Simon drei Tage die Woche ins Thayer kommen kann. Wir mußten Hin- und Rückfahrt klären, dafür sorgen, daß die Kosten erlassen werden, und so weiter und so fort ...« Ohlmeyer legte seinen Notizblock beiseite und griff nach einer Zeitschrift, die auf dem Tisch lag. Er rollte sie zu einer festen Röhre und deutete damit spielerisch drohend auf Anne. »Sie denken es, geben Sie es zu.«

»Daß er ein Gelehrter sein könnte? Sie doch auch.«

Ohlmeyer tat ihren Einwand mit einem Kopfschütteln ab.

»Würden Sie Simon gern kennenlernen?« Er hielt die Zeitschrift hoch. »Die muß ich ihm geben, ehe er nach Hause geht.«

Anne streckte die Hand aus, nahm die Zeitschrift

und entrollte sie. *»Der Stümper?«* Sie las den Adreßaufkleber. »*Sie* sind ein Mitglied der Stümper-Gesellschaft?«

»Ist das so schwer zu glauben?« fragte Ohlmeyer und grinste. »Mit meiner Intelligenz kann ich mir das doch wohl leisten.«

Sie verdrehte ironisch die Augen und begann, durch die Zeitschrift zu blättern. Die Stümper-Gesellschaft war eine lose Gemeinschaft von Leuten mit besonders hohem IQ, und das hier war ihre zweimal im Monat erscheinende Zeitschrift, wenn auch eine alte Ausgabe, wie sie sah. »Warum geben Sie ihm die?«

»Simon will sich nicht nur mit Puzzles beschäftigen, Anne. Seine Mutter hat mir erzählt, daß er gern Kreuzworträtsel löst, Worträtsel macht, Satzergänzungen – alle Arten von Zusammensetzspielen, seit er ein Teenager ist. Er hat eine Vorliebe dafür entwickelt. Komisch ist, daß sie sagt, er hätte sich nie besonders für Puzzles interessiert.« Ohlmeyer zuckte ratlos die Schultern, erhob sich und nahm Anne die Zeitschrift ab. »Wie auch immer, der *Stümper* hat hinten einen Rätselteil. Ich dachte, ich lasse Simon mal einen Blick in eines meiner Exemplare werfen, die nur Staub ansammeln. Ein ganz und gar unwissenschaftliches Experiment, möchte ich betonen.«

»Natürlich«, bestätigte Anne mit einem leichten Kopfnicken.

»Kommen Sie.«

Sie verließen den Beobachtungsraum und legten die kurze Strecke zum Überwachungszimmer zurück. Chas Ohlmeyer hielt Anne zurück. »Da ist noch eine Kleinigkeit, die Sie wissen sollten, bevor Sie ihn kennenlernen.«

»Ja?«

»Bis vor etwa einem Monat neigte er dazu, in die Hose zu machen, sobald ein ... nun ... ein Farbiger in seine Nähe kam.«

Anne bekam große Augen.

»Er ist sehr behütet großgeworden, Anne. Er ist weiß, seine Eltern sind weiß, die Nachbarn sind weiß. Alle Menschen, die er zu Hause und in der Nähe gesehen hat, sind weiß.«

»Ich verstehe.«

»Es ist in letzter Zeit nicht mehr vorgekommen, aber da er Sie noch nicht kennt, wollte ich Sie lieber vorwarnen.«

Anne kicherte in sich hinein.

»Was ist?« fragte Ohlmeyer, dessen Augen sich verengten.

»Die Vorstellung, daß ich jemanden bis zum Pinkeln erschrecke, ist ein bißchen lächerlich, Chas.«

»Anne ... kommen Sie.« Ohlmeyer drückte die Klinke herunter und ließ Anne zuerst eintreten, dann schloß er hinter ihnen die Tür. Simon schaukelte jetzt schneller, aber er sah nicht auf. »Hallo, Simon.«

Ein jungenhaftes Gesicht blickte blitzartig hoch und senkte sich sofort wieder. »Hallo, Doktor Chazzzz.« Er hatte eine hohe, dünne Stimme und sprach den letzten Buchstaben von Ohlmeyers Vornamen überbetont aus. Es war Absicht, aber kein Spaß.

»Simon, hier ist jemand, der dich gern kennenlernen möchte. Sie heißt Anne und ist auch Ärztin.«

Ein zweiter rascher Blick. Diesmal fiel Anne die sehr helle Haut auf, bevor das Gesicht sich wieder der Tischkante zuwandte. Die Wangen waren leicht gerötet, möglicherweise ein Hinweis auf ein natürliches Erröten, und seine leicht geöffneten Lippen gaben strahlend weiße Zähne preis. »Freut mich, dich kennenzulernen, Simon.«

»Freut mich, dich kennenzulernen, Simon«, entgegnete Simon, als wollte er ihre Begrüßung nachäffen.

»Du kannst sie Doktor Anne nennen«, schlug Ohlmeyer vor.

»Ich kann dich Doktor Anne nennen«, wiederholte er.

Simons Kinn hob sich leicht. Jetzt betrachtete er die gegenüberliegende Tischkante.

»Doktor Anne ist eine gute Freundin von mir«, sagte Ohlmeyer. Diese Mitteilung sollte den Patienten beruhigen.

Simon trug ein graues Sweatshirt, das ihm zu groß war. Er hob die Hand an den weiten Ausschnitt, griff hinein und zog eine Kordel hervor, an der eine Art Ringbuch mit Karten hing. Ein kleiner Stift, der an die erste Karte geklemmt war, war an einer ähnlichen Schnur an einem der Ringe befestigt, die die Karten zusammenhielten. Simon löste den Stift, drückte die Miene heraus und blätterte eine bestimmte Zahl von Karten durch. Bei der Karte, auf der groß und in Blau FREUNDE geschrieben stand, hielt er inne. Darunter befanden sich rudimentäre Notizen auf unterschiedlichen Linien. Anne konnte ziemlich weit oben den Namen DOKTR. CHAZ erkennen und dachte sofort: *Er schreibt nach dem Klang ... aber ohne die E's.*

Simon hielt den kurzen Stift in festem Griff nahe an die Karte. Er fand die nächste freie Linie und schrieb DOKTR. N. Jetzt hatte er einen neuen Freund, der Doktor Anne hieß. Freunde waren gute Menschen, denen er trauen konnte. Nur Freunde konnten einem sagen, ob andere Leute auch Freunde waren. Das hatte Vater ihm beigebracht. Und Mutter auch. Und was sie sagten, das stimmte.

Anne senkte leicht den Kopf und versuchte, Simon in die Augen zu sehen. »Du kannst sehr gut puzzeln, Simon.«

In den Pausen zwischen den extremen Schaukelbewegungen schien sein Kopf leicht zu nicken. »Ich mag dieses Puzzle.«

»Simon, Anne wird ein paar Tage mit dir arbeiten«, sagte Ohlmeyer. »Ist dir das recht?«

Er sah sich die FREUNDE-Liste genau an, dann steckte er sich die Karten wieder in den Ausschnitt. »Es ist Simon recht.«

»Gut.« Ohlmeyers Stimme klang begeistert. Er wußte, daß der Tonfall mehr sagte, als Worte. »Da wir von Puzzlespielen reden, erinnerst du dich, daß ich gesagt habe, ich hätte eine Zeitschrift mit guten Puzzles darin?«

Erinnern ... er erinnerte sich nicht. Aber »Zeitschrift« hatte eine Bedeutung. »Ich habe *Ranger Rick* gelesen.«

»Das ist eine gute Zeitschrift«, bestätigte Ohlmeyer. »Und hier ist eine neue Zeitschrift für dich.« Er hielt sie ihm hin. Simon griff mit beiden Händen danach und legte sie sich auf den Schoß. Er strich sie glatt, fuhr mit beiden Händen über jede Seite, ohne sie anzusehen. Das Geräusch seiner trockenen Haut, die über die glatten Seiten glitt, lag irgendwo zwischen einem Wimmern und einem Zischen. »Wenn du zu Hause bist, kannst du dir die Puzzles ansehen.«

Zu Hause ... Simon zog den linken Ärmel hoch und hielt sich die Armbanduhr an seinem Handgelenk ganz dicht vor die Augen. *Die große Hand ist drei Striche vor der Zwölf. Die kleine Hand ist auf der Vier.* Er konnte viele Dinge erkennen, aber er wußte, daß eines davon die Zeit war, und es war fast die Zeit, von der seine Mutter ihm gesagt hatte, daß er dann in den gelben Bus steigen solle. Er ließ den Ärmel heruntergleiten und zupfte einmal an den Ecken des *Stümpers*, ehe er ihn sich unter den Arm klemmte. Er erhob sich, und der Stuhl rutschte scharrend über den Fußboden. »Doktor Chazzz, meine Mutter hat gesagt, daß ich jetzt gehen soll.«

Ohlmeyer wußte, wie häufig man in Gegenwart autistischer Menschen Déjà-vu-Erlebnisse hatte. Genau dieselbe Unterhaltung führte er jeden Nachmittag mit Simon, wenn es Zeit war, zum Bus zu gehen. »Du hast recht, Simon. Es ist fast vier. Carolyn wartet unten in der Halle auf dich. Sie wird dich zum Bus bringen.«

Simon griff sich an den Kragen, dann hielt er inne. Er schien in Gedanken versunken.

»Simon?« fragte Ohlmeyer.

»Carolyn ist meine Freundin.«

Ohlmeyer nickte und lächelte. Ein kleiner Erfolg. »Ja, das ist sie.«

Simon ging um den Tisch herum und machte zwei Schritte in Richtung Tür, dann blieb er in Höhe von Anne stehen, die linke Schulter ihr zugewandt. Er hob den Kopf und sah die dunkelfarbige Ärztin kurz an. Dann senkte er wieder den Kopf und sagte: »Meine Mutter ist eine hübsche Frau.«

»Ganz bestimmt«, sagte Anne und nahm damit das versteckte Kompliment an.

»Okay, Simon.« Ohlmeyer legte dem jungen Mann

eine Hand auf die Schulter. »Du beeilst dich jetzt besser.« Er öffnete die Tür und führte Simon hinaus. Er folgte ihm mit den Augen, bis er sicher in Carolyns Obhut war. Als Ohlmeyer sich umdrehte, saß Anne halb auf dem Tisch. »Du hast bestanden, möchte ich sagen.«

»Er ist« – sie dachte an »nett«, ehe sie sagte – »süß.«

»Er ist etwas Besonderes«, bestätigte Ohlmeyer. »Etwas ganz Besonderes. Wenn wir ihn dazu bringen, mit uns zusammenzuarbeiten und seine Fähigkeiten zu zeigen, könnten wir etwas erreichen.« Er verschränkte die Arme, und sein Gesicht verzog sich zu einem breiten Lächeln. »Etwas, was uns hilft, seinen verdammten Zustand zu erklären.«

»Ich tue, was ich kann, Chas, überlaß es einfach mir.«

»Es könnte von Nutzen sein, mit den Eltern zu sprechen. Ich hätte ihn am liebsten fünf Tage die Woche hier. Er braucht das.«

Sie stimmte mit einem leichten Nicken zu. »Versprich mir nur eins.«

Manche Freunde ändern sich nie, dachte Ohlmeyer. »Anne ...«

Sie stoppte ihn mit einer Handbewegung. »Ich meine nicht dich, Chas, aber dieser junge Mann darf nicht zur Laborratte für einen dieser ehrgeizigen jungen Karrieristen gemacht werden, die hier im Schatten lauern. Er hat ein eigenes Leben, er verdient ein eigenes Leben. Ich will nicht zum Werkzeug seiner Ausbeutung werden.«

Ohlmeyer hielt vier Finger hoch. »Auf Pfadfinderehre.«

»Die falsche Zahl, Chas«, bemerkte Anne trocken.

»Nun, das war ein ganz erfreulicher Abschluß des Tages.«

»Und jetzt kommst du nach Hause zu deinem G-man«, sagte Ohlmeyer und lächelte. »Wie ist es, hält die Stadt ihn auf Trab?«

»Nun, Art hat ein Motto: ›Es gibt Schurken, wo immer du hingehst.‹«

»Ganz schön zynisch«, sagte Ohlmeyer und fügte dann ernst hinzu: »Aber wahr.«

Anne nickte. »Leider.«

Der Tag war fast vorüber, als Art Jefferson seinen Stuhl zum Fenster herumschwang, aus dem er an einem klaren Tag teilweise den Lake Michigan sehen konnte. Er zog ein gefaltetes Notizblatt aus seiner Hemdtasche, faltete es auseinander und lächelte über die sieben Worte. »Ich liebe Dich. Heute abend bei mir?«

Als wenn seine neue Braut ein Stelldichein plante. Er steckte das Blatt ein und lächelte in sich hinein, als er bemerkte, daß er sich wie ein frisch verliebter Zwanzigjähriger fühlte. Nun, frisch verliebt war er in der Tat, aber er hatte jetzt dreißig und ein paar zerquetschte Jahre auf dem Buckel. Anne war seine zweite und – wie er hoffte – letzte Frau. Er hatte jetzt einen Platz im Leben, von dem er vor drei Jahren nicht zu träumen gewagt hätte.

Vor ein paar Jahren hatte es noch anders ausgesehen: Frisch geschieden, die Nummer vier im FBI-Büro von Los Angeles, mit dem bislang größten Fall seiner Karriere befaßt und nervös. Was war bei dieser Mischung herausgekommen? Ein guter Freund – ebenfalls

Agent – mit einer Kugel im Genick, ein Herzanfall für ihn selbst und quasi eine Strafversetzung aus dem Büro zum Straßendienst. Es folgten zwei Jahre der Verarbeitung, Fall auf Fall, einige groß, die meisten nicht, in denen er einfach weiterlief, ehe sich die Welt für ihn wieder bewußt zu drehen begann.

Anne ..., dachte er und spürte, wie seine Wangen warm wurden. Ausgerechnet bei einem *blind date* hatte er sie kennengelernt. Eine Frau von unglaublichen Qualitäten. Stark und unabhängig, lebenssprühend, viel intelligenter als er, und im Herzen ein kleines Mädchen, das das Leben auskostete. *Heute abend bei mir?*

Er wußte genau, wann sich sein Leben verändert hatte. Es war der Moment gewesen, als er erkannt hatte, daß er Anne liebte. Sie wirklich liebte in einem Maße, das alles übertraf, was er je für eine Frau empfunden hatte, so daß er sich fragte, ob er Lois, seine erste Frau, überhaupt wirklich geliebt hatte. Dieses neue Liebesglück leitete eine Wende in seinem Leben ein, erlöste ihn von den Dämonen, die ihn verfolgt hatten. Eröffnete ihm neue Wege. Die Arbeit, die er jetzt übernommen hatte, als Assistent des leitenden Special agent des FBI-Büros in Chicago, war kein Angebot, sondern eine Forderung gewesen. »Ich will dich als meine Nummer zwei, Art«, hatte Bob Lomax, der Special agent, in dem Telefonat vor fünf Monaten gesagt. Sie hatten während der Ausbildung vor mehr als zehn Jahren gemeinsam in der windigen Stadt gearbeitet.

Und so war er – wieder – hier und fühlte sich wie neugeboren. Als Art Jefferson aus dem Fenster in den Nebel über dem Lake Michigan starrte, mit Herzklopfen wegen Annes Nachricht, fühlte er sich zufrieden, voller Wärme und das erstemal in seinem Leben ganz und gar zu Hause.

»Bei dir, ja?« sagte Art laut, als er sich wieder seinem Schreibtisch zuwandte und die Aktenschublade verschloß. Er hatte für diesen Freitag alles weggearbeitet. Er stand auf und zerkleinerte gerade ein paar Papiere im Reißwolf, als es dreimal an der Tür klopfte. Gleich danach trat Bob Lomax herein.

»Hast du eine Minute Zeit?«

Art steckte das letzte Stück Papier in den Reißwolf. Es kam als Papierspaghetti wieder heraus und fiel in den Korb mit den Papieren, die verbrannt werden sollten. »Ja, sicher. Ich räume gerade zusammen. Was liegt an?«

Der Special agent setzte sich in einen Stuhl gegenüber von Arts Schreibtisch. Er rückte nahe heran und legte einen Aktenordner auf die Schreibtischplatte. »Sieh dir das an!«

Art setzte seine Lesebrille auf, dann öffnete er die Akte. Ein Gesicht ohne Augen starrte aus einem großen Farbfoto zu ihm hoch. »O mein Gott.«

»Hübsch, nicht wahr?« fragte Lomax seinen Assistenten. »Erkennst du ihn?«

Art sah unruhig auf, die Augen schmal und voller Sorge. »Sollte ich das?«

Lomax lehnte sich zurück und kratzte sich an seiner narbenübersäten linken Wange. Er hatte ein Gesicht, das eher zu einem Boxer als zu einem Büroarbeiter paßte. »Denk nach. Bevor du in den Westen versetzt worden bist. 1985 oder so.«

Art warf noch einen Blick auf das Foto und sah dann auch die anderen sorgfältig durch. Zum Glück waren sie schwarz-weiß. Er zog eine Grimasse. »Tut mir leid, Bob.«

»Vince Chappell«, sagte Lomax und rieb mit einem Finger über seine Unterlippe. »Klingelt es jetzt bei dir?«

Das tat es. Art wandte sich wieder dem ersten Foto zu. Die Augen waren ausgestochen, die Unterlippe war abgetrennt und hing als Lappen über dem Kinn, wodurch die Zähne wie bei einer schrecklichen Halloween-Maske freilagen. Die Nasenspitze fehlte und hinterließ eine wunde Pyramide aus Fleisch ohne Spitze.

Auf einem Bild war zu sehen, daß die Genitalien fehlten.

»Das ist Vinnie?« fragte Art mit hohler Stimme.

Lomax nickte. »Er hat damals mit uns zusammengearbeitet, bei den Untersuchungen über organisiertes Verbrechen.«

Art klappte den Deckel zu und ließ die Akte auf seinen Schreibtisch fallen. Dabei rutschten die Ekken mehrerer Fotos heraus. »Mein Gott.« Er hob die Hand an den Mund und wich zum Fenster zurück. »Was –«

»Weißt du noch, wo er hingegangen ist, als er gekündigt hatte?«

»CIA – oder?«

»Genau«, bestätigte Lomax. »Er wurde in die Handelsabteilung in Japan geschickt und machte da, was Spione dort so machen. Vor einer Woche wurde er in einem Bürogebäude im Norden Tokios getötet. Anscheinend hatte er eine Hure mit dorthin genommen, um sich zu amüsieren. Wie sich herausstellte, war sie gar keine Hure.«

Der Special agent griff über den Tisch nach der

Akte. Er nahm zwei maschinegeschriebene Seiten heraus. »Die sind von den Untersuchungsbeamten, die sich streng geheim damit befaßt haben. ›Das Opfer war mit Ledergürteln ans Bett gefesselt. Es gibt Beweise dafür, daß jeder schmerz-/druckempfindliche Körperteil des Opfers in Mitleidenschaft gezogen wurde, was auf einen Versuch hindeutet (Ergebnis unbekannt), Informationen zu erhalten.‹ Nette Art, ›Folter‹ zu umschreiben«, kommentierte Lomax und blätterte zur nächsten Seite. »Dann hier: ›Im ganzen Raum Blut, und eine Spur, die nach nebenan in die Dusche führte. Zahlreiche Finger-, Hand- und Fußabdrücke – die meisten blutig – wurden entdeckt und für die Untersuchung abgenommen.‹« Lomax legte den Bericht zurück in die Akte. »Der CIA hat die Fingerabdrücke an unser Labor in Washington geschickt und gestern die Ergebnisse bekommen. Die ›Hure‹ war irgendeine irre Hexe namens Keiko Kimura. Schon mal von ihr gehört?« Art schüttelte den Kopf. »Laut CIA ist sie eine frühere Terroristin der Japanischen Roten Armee, ausgebildet in den besten Lagern von Nordkorea, Libyen, Iran und so weiter. Ein reinrassiger Typ, spezialisiert darauf, Leute zum Reden zu bringen. '91 ist sie untergetaucht. Letztes Jahr ist sie als gedungene Mitarbeiterin wieder aufgetaucht.«

»Nicht gerade bereichert durch die Ideologie der Roten Armee, was?« stellte Art fest. Die Revolution war für die wenigsten der Weg zum Erfolg.

»Du sagst es«, erwiderte Lomax.

Art deutete auf die Akte. »Warum haben wir das da bekommen?«

»Damit ich es dir geben kann«, antwortete Lomax

und legte die Akte zurück auf den Tisch. »Das hat oberste Priorität und unterliegt strengster Geheimhaltung. Finde heraus, was Vince hier für Verbindungen hatte. Der CIA will alles herausfinden oder ausschließen, was Vince kompromittiert haben könnte. Vielleicht hatte er einen alten Bekannten hier und hat etwas gesagt, was er nicht hätte sagen sollen. Du kennst ja die Routine.«

Irgendwie klang der Ausdruck »Routine« häßlich, wenn er sich auf jemanden bezog, mit dem man mal eng zusammengearbeitet hatte, dachte Art. »Ich werde mich darum kümmern.« Er ergriff die Akte und schloß sie in die Schreibtischschublade ein. »Wissen wir, warum Kimura auf Vince angesetzt wurde?«

»Die nächsten Handelsgespräche stehen an. Vince sollte vermutlich ein paar Insiderinformationen über ihre Strategien sammeln. Vielleicht hat jemand von der Gegenseite gedacht, er könnte bei uns beteiligt sein. Das neue Goldene Vlies, Art. Wirtschaftsspionage.« Lomax schwieg einen Moment, dann sagte er: »Noch etwas. Ein wenig verspätet, wie ich zugeben muß. Ab Montag gilt der neue Code. NSA hat ihn diesen Morgen reingegeben. Verdammt große Sache. Der Direktor will, daß wir in zwei Wochen aus dem Mayfly-System raus sind.«

»Das ist eine verdammt kurze Zeit, um alle auszuchekken«, sagte Art.

»Deshalb ist das deine Aufgabe. Ich will, daß du am Montag mit dem Computer-Mann alles überprüfst, damit du einen Plan erstellen kannst, wie das Ganze schneller geht. Zwei Wochen.«

Art nickte. Lomax war sehr ernst. »Steht das im Zusammenhang damit, wie Vince umgebracht wurde?«

»Der CIA denkt, daß Mayfly geknackt worden sein könnte. Seit fünf Jahren haben damit alle gearbeitet: wir, der Staat, der CIA, die Verteidigung. Wenn dieser Code durchlässig ist, bringt das eine Menge Leute in die Klemme. Alle unsere Nachrichten von Büro zu Büro und die streng geheimen Sachen laufen über Mayfly. Einem V-Mann von uns kann noch Schlimmeres blühen als Vince, wenn er auffliegt.«

Schlimmeres? Da war sich Art nicht so sicher. Tot ist tot, und ein Geheimagent, der verdeckt ermittelte und enttarnt wurde, konnte leicht so enden. »Gut. Und das neue System?«

»Es heißt Kiwi. Es gilt als *der* Code. Nicht zu knacken und fälschungssicher.«

»Hmmm«, knurrte Art und nickte. »Dasselbe haben sie in L. A. gesagt, als Mayfly eingeführt wurde.«

Lomax machte eine Geste, als wolle er sagen, diesmal sei es anders, und erhob sich: »Wollen wir noch ein Bier trinken gehen?«

Art ging um den Schreibtisch herum und nahm seinen Mantel vom Haken hinter der Tür. »Ich glaube, meine Frau hat heute abend schon andere Pläne für mich.«

Bob Lomax zog eine Augenbraue hoch und lächelte. »Werde glücklich, Nummer zwei.«

Art begleitete Lomax zurück zu seinem Büro und betrat allein den Fahrstuhl. Er drückte den Knopf für die Tiefgarage, lehnte sich an das Geländer und schloß die Augen. Er dachte an Anne.

Aber aus einer anderen Ecke seines Bewußtseins starrte Vince Chappell ihn aus blutigen Höhlen an, wo eigentlich Augen hätten sein sollen. Art schlug seine Augen auf und starrte geradeaus auf die Fahrstuhltür, bis sie sich öffnete. Schnell stieg er aus und wandte sich nach rechts zu seinem Wagen.

Der Schulbus fuhr an den Bordstein der Vincent Street, zwei Häuser hinter der Kreuzung Milford Avenue, und hielt vor Nummer 2546, einem zweistöckigen Gebäude im Kolonialstil mit verblassender blauer Fassade und hübschen Vorhängen vor den Fenstern. »Schatz, wir sind da«, rief die Busfahrerin, eine untersetzte Rothaarige, ihrem letzten Fahrgast zu. Sie nannte alle »Kinder« im Bus »Schatz«.

Simon Lynch wußte, daß der Bus angehalten hatte, wie an jeder Haltestelle, egal, ob jemand ausstieg oder nicht. Er zog seine Karten aus dem Ausschnitt und blätterte sie durch, bis er zu der Karte mit der Überschrift GELBER BUS kam. Darunter hatte er mit Hilfe seiner Mutter geschrieben: WENN DR BUS AN EINEM BLAU HAUS HÄLT, UND DI NUMR AN DM BLAU HAUS 2546 IST, STAIK AUS UND G IN DS BLAU HAUS. MAMI IST DRN MIT HEISS KAKAU FÜR SIMON. Simon nickte, steckte die Karten zurück, stand mit der Illustrierten unter dem Arm auf und ging zum Vorderausgang. »Meine Mutter sagt, hier soll ich aussteigen.«

Die Fahrerin lächelte und zwinkerte ihm zu. »Aber klar, Schatz. Wir sehen uns am Montag. Tschüs.«

Simon drehte sich ohne jede Erwiderung oder einen Abschiedsgruß um und stieg vorsichtig aus dem Bus, wobei er sich an dem silbernen Geländer festhielt. Hier hatte er sich vor einiger Zeit einmal weh getan. Sein Fuß war auf schlüpfrigem Boden weggerutscht, und er war mit dem Kopf hart auf die Stufe des Busses gefallen.

Damals hatte er geweint, und er hatte geweint, als die anderen Ärzte – nicht Dr. Chas – ihn mit Nadeln gestochen hatten.

»Nun mach, Schatz«, drängte die Fahrerin, wie sie es immer tat, seit er ausgerutscht und sich ordentlich den Kopf gestoßen hatte. Junge, die Tränen, die er da vergossen hatte! Seitdem erstarrte er jedesmal am Ende der Stufen, bis sie ihn mild ermutigte: »Mami wartet.«

Heißer Kakao. Simon trank ihn für sein Leben gern. Er schlurfte den nassen Fußweg entlang zur Haustür. Als er auf der obersten Stufe stand, öffnete sich die Tür. »Hallo, mein Zuckerpüppchen!«

Simon lächelte albern. »Zucker ist süß!«

»Genau wie mein Simon«, sagte Jean Lynch. Sie umarmte ihren Sohn mit einem Arm und winkte der Fahrerin zu, während sie ihn hineinführte. »Dad muß heute etwas länger arbeiten, so daß er erst später –« Ihr Blick fiel auf die Zeitschrift unter seinem Arm. »Was ist das?«

Simon hielt sie ihr mit beiden Händen hin. »Da sind Puzzles drin.«

»Das stimmt«, sagte Jean Lynch. »Doktor Ohlmeyer hat gesagt, daß er dir ein paar knifflige Puzzles geben wollte.« Bei dem Wort ›Puzzle‹ zwickte sie ihm spielerisch in die Nase. »Das ist toll. Weißt du was? Du gehst damit ins Wohnzimmer und guckst dir die Puzzles an. Ich stelle dir deinen heißen Kakao auf den Tisch neben Dads Stuhl.«

»Ich darf auf Dads Stuhl sitzen«, stellte Simon fest. Seine Stimme drückt fast so etwas wie ein Gefühl aus, dachte seine Mutter. Aber warum auch nicht? Andere mochten das nicht so schnell bemerken wie sie, aber ihr Sohn betete seinen Vater an. Sicher auf seine eigene Art, aber vergleichbar mit dem, was andere Söhne für ihre Väter empfanden.

»Du hast recht, Zuckerpüppchen!«

»Zucker ist süß!« gab Simon zur Antwort.

Jean Lynch lächelte. »Genau wie mein Simon. Jetzt geh und trink deinen heißen Kakao, und guck dir deine Zeitschrift an. Ich bin in der Küche. Na los.« Sie dirigierte ihn mit einem sanften Klaps in die richtige Richtung.

Simon ging in das große Wohnzimmer an der Vorderseite des Hauses und strebte direkt auf den Stuhl seines Vaters zu, einen braunen gepolsterten Schaukelstuhl mit grünen Armlehnen- und Kopfstützenschonern. Nachdem er sich hingesetzt hatte, drehte er den Kopf, bis seine Nase an dem obersten Schonbezug lag. Er schnupperte, und sein Gesicht leuchtete auf. Es roch nach seinem Daddy.

Sein Körper begann leise zu schaukeln. Der Stuhl seines Vaters nahm die Bewegung verzögert auf.

Er roch noch etwas. Den heißen Kakao in seinem blauen, außen leicht beschlagenen Lieblingsbecher. Simon legte die Zeitschrift auf seinen Schoß und führte den Becher mit beiden Händen an die Lippen. Er trank mit einem lauten, schlürfenden Geräusch im Dreierrhythmus – schsch ... schsch ... schsch –. Nachdem er den Becher wieder abgesetzt hatte, stieß er einen Laut des Wohlbehagens aus, »Aah«, genau wie sein Daddy.

Er wandte sich dem *Stümper* zu. Seine Augen tanzten über das Titelblatt, wollten nicht stillstehen. Es gab zu viele Farben, und sie liefen zusammen, so daß die einzelnen Farben nicht mehr sie selbst waren und zu anderen Farben wurden. Mit seinem geistigen Auge sah

Simon die Bilder schief, unscharf und wackelig. Das Bild eines Stuhls sah nicht nach einem echten Stuhl aus. Es störte ihn, daß die Welt auf zwei Dimensionen reduziert war.

Simon schlug schnell das Titelblatt um und blätterte durch die Seiten mit Worten, Buchstaben und Zahlen. Worte, Buchstaben und Zahlen – das gefiel ihm. Manchmal waren es Puzzles, und manchmal einfach nur Worte und Buchstaben und Zahlen. Wenn es nur Worte und Buchstaben und Zahlen waren, konnte er sie sich alle ansehen und zuhören, was sie sagten. Das tat er bei all den Büchern im Keller –

– *Keller*. Das hatte eine Bedeutung. Simon hielt inne und zog seine Karten hervor. Er fand die mit der Überschrift STURM. WENN DU EIN LAUTS GRÄUSCH HÖRST UND S LAUTR WIRD UND DU MUM ND DAD NICHT FINDN KNNST, G N DN KLLR.

Simon sah nach oben und lauschte. Nach ein paar Sekunden packte er die Karten weg und wandte sich wieder den Worten und Buchstaben und Zahlen zu, ihre Verbindung zum Keller war ein Gedanke, der verwehte. Er blätterte durch die Seiten, wendete sie um und um, um das nächste zu entdecken, was seinen verstohlenen Blicken bedeutungsvoll erschien.

Seite für Seite flossen durch die Worte und Buchstaben und Zahlen Informationen in sein Hirn, füllten die zarte und deformierte Nervengrundmasse, die Simon Lynch jeden Moment seiner Existenz leitete, bezogen sich ohne ersichtliche Mühe aufeinander, ordneten sich, zogen Querverbindungen, erweiterten das Wissen, das er sich angelesen und durch Zuhören erworben hatte. Er hamsterte das Wissen wie Nüsse für den Bedarfsfall, obwohl der nie eintrat ... zumindest rein äußerlich nicht.

Im Inneren war das eine andere Geschichte, da wetteiferten Informationsbrocken miteinander um Stellenwert und Bedeutung. Das geschah fortwährend, automatisch in Strömen von Worten und Buchstaben und Zahlen, die Simon Lynch in jedem wachen Moment beschäftigten, rollte im Tagesverlauf wie ein Wasserfall des Wissens hinter seinen Augen dahin. Es war weniger richtiges Denken als vielmehr ein fortlaufender Prozeß. Denken setzt Auswahl voraus. Simon konnte nie auswählen, wußte nie, wie er seinen Geist einsetzen sollte. Er funktionierte unfreiwillig wie ein Computer, der einmal angeschaltet worden war. Sobald er wach war, fand dieser Prozeß statt. Wenn er aß, fand der Prozeß statt. Wenn er puzzelte, fand der Prozeß statt. Wenn sein Vater ihm etwas vorsang, fand der Prozeß statt.

Wenn Simon Lynch schlief, träumte er von Worten und Buchstaben und Zahlen.

Er war sich dessen nicht bewußt, und als er den *Stümper* durchblätterte, ging es weiter und weiter und weiter, und auch dann noch, als er auf das erste Puzzle in der Zeitschrift stieß. Es ging über eine ganze Seite. Nichts machte es als Puzzle deutlich, aber Simon wußte, daß es eines war.

1839956021PFYRTKLYTE3668493216KLRMAYBPKW
9864910266829365403685943638505759376438505047
6384950584766384057353830564585985765957594036
2273021854058740420836438490363543783020264364
9836203746383653839276354763826328393643839293
7645473920327646398292747635476382632839364383

92937645473920327646398292746263836484945905 05
69854745638393602673644300032633625345303266 24
22293636373888121212143057846548948772453637 84
98494647849047649806220252002725324398507353 54
64747456465393023746404630640354395463840563 89
67593791577777774252526343507978797879790785 32
43624327386548494634849047646629037646549456 49
35234817292364375498604024845654079059654976 98
56735020167387949943294396439864986494949494 19
64941628394028836438404634378404583526539845 04
57345274945736743932638045735373038376438490 45
74764985056746759507397835390302625438945047 63
65485490476476594647459437739840373547859047 64
84505764759563902785083769504798464846498690 67
84038475908464984509474949048498496343865968 69
04639437659445223850565595393649363939313220 56
29063973934639352824333499679767634398236378 36
53835438365383464384648464983528060972475072 34
26398404363740508325743904693044749437490465 28
49587836349036539436393763936292027257439472 34
53749438383534749506705746537834037245276293 64
89594648594690221452627843940450576365484596 36
93629201625394074513730432968769764396439841 84
19688807607640642306987438487543784785437876 43
98690126060210601060664487987587549875870554 39
84046345437849404743547493937363843047454840 45
78465398393638494646749353294905ATHDKTEN
VODGDLFOEGFDMFOFGDKDSPQSCBVVCJFDHDS
GDSJYYQ

Simon studierte das Puzzle ein paar Sekunden lang und bemerkte in dieser kurzen Zeit, daß 1450 Zahlen im Hauptteil des Puzzles waren, eine Mischung aus fünfzig Zahlen und Buchstaben am Anfang und fünfzig Buchstaben am Ende. Sie gaben an, wie man mit den Zahlen verfahren sollte, wie man sie trennen, wo man Lücken einfügen sollte, die Reihenfolge, wie man sie lesen sollte, und – er blinzelte rasch dreimal hintereinander, als er die Lösung fand – daß es drei Zahlen gleicher Länge gab. Das mußte man wissen, es war der Schlüssel, mit dem man die einzelnen Teile zu einem Ganzen zusammensetzen konnte.

Simon hatte den Schlüssel gefunden, eine Gesamtsumme von 4350, und das nach viermal Blinzeln.

Er benutzte den ersten Schlüssel, um die Teile der Originalzahlen zu bearbeiten. Das ergab 700,833 Gruppen von dreistelligen Zahlen mit einer sinnlosen Zahl nach der 302,412ten Gruppe. Sein Gehirn löschte diese Zahl.

Den zweiten Schlüssel benutzte er, um eine dreistellige Zahl aus der dritten Gruppe zu ziehen – 103 –, und er bearbeitete mit dem zweiten Schlüssel wieder die fünfzig Buchstaben am Ende des Puzzles. Das ergab wiederum eine Zahl, die ihm sagte, wie er bestimmen konnte, welche der drei Nummerngruppen er streichen konnte.

Sechs Lidschläge später waren 700,730 von ihnen verschwunden.

Simon hatte noch 103 Zahlengruppen mit je drei Zahlen. Er griff auf den dritten Schlüssel zurück und wandte ihn auf die Gruppe aus fünfzig Buchstaben an. Das zeigte ihm, wie man die 103 Zahlengruppen ordnen mußte.

Viermal Blinzeln, und er hatte sie in die richtige Reihenfolge gebracht.

103 Gruppen mit je drei Zahlen blieben übrig. Simon

hob sein Handgelenk und warf einen kurzen Blick auf die Uhr. Zeit interessierte ihn nicht.

Simon wußte, was als nächstes zu tun war. Er sah sich wieder die Mischung aus fünfzig Zahlen und Buchstaben am Anfang des Puzzles an. Darin lag ein Entschlüsselungscode.

Er sah die 103 Gruppen in richtiger Reihenfolge, bearbeitete sie, 087 zuerst, entschlüsselte sie und machte weiter.

Die 103 Gruppen ergaben Buchstaben und Zahlen in einer sinnvollen Reihenfolge.

Simon sah sich nochmals den Hauptteil des Puzzles an. Er sah eine Reihe aus 103 Buchstaben und Zahlen.

WENNSIEDIESESPUZZLELÖSEN
WÄHLENSIE18005551398UNDSAGENSIE
DORTDASSSIEPUZZLE99GELÖSTHABEN
SIEERHALTENDANNEINENPREIS

Die Reihe brauchte Zwischenräume. Er sah sie vor sich und las: »WENN SIE DIESES PUZZLE LÖSEN WÄHLEN SIE 18005551398 UND SAGEN SIE DORT DASS SIE PUZZLE 99 GELÖST HABEN SIE ERHALTEN DANN EINEN PREIS.«

Simon brauchte zwanzig Sekunden, um zu erkennen, daß das, was er sah, eine Anweisung war, die nicht viel anders war als die auf seinen Karten. Er stand auf und ging mit kleinen Schritten zum Telefon, das in der gegenüberliegenden Ecke des Wohnzimmers stand. Seine Mummy hatte ihm beigebracht, wie man 112 wählte, falls etwas ganz Falsches passierte. (Simon hatte »falsch« verstanden, »schlimm« verstand er nicht.) Er wußte, wie man seinen Daddy bei der Arbeit anrief, falls etwas falsch war. Er mußte die Knöpfe drücken.

So war das, wenn man *wählte.*

Er sollte eine Nummer wählen. Er hob den Hörer ab und hielt ihn so an sein Gesicht, wie Mummy es ihm gezeigt hatte. Der Kunststoff war kalt, und es summte in sein Ohr. Das sollte es auch tun.

Simon wußte, was er als nächstes tun mußte. Er machte einen Finger ganz steif und tippte die Zahlen ein, die das Puzzle ihm vorgab.

Leo Pedanski hatte gerade sein Kuchenteil zur Hälfte verzehrt, als ihn das Klingeln des Telefons auffahren ließ. Er warf durch dicke Brillengläser einen Blick auf den Apparat. Das Lämpchen über Leitung zwei blinkte. Das Tonband und das Gerät, das den Anrufer aufspüren sollte, schalteten sich ein.

Der Dreißigjährige ließ das Gebäck im Mundwinkel hängen, während er den Protokollblock zu sich heranzog. Darauf sollte er alles notieren, was während seiner drei Schichten im Puzzle-Center pro Woche passierte. Er warf einen kurzen Blick auf die leere Seite. In sechs Monaten hatte er nicht einen Satz aufgeschrieben.

»Scheiße«, murmelte er mit vollem Mund, dann legte er den Kuchenrest beiseite, weil Leitung zwei erneut klingelte. Leitung zwei kam von außerhalb. Er konnte sich genau daran erinnern, wann sie zum letztenmal ein Lebenszeichen von sich gegeben hatte. Im vergangenen Jahr, kurz vor Halloween, als irgendein Hansel von COMSEC-T sein kümmerliches Subroutine-Programm hatte abstürzen lassen. Pedanski hatte dem Möchtegern mit Freuden gesteckt, daß er kein Z-Mann war, und Pedanski mußte es wissen, er *war* Z-Mann. Er gehörte der COMSEC-Z-Abteilung des Nationalen Sicherheitsdienstes an.

Er schnappte sich einen Bleistift und notierte schnell die Zeit auf dem Block, nahm den Hörer ab, vergewisserte sich, daß die Geräte liefen und drückte den Knopf neben Leitung zwei in der Erwartung, daß er den Tag eines weiteren Größenwahnsinnigen ruinieren würde. »Hallo!« meldete er sich aufgeregt, genauso wie er und sein Kollege, ebenfalls ein Z-Mann, es geübt hatten. »Sie haben das Puzzle-Center erreicht.« An diesem Punkt hätte Pedanski am liebsten gelacht. *Wenn sie wüßten, wie nahe das der Wahrheit kam ...* »Sie haben eines unserer schwersten Puzzles gelöst, und deshalb erhalten Sie als Preis ein *Zwei-Jahres*-Abonnement einer Zeitschrift Ihrer Wahl. Nennen Sie Ihren Namen, die Adresse und Telefonnummer und die Nummer des Puzzles, das Sie gelöst haben.« Pedanski starrte schweigend das Ortungsgerät vor sich an. Das Schweigen hielt an. »Hallo?«

Papier raschelte, dann: »Ich darf Fremden nicht meinen Namen sagen.«

Was zum Teufel ... »Uhh.«

»Sie sind ein Fremder.«

War das ein Kind? fragte sich Pedanski. Die Formulierung und der Tonfall waren die eines Kindes, die Stimme jedoch klang älter. »Uh, hier ist das Puzzle-Center. Woher haben Sie die Nummer?«

»Ich habe Puzzle 99 gelöst.«

Pedanski nahm die Brille ab, und seine grauen Augen weiteten sich. *Was?* Er rief sich, so gut er konnte, zur Ruhe und schluckte, ehe er wieder sprach. »Noch mal, welches Puzzle?«

»Puzzle 99.«

Nein. Es war unmöglich. Das mußte ein Witz sein. Es mußte –

Aber unmöglich. Das war Leitung zwei, und wenn irgendeiner in Z sich damit einen Spaß erlaubte, würde der Chef ihn in ein Gefängnis stecken, ehe er nur spukken könnte.

Es mußte ein Witz sein, und gleichzeitig konnte es kein Witz sein.

»Wer spricht da?« fragte Pedanski ernst.

»Sie sind ein Fremder.«

»Hören Sie, ich brauche –« Klick. Amtston. »Hallo ... verdammt«, fluchte er, als er den Hörer auf die Gabel knallte. Dann legte er die Hand, die ihn gehalten hatte, auf seinen Mund. Sie zitterte genauso wie die, die den Bleistift hielt. *Oh, Mann. Das kann nicht sein. Das ist unmöglich.*

Aber etwas war mit Sicherheit passiert. Etwas Schreckliches. Er wußte noch nicht genau, was, aber eines war klar: Ein einziger Anruf hatte ihn und seine Kameraden gerade fünf Jahre Arbeit und Onkel Sam zehn Milliarden Dollar gekostet.

Chicken Little wäre stolz gewesen.

KAPITEL 2

Große Tiere

G. Nicholas Kudrow schritt langsam die Bücherwand in seinem Büro ab, ein paar Papiere in der erhobenen Hand, während die andere nachdenklich über sein vorstehendes Kinn rieb. Am Ende der Bücherwand wandte sich der achtundvierzigjährige Verwaltungsbeamte um und ging die paar Schritte zu seinem Mahagoni-Schreibtisch zurück, immer noch lesend, die getönten Brillengläser auf das Objekt seines Interesses gerichtet. Kurz vor der nächsten Kehrtwende hielt er inne, hob nachdenklich den breiten Kopf und senkte ihn wieder, als er seine Wanderung erneut aufnahm.

Schließlich blieb er wieder stehen, fuhr sich mit der Hand durch sein lockiges braunes, schon graumeliertes Haar und sah endgültig von den Papieren auf. Sein Blick fiel nach rechts auf das bewegliche Mikrophon, das neben dem Computer-Bildschirm auf seinem Schreibtisch aufragte. »Stimme«, sagte er laut und so deutlich, daß sie erkannt werden mußte, und dann in normalerem Tonfall: »Intercom.« Schon seine normale Stimme verlangte Aufmerksamkeit. Ein elektronisches Piepsen sagte ihm, daß er weitermachen konnte. »Sharon?«

»Ja, Mr. Kudrow«, erwiderte eine unpersönliche Stimme aus dem Lautsprecher am Mikrophon.

»Rufen Sie Colonel Murdoch in S an, und informieren Sie ihn, daß ich sein Ersuchen gelesen habe und es ablehne.« Kudrow verharrte bewegungslos und sah zu seinem Schreibtisch hinüber.

»Verstanden, Mr. Kudrow.«

»Intercom abschalten.« Zwei Pieptöne zeigten an, daß seinem Befehl Folge geleistet worden war. Kudrow ging um seinen Schreibtisch herum, setzte sich und steckte das abschlägig beschiedene Ersuchen in einen großen roten Korb. Es bestand keine Notwendigkeit, das, was da reinwanderte, durch den Reißwolf zu jagen.

Da die ernsten Überlegungen vorerst abgeschlossen waren, nahm Kudrow einen Schluck Limonade aus einem halbvollen Glas auf seinem Schreibtisch und ging einen kleinen Stapel Papiere durch. Alle hatten sie den ›Streng-geheim‹-Stempel, deshalb hatte seine Sekretärin sie zu oberst auf das Routinematerial gelegt, das er prüfen mußte, ehe die Arbeitswoche vorbei war. Wenn es nach ihm gegangen wäre, hätte er Sharon die Papiere unterschreiben lassen, aber die Regierung hatte unsinnige Vorschriften, die die Arbeitslast, die auf ihren wertvollsten Mitarbeitern ruhte (zu denen Kudrow sich ohne Zweifel zählte), nur noch erhöhte. Deshalb ging er schnell die Sammlung von Papieren von DoD, Staat und anderen, weniger wichtigen Einrichtungen durch und war nur ein wenig ungehalten, als ihn mittendrin sein Intercom unterbrach.

»Ja?«

»Mr. Kudrow, Mr. Folger sagt, daß er runterkommt.« Ein deutliches Zögern lag in Sharons Stimme.

Kudrow sah eine Sekunde lang schweigend auf das

Mikrophon. »Er kommt runter? Haben Sie ihm denn nicht gesagt, daß ich beschäftigt bin?«

»Dazu hat er mir keine Gelegenheit gegeben, Mr. Kudrow.« Sie sprach ihn nie mit ›Sir‹ an. Militäroffiziere waren ›Sir‹. Kudrow war ein Zivilbeamter, der Karriere gemacht hatte und stolz darauf war. »Er hat gerade angerufen, gesagt, daß er kommt, und aufgelegt. Ich habe versucht, ihn zurückzurufen, aber seine Sekretärin hat gesagt, daß er gerade rausgelaufen sei.«

»Nun gut«, sagte Kudrow knapp und hörte, wie seine Sekretärin abschaltete – Unterbrechungen – der Ruin aller Menschen, die ein Ziel vor Augen hatten. G. Nicholas Kudrow war ein Mann mit Zielen. Und mit einer Position. Stellvertretender Direktor des COMSEC-Z des Nationalen Sicherheitsdienstes. Eine Position, die von denen, »die Bescheid wußten«, nie öffentlich anerkannt worden war: Sie behaupteten, daß sein Bereich, Abteilung Z der NSA Kommunikations-Sicherheits-Abteilung, nur eine Phantomstelle innerhalb der größten Informationssammlung der Welt wäre.

Was Phantome angeht, so hinterließen Kudrow und Z unzweifelhaft ihre Spuren in den Basisfunktionen der Nationalen Regierung. Seine Leute und er waren für die Verschlüsselungssysteme zuständig, die sensible Informationen, die zwischen der Regierung der Vereinigten Staaten und bestimmten ausgesuchten Büros, Abteilungen und Agenturen hin und her gingen, schützten. Wann immer Leute Geheimnisse zu Papier oder auf ein anderes speicherndes Medium brachten und dieses über die Straße oder den Ozean schickten, wann immer Bildsatelliten ihre Bilder schossen und sie an eine Bodenstation funkten, wann immer irgendwo in den Staaten ein Sicherheitstelefon klingelte, liefen die Signale an jedem Ende der Übermittlungskette durch eine Einrichtung, für die G. Nicholas Kudrow verantwortlich zeichnete. Zwischen diesen Stationen war das Geheimnis unsinniges Kauderwelsch.

Kudrows Aufgabe und Ziel war es, daß das auch so blieb. Deswegen standen ihm uneingeschränkt hundert Millionen Dollar im Jahr zur Verfügung, fünfzehnmal soviel als jährliche Projektunterstützung, zwei Dutzend Kryptographen, die sich die »ultimative Sicherheit« ausdachten, und hundert Techniker, die die physische Struktur – die kryptographischen Geräte – bauten, die diese ultimative Sicherheit ausgesuchten Benutzern zur Verfügung stellte. Er hatte das Design des Gebäudes ausgesucht, in dem Abteilung Z untergebracht war, und selbst die Farbe seiner fensterlosen Fassade – dunkelbraun – trug den Stempel seiner Zustimmung – wie fast alles hier. Dies war sein Reich, und seine Rolle lag irgendwo zwischen Vater und Tyrann.

Der Tyrann in ihm warf wütende Blicke zur Tür, als diese sich ohne Anklopfen öffnete. Brad Folger, Assistent des Stellvertretenden Direktors von COMSEC-Z, betrat, dicht gefolgt von Kudrows Sekretärin, den Raum.

»Mr. Kudrow«, rechtfertigte Sharon sich in frustrierter Hilflosigkeit, »ich habe versucht, ihn aufzuhalten –«

»Guten Morgen, Nick«, sagte Folger und ignorierte Sharon. Kudrows Assistent hatte die Hemdsärmel aufgekrempelt, und seine blau-rote Krawatte war unordentlich gebunden. Sein rechtes Augenlid zuckte auffällig. »Können wir reden?«

Hier handelte es sich nicht um eine kleine Störung, das erkannte Kudrow an der äußeren Erscheinung seines Assistenten. »Schon in Ordnung, Sharon.« Nach einem kurzen aber giftigen Blick auf Mr. Folger verließ sie den Raum und schloß die schwere Tür hinter sich. Kudrow ließ kein Auge von Folger, der trotz seiner vierzig Lebensjahre wie ein Mittzwanziger wirkte und jetzt an seinen Schreibtisch trat. »Du solltest dieses Auge untersuchen lassen.«

Folger versuchte bewußt, das Zucken zu kontrollieren, aber es war ein fruchtloser Versuch. Das Lid flatterte wie ein Stück lose Haut und bedeckte das halbe Auge in beständigem Zittern. »Ich habe vor ein paar Minuten einen Anruf bekommen. Von Pedanski.«

»Und?«

Folger steckte die Hände in die Taschen seiner grauen Bundfaltenhosen. »Er möchte, daß ich dich runterbringe. Dean, Patel und er wollen mit uns reden.« Kudrow hob leicht das Kinn. »Nick, er klang besorgt.«

Kudrows Stirn wurde von Sorgenfalten zerfurcht. Er erhob sich und stand als imposante Figur vor den grellen Farben des Lichtenstein-Original-Gemäldes, das hinter seinem Schreibtisch hing. Es hatte hunderttausend Dollar gekostet. »Besorgt?«

»So habe ich ihn noch nie erlebt«, sagte Folger. »Der nimmt normalerweise gar nichts ernst.«

Aber was sollte Pedanski oder eines seiner Tiere, wie Kudrow die drei großen Stars seiner Kryptographengruppe nannte, beunruhigen? Er hatte nicht die leiseste Ahnung. Aber er wußte, daß alles, was das Trio zum

Singen brachte, Aufmerksamkeit verdiente. Sie waren immerhin etwas Besonderes, nicht nur hinsichtlich ihrer Person, sondern auch wegen der Dinge, die sie geschaffen hatten. »Gehen wir.«

Das Z-Gebäude war nur eines von Dutzenden auf dem Gelände der Nationalen Sicherheit, das von drei konzentrischen Zäunen umgeben war. Die beiden äußeren davon waren mit Ketten verbunden und mit Stacheldraht gesichert, der innere war ein Elektrozaun. Marinesoldaten mit scharfen Deutschen Schäferhunden gingen pausenlos Streife, und von einem Punkt oberhalb der U-förmigen Anlage des Hauptquartiers aus suchten andere Marinesoldaten ständig das Gelände nach Eindringlingen ab, die Gewehre immer bei der Hand. Die Sicherheitsmaßnahmen sollten vorbeugend sein, zumal der gesamte Komplex innerhalb der Grenzen des US-Army Forts George Meade lag, auf halbem Wege zwischen Baltimore und der Hauptstadt.

Das Z-Gebäude, knapp fünfzig Meter vom dreifachen Zaun entfernt und zwanzig Meter vom nächsten Gebäude, war seinerseits von Stahlzäunen, Stacheldraht und Hochspannung umsäumt. Zwei Marinesoldaten bewachten Tag und Nacht den einzigen Eingang durch die Absperrung. Sie hatten Befehl, auf jeden zu schießen, der sich unerlaubt Eintritt in das fensterlose braune Gebäude, im Volksmund Pralinenschachtel genannt, verschaffte.

Das hatten sie in zehn Jahren zweimal tun müssen. Keiner der Vorfälle war in die Zeitungen gekommen.

Im ersten Stock des Z-Gebäudes verließ G. Nicholas Kudrow schnellen Schrittes sein Büro, Brad Folger dicht hinter sich. Er ging in Richtung Kellertreppe und stieg ein Stockwerk tiefer.

Innerhalb des Z-Gebäudes gab es keine Sicherheitsmaßnahmen. Wer hier drinnen war und atmete, der durfte es auch.

Am Fuße der Treppe wandte Kudrow sich nach rechts und durchquerte einen Flur, wobei er an drei grünen Türen vorbeiging, die in unordentliche Büros führten. Am Ende des Flures befand sich eine weitere Tür. Er öffnete sie, ohne seinen Schritt zu verlangsamen, und betrat das sogenannte Puzzle-Center.

Es sah aus wie ein College-Schlafsaal vor den Ferien.

Leo Pedanski sprang auf und verschüttete den Rest seines Sodawassers auf einen Stapel Papiere, die einen der beiden Schreibtische bedeckten. »Mr. Kudrow. Hallo.«

Kudrow wandte leicht den Kopf, als er sich in dem Raum umblickte. Dutzende leerer roter Flaschen lagen auf den Tischen und dem Boden neben dem überquellenden Papierkorb, und darauf Ausrüstungsteile, die den Steurzahler einiges kosteten. Überall türmten sich Papierstapel in unterschiedlichen Höhen. Beide Schreibtische waren mit Plastiktüten übersät. Ein dritter Stuhl war in den Raum gezwängt worden. Es roch nach Süßigkeiten und Fast food.

»Meine Herren«, grüßte Pedanski. Craig Dan, einen Kopf größer als sein Kollege und mit einem ungekämmten Pferdeschwanz, der in einem Jahr kaum einmal geschnitten worden war, erhob sich aus dem Schneidersitz und trat neben Pedanski, der eine Masse rotbrauner Locken auf dem Kopf hatte. Vikram Patel, mit siebenundzwanzig untersetzt und kahl, traute dagegen wohl seinen Beinen nicht und blieb auf dem Boden sitzen, die Knie mit den Armen umschlungen.

»Besorgt« war ein treffender Ausdruck, dachte Kudrow. »Renovierung?«

Leo Pedanski, wegen seines fortgeschrittenen Alters der Wortführer des Trios, fuhr sich mit der Hand über den Kopf und hob die andere, um sie in festem Griff im Nacken zu umklammern. Er sollte der Bote sein. Sein koffeingefüllter Magen knurrte vernehmlich. »Nein, aber, uh ... wir haben ein echtes Problem.« Ein nervöses Kichern begleitete seine Worte.

»Es geht um die erste S-Box«, erläuterte Patel mit brüchiger Stimme. »Sie war durchlässig. Ich wußte, daß sie durchlässig war.«

Dean, zweifach promoviert in theoretischer Mathematik und Chaos-Theorie, wandte seinen mageren Körper dem Ankläger zu. »Du Idiot, die erste S war meine! Sie war gut. Sie *ist* gut!«

»Halt's Maul«, sagte Pedanski mit so viel Autorität, wie er aufbringen konnte. Es war nicht viel. Ihr normalerweise offener studentischer Umgang miteinander war in den letzten sechzig Stunden sichtlich unterhöhlt worden. Und das alles wegen eines einzigen Anrufs.

»Die erste S-Box?« fragte Kudrow hoffnungsvoll. »Geht es hier um Mayfly?« Er sah Craig Dean an, der den Blick durch seine John-Lennon-Brille erwiderte. Es mußte um Mayfly gehen, es *konnte* nur darum gehen. »Sie haben gerade eine Autopsie von Mayfly vorgenommen, nicht wahr, Junge? Haben Sie herausgefunden, warum es geknackt worden ist?«

»Mr. Kudrow.« Pedanski trat vor und lenkte damit die Aufmerksamkeit seines Chefs wieder auf sich. »Es geht nicht um Mayfly. Es geht um Kiwi.«

Kudrow versteifte sich und hob das Kinn. Hinter den

getönten Gläsern begannen seine Augen zu blitzen. Er hörte, wie Folger »oh, Scheiße« murmelte.

»Was ist mit Kiwi?« fragte der Leiter der Abteilung Z.

»Wir ... es ...«, Pedanski schluckte. »Jemand hat es geknackt.«

»Was meinen Sie damit, hat es geknackt?« fragte Kudrow schärfer als sonst, wenn er mit den ›Tieren‹ zu tun hatte. Sie waren eine Gruppe von Spezialisten, bei denen der väterliche Ton angemessener war als die tyrannische Forderung nach einer Erklärung. Aber angesichts dieser unliebsamen Überraschung drohte ihm seine väterliche Seite abhandenzukommen.

»Jemand hat uns angerufen«, erklärte Patel, von nassem, tränenreichem Schniefen unterbrochen. Der siebenundzwanzig Jahre alte Computeringenieur wischte sich mit dem Unterarm die Nase und sah Kudrow an. »Hat Pedanski angerufen, meine ich.«

Kudrows Augen schossen zwischen den beiden Kryptographen hin und her. Schließlich sah er Pedanski an und trat einen halben Schritt auf ihn zu. Verstohlen holte er einmal tief Luft, um sich zu beruhigen. Sein Herz raste. »Von Anfang an, Mr. Pedanski. Alles.«

Jeder sah, wie Leo nach Luft rang, ehe er zu sprechen begann. »Gut. Sie wissen über das Gültigkeitsprotokoll für Kiwi Bescheid?«

»Das, was vor zwei Jahren abgeschlossen wurde?« fragte Kudrow zurück. In seinem Tonfall schwang Anklage mit. »Ja.«

»Wir waren mit dem Standardstoff befaßt«, erklärte Pedanski, wenn es auch nur in ihrer Welt »Standard« war. Ein ganzes Jahr lang hatten zwei Einheiten gepaarter Cray Supercomputer, von denen jeder einzigartig auf der Welt war, an einem Stück Zahlenunsinn gekaut, der dabei herauskam, wenn man Kiwi auf den Klartext anwandte.

Zur Zeit war Kiwi das sicherste Verschlüsselungssystem, das es gab. Aber obwohl ein Computer am ehesten kryptographische Systeme entschlüsseln konnte, mußte noch eine zusätzliche Sache bedacht werden. »Inklusive Test des menschlichen Elements. Sie wissen schon, die verborgene Nachricht in den Rätselteilen der Zeitschriften. Drei verschiedene Zeitschriften, glaube i ...«

»Kommen Sie zur Sache«, befahl Kudrow.

»Das Puzzle war ein Kiwi-Text, und darin war die Nachricht verschlüsselt, das Puzzle-Center anzurufen. Genauso, wie wir es schon bei anderen Systemen gemacht haben. Kleineren und größeren.« Pedanski sah, daß die Nasenflügel seines Chefs ungeduldig bebten. »Das war, wie Sie schon sagten, alles vor ein paar Jahren. So.« Die Stimme des Mathematikers wurde flach, ehe er sich zusammenriß. »Am Freitag habe ich hier Dienst gehabt, da kam ein Anruf auf Leitung zwei. Ich habe gedacht, es wäre irgendein Knabe aus T, der Schwierigkeiten hat, aber als ich abnahm, sagte dieses ... Kind oder was auch immer am Ende, er habe Puzzle 99 gelöst. 99 war die Codenummer für Kiwi.«

»Wir haben die Zahl wegen Barbara Feldon gewählt«, erläuterte Dean, als wenn das für Kudrow eine Rolle gespielt hätte. »Aus ›*Get Smart*‹ Sie war Agentin –«. An diesem Punkt war er so weise, seine Erläuterungen abzubrechen.

»Wirklich nett, Craig«, kommentierte Patel von Bodenhöhe aus.

Pedanski holte einmal tief Luft und fuhr fort: »Jemand hat den Code geknackt, Mr. Kudrow. Den Kiwi-Code! Ich habe mir fast in die Hose geschissen! Ich wußte nicht, was ich tun sollte. Ich habe den anderen, die übers Wochenende Dienst im Center tun sollten, gesagt, sie sollten wegbleiben, und ich habe sofort Craig und Vik gerufen.« Er sah sehr jung und verletzlich aus, als er sich umsah. »Wir haben seit Freitag nicht geschlafen, Mr. Kudrow. Wir sind jede mögliche Schwachstelle in Kiwi durchgegangen, aber wir können nichts finden. Nicht in der ersten S-Box, die ist gut. Nichts!« Er fuhr sich mit dem Handrücken über den Mund. »Als wir drei uns Kiwi ausgedacht haben, war es sicher, es war sicher, als wir ein erstes Modell hatten und es gültig wurde, es war sicher, als die Geräte für seinen Gebrauch gebaut und installiert wurden. Aber seit drei Tagen ... ich weiß es nicht.« Seine Augen glänzten. »Ich weiß es nicht.«

»Kann es sein, daß uns jemand verarschen will, Nick?« fragte Folger, der hinter seinem Chef stand, ruhig. »Jemand von drinnen oder draußen, der uns piesacken will? Sie wissen schon, einer der testen will, wie wir uns bei einer möglichen Panne verhalten?«

Kudrow dachte darüber nach und sah Dean an. Pedanski hatte sich abgewandt und starrte die Decke an. »Wer wußte, wie der Lösungssatz im Puzzle lautete?«

»Nur wir drei«, antwortete Dean. »Das war die Sache mit Agentin 99. Wir haben irgendwann rumgealbert und das als Identifizierung gewählt. Wir haben niemandem davon erzählt. Nicht einmal Ihnen oder Mr. Folger. Ich zumindest nicht.«

»Und was soll das nun heißen?« fuhr Patel auf.

»Hört auf, ihr zwei!« Pedanski warf ihnen einen drohenden Blick zu. Die Wut hielt die Tränen zurück, die hervorkommen wollten. »Mr. Kudrow, in ein paar Wochen werden alle Kiwi-Geräte installiert und betriebsbereit sein.«

»Fünfundneunzig Prozent sind bereits in Benutzung, Nick«, stellte Folger ruhig fest. »Das FBI geht als letztes ans Netz. Die Botschaften, DoD, CIA, sie alle benutzen es schon. Und wir haben keinen Ersatz, Nick, da Mayfly möglicherweise durchlässig ist.«

Kudrow sagte eine ganze Weile gar nichts. Statt dessen überlegte er in Blitzgeschwindigkeit, wie schwerwiegend die Sache war, falls sie nicht verschaukelt wurden, was er bezweifelte. Das Ergebnis beruhigte ihn nicht. *Katastrophe* war das einzige Wort, das ihm dazu einfiel.

»Haben Sie den Anruf auf Band?« fragte Kudrow.

»Natürlich«, gab Pedanski zurück. »Sir, sollten wir nicht –«

»Und das Gerät, das die Anrufe zurückverfolgt, war eingeschaltet?«

Pedanski nickte. »Der Anruf kam aus Chicago.«

Es gab zwei Möglichkeiten, entschied Kudrow rasch. Kiwi stoppen, seinen Benutzern erzählen, daß es nicht das unbesiegbare Monster war, als das er es angepriesen hatte. Dann würde er mit ansehen müssen, wie das, wofür er so schwer gearbeitet hatte, den Bach hinunterging. Denn Brad hatte es richtig erkannt: Wenn Kiwi nichts taugte, gab es nichts, worauf sie zurückgreifen konnten. Nichts, was durchführbar für alle war, die Kiwi benutzten. *Zehn Milliarden Dollar,* dachte Kudrow. Vergeudet. Der Kongreß würde nicht gerade jubeln. Er, Kudrow, würde natürlich der Prügelknabe sein, in irgendeinem Anhörungsraum ohne Kameras an einem grünen Tisch sitzen. Er würde in aller Stille von den Frauen und Männern zerstört werden, deren Leben, wie er wußte, ein Gewirr aus Betrug und Unehrlichkeit war. Und wenn sein Hintern erst einmal entblößt war ...

G. Nicholas Kudrow hatte sich in seiner langen Regierungskarriere nicht viele Freunde gemacht, aber er hatte viele Verbündete an seine Seite gezwungen. Bei der Wahl seiner Mittel war er skrupellos gewesen, er hatte nicht jedes Gesetz befolgt und an die Konsequenzen keine überflüssigen Gedanken verschwendet. Er hatte Leute benutzt, Informationen über sie gesammelt, sie damit in seine Abhängigkeit gebracht, bedroht, ihnen Gefälligkeiten in Aussicht gestellt, sie überredet, ja, genötigt.

Aber das alles hatte er zu dem Zweck gemacht, seinen Job gut zu erledigen. Er hatte die Kommunikation der Nation sicher gemacht und damit auch seine zukünftige Position. Er würde auf eine lange, insgeheim schillernde Karriere zurückblicken, und irgendwann würde er in den Texten, die so etwas festhielten, als der ›Vater des Kiwi‹ erwähnt werden. Vielleicht wurde Kiwi dann immer noch benutzt. So hatte er sich das vorgestellt. Bis jetzt.

Ja, Kiwi fallenzulassen war eine Möglichkeit, aber Kudrow wußte sofort, daß sie unannehmbar war.

Möglichkeit zwei war besser ... für das Land. Ja, für jeden. »Ich will in zehn Minuten eine Kopie des Bandes und die Ortsinformation auf meinem Schreibtisch haben.«

Pedanski nickte, kaute auf seiner Unterlippe und scharrte heftig mit der Spitze seiner Reeboks auf dem Teppich. »Aber, Mr. Kudrow –«

»Was?« Kudrow sah jedes einzelne der ›Tiere‹ fest an und warf seinem Assistenten einen warnenden Blick zu. »Wenn jemand sich einen Spaß mit uns erlaubt, meine Herren, uns testet, werden sie nicht erwarten, daß wir das System, das *Sie* drei erdacht haben, einfach fallenlassen. Wenn es da eine Schwäche gibt, müssen wir sie finden, herausfinden, was es ist und wie wer auch immer es geknackt hat. In jeder Hinsicht ist eine Untersuchung der richtige Weg. Ich werde mich darum kümmern.« Er warf einen Blick auf Folger. »Schließen Sie diesen Raum. Geben Sie jedem, der für den Dienst hier eingeteilt war, andere Aufgaben. Lassen Sie sie Mayfly zerlegen. Oder sonst was. Wenn dieses Telefon wieder klingelt, soll niemand anderer als ein Mitglied des Kiwi-Teams rangehen ... nur für alle Fälle. Verstanden?«

»Ja«, erwiderte Folger fest.

»Sie drei erarbeiten ein Schema, wie man den Raum hier tarnen kann«, ordnete Kudrow an. Er dachte, Patel würde widersprechen, aber statt dessen sah er, wie der seinen Kopf auf die Knie sinken ließ. »Verstanden?«

Dreimal zögerndes Nicken. Kudrow wandte sich um und ging. Vor der Tür blieb er stehen und steckte die Hände in die Taschen. Brad Folger verließ hinter ihm den Raum und studierte den blauen Teppich zu ihren Füßen. Der Chef hatte sich außerstande gesehen, einen ansprechenderen aus grauem Sisal zu genehmigen.

»Kiwi ist alles, was wir haben, Nick«, sagte Folger noch einmal, als spräche er von der Luft, die sie atmeten.

»Ein Grund mehr, es wegen eines einzigen Anrufs nicht wegzuwerfen.« Kudrow warf einen Blick durch den

Flur, kurz zu jeder Tür und die Treppe hoch. Es war der einzige Weg nach oben. »Wir werden das sicherstellen.«

»Wie?«

Kudrow ging Richtung Treppe und dabei an den drei grünen Türen vorbei. »Das wird kein Problem sein«, antwortete er, kehrte seinem Assistenten den Rücken zu und verschwand über die Treppe.

»Also nichts?« fragte Art Jefferson und sah von dem Bericht auf.

»Vorerst nicht«, antwortete Special agent Denise Green. »Das ist nur ein Quickie, vergessen Sie das nicht.«

»Ich weiß«, räumte Art ein, »Bob sagt, der CIA sei besorgt.«

Green nickte und nahm den Bericht wieder an sich. Sie sah, wie er die Augen schloß, nachdem er die Brille abgenommen hatte. »Sie kannten Chappell, nicht wahr?«

»Flüchtig«, antwortete Art. Sicher nicht lange und nicht gut genug, um ein paar der Sachen zu wissen, die er gerade aus dem Bericht erfahren hatte. *Jeder wie er will,* war gewöhnlich Arts Devise, aber in diesem Fall sah es so aus, als wenn Vince Chappells sexuelle Vorlieben die Sache für Keiko Kimura nur noch einfacher gemacht hätten. ›Bekannte des Betreffenden berichten eine Vorliebe für Sado-Maso-Praktiken in sexuellen Situationen.‹ »Nur sehr flüchtig.«

»Sonst etwas?« fragte Green.

Art warf einen Blick auf seine Schreibtischuhr und stand schnell auf. »Nein. Ich muß mich beeilen. Sehen Sie zu, daß ich bis Freitag den vollständigen Bericht habe.«

»Ja, Sir.«

»Bitte ohne *Sir*«, sagte Art, als er an der jungen Agentin vorbeieilte, »ich fühle mich so schon alt genug.«

Das FBI-Büro von Chicago befindet sich in der elften, zwölften und dreizehnten Etage des Bundesgebäudes in der South Dearborn Street. Einige Häuserblocks weiter südlich erhebt sich der Sears Tower in scharfen schwarzen Stufen gegen den Himmel, und an späten Sommernachmittagen, wenn die Sonne tief im Norden steht, wirft dieser gigantische Wolkenkratzer einen Schatten, der die Westseite des Büros kühl hält.

Das Büro im dreizehnten Stock, das Art in der hellen Sonne des ersten Frühlings verließ, war von Licht durchflutet, aber der eine Etage tiefer liegende Raum, den er einige Minuten später betrat, war dunkel. Eingezwängt zwischen Konferenzraum und Aktenarchiv und, wichtiger noch, nur ein paar Schritte von dem Kaffee- und Sodaautomaten entfernt, war der sogenannte Kommunikationsraum, eine fensterlose Schachtel, länger als breit, mit einem Zahlenschloß gesichert. Art suchte im Geist nach der richtigen Zahl, benutzte fälschlicherweise die aus L. A., gab schließlich auf und klopfte laut an die Tür und nannte seine Funktion: Assistent des Special agent.

»Einen Moment.« Hinter der Tür erklang ein schrilles, surrendes Geräusch, bevor sie geöffnet wurde. Ein ansprechendes, aber ernstes Gesicht sah durch den Spalt zu Art auf. »Agent Jefferson«, begrüßte Nelson Van Horn ihn. Er beugte sich in seinem nichtmotorisierten Rollstuhl vor, sein glattes braunes Haar war nach links gekämmt, und seine Augen waren dunkel, in der richtigen Beleuchtung tintenblau. »Erinnerungslücken?«

Art beobachtete, wie sich das Gesicht des Agenten bei dem Scherz erhellte. »O. K., Nels, ich könnte jetzt sagen, das Ding braucht ein bißchen Öl an den Radnaben, aber dafür bin ich zu höflich.«

Van Horn rollte zurück und ließ Art herein, dann schloß er die Tür. Sie verriegelte sich und schaltete automatisch die Alarmanlage ein. »Sind Sie hier, um sich das neue Spielzeug anzusehen?«

»Genau.« Art ging an Faxgeräten, Fernschreibern, Computern, Telefonen vorbei und blieb kurz vor einem ein Meter breiten polierten Metallwürfel stehen, der durch ein wieder verschlossenes Loch in der Westwand hereingebracht worden war. Drähte ragten heraus, je einer mit dem Faxgerät, den Computern und dem Fernschreiber verbunden, und ein weiterer führte zu einer Arbeitsstation, vor der der Stuhl fehlte. Van Horn rollte sich dorthin und beugte sich vor, um den fleckenlosen Stahlwürfel zu tätscheln.

»Unser Baby.«

»Verdammt groß, das Ding«, kommentierte Art. Er trat näher und berührte es. Seine Finger kribbelten von der Kälte der metallenen Oberfläche.

»Das ist nur die Schale«, sagte Van Horn. Er rollte ein Stück zurück, so daß er Art in die Augen sehen konnte. »Sie sorgt nur dafür, daß niemand hereinkommen und es einfach mitnehmen kann. Das Ding wiegt fünfhundert Kilogramm, aber –« er beugte sich vertraulich näher – »ich weiß aus sicherer Quelle, daß die tatsächliche Arbeitsstation nicht größer ist als ein Schuhkarton. Machen Sie sich keine Sorgen darum, daß jemand es aufschneiden könnte. Es ist unter Druck mit irgendeinem Gas gefüllt, das das Innere zerstört, sobald der Druck sinkt. Wie bei James Bond, was?«

Art nickte, obwohl er nichts verstanden hatte. Worauf es ankam, war, daß ihr Kommunikationsraum jetzt absolut sicher sein mußte. Der Rest der Büros hatte immer noch ungesicherte Telefone und Faxgeräte, aber alle sensiblen Geräte waren hier untergebracht. »Das ist also das Kiwi-Ding. Solange es funktioniert ...«

Van Horn schüttelte lächelnd den Kopf. Er kannte sich mit dem Code-Grundwissen aus – wenn er sich auch keinerlei Illusionen über die Geheimnisse innerhalb des silbernen Würfels hingab –, ein Wissen, das er sich in vier Jahren als MIT und während seines Studiums in Harvard erworben hatte. Erst hatte er Computer- und Zahlentheorie studiert und dann entschieden, weil er ein scharfsinniger junger Mann war, daß die Bruderschaft der Juristen viel zu wenige Mitglieder hatte, die befähigt waren, die Fälle der elektronischen Medien zu bearbeiten: Piraterie, Datenbetrug und solche Dinge mehr. Aber irgendwo auf dem Weg zum Doktor der Rechtswissenschaft hatte er sich überlegt, daß ein bißchen praktische Erfahrung hilfreich sein könnte, und das FBI war nur zu bereit gewesen, ihn darin zu unterstützen.

Aber dann geschah etwas Seltsames. Zwei Dinge, um genau zu sein. Zum einen entdeckte er, daß ihm Büroarbeit gefiel, ja, er genoß sie geradezu. Zum anderen wurde er, während er das genoß, in einen Schußwechsel mit einigen gutbewaffneten Bankräubern verwikkelt. Auf der Strecke blieben zwei Schurken und die Beweglichkeit seines Körpers von der Taille an abwärts.

Seine Beine waren unbeweglich geworden, na und? Das Büro hatte nichts dagegen, und wenn er schon keine Schurken mehr in den Straßen verfolgen konnte, so gelang ihm das manchmal doch im Datennetz. Er war nun Verwalter der Bürokommunikation, derjenige, der für die Sicherheit und das Funktionieren der Codegeräte verantwortlich war.

Kiwi hatte sein Leben um ein ordentliches Stück Streß erleichtert. »Es wird funktionieren«, versicherte er dem Assistenten des Special agent. Er deutete auf einen schmalen Zwischenraum hinter dem Würfel. »Sehen Sie sich das an. Sechs Telefonleitungen laufen da hinein. Wissen Sie, was darüber läuft? Müll. Elektronischer Lärm. Es durchläuft Kiwi – um wieder aus dem Nähkästchen zu plaudern – in einer Art dreistufiger, zeitverschlüsselter Decodierungsroutine und wird hier drin zu lesbarer Information oder Konversation. Telefon, Fax oder Computer. Selbst der alte Fernschreiber.« Er fragte sich, wann das Büro sich wohl davon trennen würde, da doch ein Faxgerät im wesentlichen das gleiche war. »Und«, fügte er hinzu, während er sich ein weißes Blatt Papier vom Stapel neben einem Laserdrucker griff, »wenn man mal annimmt, daß aus irgendeinem Grund das Telefon nicht funktioniert, weil beispielsweise die Schaltzentrale überschwemmt ist, wir aber eine codierte Nachricht rausgeben müssen.« Van Horn hielt das leere Blatt hoch. »Wir geben hier unsere Nachricht ein und bitten um Rücksendung. Das Kiwi-Gerät chiffriert die Nachricht und druckt sie aus. Auf diesem Blatt würde Unsinn stehen, aber alles, was der, der auch ein Kiwi-Gerät bedient, machen muß, ist, das Blatt seinerseits in sein Kiwi-Gerät zu stecken, um Rücksendung zu bitten und ... Bingo! Raus kommt es und ist völlig verständlich. Natürlich langsam, und bei den Telefonen funktioniert das nicht, aber wenn es sein muß, könnten wie die Nachricht per Kurier überbringen. Das ist ein großer Rückhalt, wenn das Telefon den Geist aufgibt.«

Blah, blah, blah, blah, blah. Art war sich bewußt, daß Van Horn genausogut in einer Sprache wie Sanskrit hätte sprechen können. »Die Verständigung ist also sicher?«

Van Horn erlaubte sich ein Kichern und nickte. »Ja, das ist sie.« Er beugte sich vor und tätschelte noch einmal das Gerät. »Vertrauen Sie *uns*.«

»Okay«, stimmte Art resigniert zu. Früher oder später mußte er sich der Technik unterwerfen. »Zeig mir, was es kann.«

Einige hundert Meilen entfernt nahm ein rothaariger Mann den Telefonhörer ab. Der Mann am anderen Ende der Leitung kam schnell zur Sache. Eine Gefälligkeit verlangte er, und der Rothaarige schuldete dem, der ihn darum bat, immer noch eine Menge. Wenn er seine Aufgabe erfüllte, wäre die Schuld fast abgetragen. Der Rothaarige legte auf und begann seine Sachen zu pakken, voller Hoffnung, daß er diesen Auftrag schnell erledigen konnte.

Nicht weit davon entfernt fuhr ein Auto an einem blauen Postkasten in Nord-Maryland vorbei und wurde langsamer. Der Fahrer, ein Asiate in grauem Anzug, bremste den silbernen Lexus und entdeckte ein Zeichen auf dem abgerundeten Dach des Kastens. Er parkte und zog eine vorbereitete Postkarte aus der Manteltasche. Sie war an seine Mutter in Kyoto adressiert, und er stieg aus dem Auto, um sie in den Kasten zu stecken. Dabei wischte er das Zeichen weg.

Er stieg wieder ins Auto und fuhr mit normaler Geschwindigkeit davon. Eine Stunde später aß er mit einem Freund in Washington zu Abend, und danach fuhr der Freund, auch ein Asiate, in eine Bar am College Park nahe der Universität von Maryland und bestellte ein Asahi, bevor er in die Toilettenräume ging. Die Kabinen waren leer. Er betrat die dritte und verschloß die Tür.

Wenn jemand vor der Tür gestanden hätte, so hätte er das Quieken der Schrauben oder das Klicken des metallenen Klopapierhalters hören können, als dieser entfernt wurde. Oder auch das Knistern von Papier, das entfaltet wurde. Aber es war niemand da.

Eine Minute später zog der Asiate die Spülung, wusch sich die Hände und trocknete sie unter einem Heißluftfön.

In der Bar nahm er einen langen Zug von seinem Bier, ließ das Glas dann halbvoll stehen und ging aus der Tür. Er mußte schnell zurück ins Büro. Diese Information konnte nicht warten.

KAPITEL 3

Die Kinder des achten Tages

Jean Lynch füllte Annes Teetasse nach und stellte die Teekanne zurück auf den Tisch. Sie saß neben ihrem Mann, ihre Beine berührten sich, und sie ergriff seine Hand.

»Ich hoffe, Sie verstehen unseren Wunsch, daß Simon fünf Tage die Woche kommt«, sagte Anne nach ihrer langen Erklärung, oder war es eine Bitte? Sie nahm einen Schluck von ihrem Earl Grey und stellte die Tasse dann wieder auf die Untertasse auf dem Beistelltischchen zu ihrer Linken. Daneben stand ein leerer Schaukelstuhl, und auf der anderen Seite des niedrigen Kaffeetisches ein Sofa. Von dort aus sahen die beiden Lynchs sie an.

Martin Lynch zog mit seinem Daumen kleine Kreise auf dem Handrücken seiner Frau, als er seine Gedanken in Worte kleidete. Er sprach mit einer gebildeten Frau und wollte nicht wie der Highschool-Abbrecher klingen, der er war. »Doktor Jefferson, wir wissen Ihr Interesse an Simon zu würdigen. Er geht offensichtlich gern ins Center.«

»Ja, das tut er«, ergänzte Simons Mutter enthusiastisch. »Er erinnert sich sogar an Abschnitte und Einzelheiten seines Tages, wenn er nach Hause kommt.«

Martin Lynch wartete, bis seine Frau ausgeredet hatte. »Aber ich will nicht, daß das seine Welt wird.« Er zeigte in den Raum und nach oben. »Das hier ist seine Welt. Dieses Zimmer. Sein Schlafzimmer.« Er legte eine Hand auf die Brust. »Wir sind seine Welt.«

Anne wußte, daß sie den Kampf verlor. Sie hatte das von Beginn ihres Besuches an gespürt, als der Vater Simon aus dem Zimmer geschickt hatte. Die Mutter schien zugänglicher, aber der Vater war, sicher im guten Glauben, das Richtige zu tun, derjenige, der hier die Entscheidungen traf. Sie mochte mit ihm nicht einer Meinung sein, aber sie konnte eine andere Entscheidung auch nicht erzwingen. »Ich kann Ihre Sorge verstehen, Mr. Lynch.«

Er schüttelte höflich den Kopf. »Nein, das können Sie nicht. Haben Sie Kinder, Dr. Jefferson?«

»Eine erwachsene Tochter. Sie studiert.«

»Sie können es nicht verstehen«, sagte Martin Lynch nachdenklich. »Wir werden nie in der Lage sein, so etwas über Simon sagen zu können. Wir werden nie sagen können, daß er erwachsen ist, und daran glauben. Er wird nie eine Universität besuchen. Er wird nie heiraten und Kinder bekommen.« Seine Frau schlug die Augen nieder. »Er wird nie ganz in der normalen Welt leben.« Er schwieg einen Moment lang, dann setzte er hinzu: »Mein Vater pflegte zu sagen, daß Gott am achten Tag die Schurken und Idioten schuf.« Martin Lynchs Augen waren bei diesen Worten schmerzerfüllt. Aber er hatte sich auch damit abgefunden. »Ich bin mir über die Stellung meines Sohnes im Leben bewußt, Doktor Jefferson. Der Ort, den er am meisten braucht, ist hier, bei uns zu Hause, nicht – bei allem Respekt – bei Ihnen oder Doktor Ohlmeyer, die immerzu Versuche mit ihm machen. So sehe ich die Sache. So soll es sein.«

Mission nicht erfüllt, dachte Anne und ärgerte sich über sich selbst. Sie überlegte angestrengt, ob es doch noch einen Weg gab, Martin Lynch davon zu überzeugen, daß sein Sohn sein Leben nicht auf einer einsamen Insel verbringen sollte. Aber ihr fiel nichts ein. »Ich respektiere Ihre Entscheidung, Mr. Lynch.« Sie zog eine Visitenkarte aus ihrer Tasche und schrieb eine Nummer auf die Rückseite. »Ich habe noch keine richtigen Karten, aber die Nummer meines Büros ist auf der Rückseite. Das ist eine von Doktor Ohlmeyers Karten. Wenn Sie irgend etwas brauchen, rufen Sie bitte an. Bitte.«

Martin Lynch nahm die Karte und steckte sie schon im Stehen in seine Hemdtasche. »Das werden wir.«

Anne warf einen Blick auf die Treppe. »Richten Sie Simon aus, daß ich auf Wiedersehen gesagt habe.«

»Das werde ich«, sagte Jean Lynch. Sie gingen zur Tür.

Der rothaarige Mann kaute einen Mundvoll Pistazien, als die Nigger-Frau endlich das Haus in der Vincent Street verließ. Er beobachtete aus einem gemieteten Lieferwagen einen Block weiter, wie ein Mann in blauer Arbeitskleidung sie zur Haustür brachte. Hinter ihm stand eine Frau in der halb geöffneten Tür. Die Schwarze ging zu dem Auto, das am Bordstein stand.

Der Rothaarige wußte nicht, wer die Nigger-Frau war, und es interessierte ihn auch nicht besonders. Er konzentrierte sich auf den Mann und die Frau, die sich abwandten und wieder hineingingen, nachdem ihre Besucherin gegangen war. Er betrachtete die beiden Führerscheinfotos auf seinem Schoß. Sie waren es. Die

Lynchs. Zwei von drei Bewohnern der Vincent Street 2564. Der dritte war ein Sohn.

Der rothaarige Mann hielt nach einem Teenager Ausschau, einem Jungen namens Simon, wie er aus den medizinischen Berichten der Krankenkassenakte des Vaters erfahren hatte. Der Sohn war sechzehn Jahre alt. Das war alles, was er wußte, aber er würde bald mehr erfahren. Der rothaarige Mann verstand sich bestens darauf, sich die nötigen Informationen zu verschaffen.

Er steckte die beiden Fotos in die Innentasche seines Jacketts und stieg aus dem Lieferwagen. Das Haus der Lynchs lag sechs Häuser entfernt. Der rothaarige Mann lief den Gehweg entlang und stieg die Stufen zur 2564 Vincent Street hoch. Er machte absichtlich Lärm und klingelte. Kurz darauf erschien Lynch.

»Sie wünschen?«

»Martin Lynch?« fragte der rothaarige Mann zur Begrüßung.

»Ja.«

Er zog eine schwarze Brieftasche hervor und klappte sie auf. Eine Plakette schimmerte Martin Lynch entgegen. »Ich bin Detective Burrell von der Polizei Chicago.« Das war eine Lüge, aber mit großer Selbstverständlichkeit vorgetragen. »Kann ich kurz mit Ihnen sprechen?«

Martin Lynch blinzelte nervös und griff nach dem Türgriff. »Natürlich. Treten Sie ein.«

Der rothaarige Mann lächelte und trat ein. Er sah, daß links das Eßzimmer war, vor ihm eine Treppe und ein Rundbogen, ein Wohnzimmer zur Rechten. Eine Frau trat durch den Rundbogen. Sie lächelte ihn an, dann fiel ihr Blick auf das Gesicht ihres Mannes, und das Lächeln verblich.

»Das ist –«

»Detective Burrell von der Polizei Chicago«, ergänzte der rothaarige Mann und gab der Frau die Hand. Er hörte, daß in der Küche Wasser lief.

»Ist etwas passiert?« fragte Jean Lynch. Ihr Mann schloß die Tür und stellte sich an ihre Seite.

»Eigentlich nicht«, entgegnete der rothaarige Mann, »aber ich muß Ihnen ein paar Fragen stellen.«

Martin Lynch nickte. »Wonach?«

Der rothaarige Mann zog ein kleines Notizbuch hervor und einen Kugelschreiber. »Ist Ihnen ein Doktor Lawrence Wollam bekannt?«

Jean Lynchs Augen wurden schmal. »Mein Sohn war vor ein paar Monaten bei ihm in Behandlung. Warum?«

»Nun, es tut mir leid, Doktor Wollam wird unangemessenes Verhalten vorgeworfen.« Er sah, wie die Augen der Frau sich weiteten. *Perfekt.* »Die Beschuldigungen beziehen sich alle auf einen Tag, den Tag, an dem Ihr Sohn bei Doktor Wollam war.«

»Was hat er gemacht?« fragte Martin Lynch mit erhobener Stimme, dann wandte er sich an seine Frau: »Warst du nicht dabei, als Simon vom Arzt untersucht wurde?«

»Fast die ganze Zeit.«

»Hören Sie zu«, sagte der rothaarige Mann besänftigend. »Wir haben bislang nichts, was die Beschuldigung stützt. Die anderen Patienten, die er an diesem Tag behandelt hat, sagen, daß nichts passiert ist. Aber wir müssen jeden überprüfen. Sie sagen also, daß Ihr Sohn eine Zeitlang mit Doktor Wollam allein war?«

»Nur sehr kurz«, erwiderte Jean Lynch. Die Augen ihres Mannes funkelten sie an. »Nur ein paar Minuten, länger nicht.«

Der rothaarige Mann nickte und hielt ihre Antwort in

seinem Notizbuch fest. »Okay, ich würde gerne mit Ihrem Sohn sprechen. Nur ein paar Fragen über die Untersuchung.«

Jean Lynch senkte kurz den Blick. »Unser Sohn ist autistisch.«

»Autistisch? Heißt das zurückgeblieben?« fragte der Rothaarige, wie es ein Polizist tun würde. In Wahrheit wußte er es besser. *Autistisch*? Die medizinischen Berichte im Computer der Versicherung hatten nichts davon erwähnt, aber das waren nur Berichte. Er war nicht die gesamte medizinische Geschichte durchgegangen. Er hatte nur etwas gesucht, was ihm einen Anknüpfungspunkt für den Sohn liefern könnte. Aber autistisch? Das würde passen – *sprach wie ein Kind, aber mit der Stimme eines Älteren* – oder nicht?

»Er verhält sich nicht wie normale Leute«, sagte Martin Lynch.

Der rothaarige Mann nickte langsam. »Aber kann er sprechen? Er könnte doch Fragen beantworten?«

Martin sah seine Frau an. »Du gehst besser zurück zum Essen. Ich bringe den Detective zu Simon hoch.«

»Uh, in solchen Situationen ist es besser, wenn wir allein mit den Betroffenen sprechen«, erklärte der rothaarige Mann. Er mußte mit dem Jungen allein sein. Unbedingt.

Martin Lynch lehnte mit einem Kopfschütteln ab. »Simon würde ohne mich oder seine Mutter dabei nicht mit Ihnen sprechen. Er kennt Sie nicht.«

Der rothaarige Mann wollte noch mal protestieren, überlegte es sich dann aber anders. *Beschaff die Information ... Zeitraum.* Er mußte an den Jungen rankommen. »In Ordnung. Solange Sie ihn das sagen lassen, was er zu sagen hat.«

Diese Ermahnung kam Martin Lynch seltsam vor, aber Polizisten denken anders als Zivilisten, tröstete er sich. »Kommen Sie.«

Jean Lynch sah ihnen nach, wie sie die Treppe hochstapften, dann ging sie in die Küche zu ihrem Ungarischen Gulasch zurück. Es war das Lieblingsessen ihres Sohnes.

Simon saß auf einem Stuhl vor seinem Tisch und hatte einen Schreibblock vor sich. In der Hand hielt er einen Bleistift und fuhr damit über die blauen Linien auf dem Papier, zog Bleistiftlinien waagerecht durch eine Linie, dann senkrecht nach unten, dann wieder hoch. Wenn er fertig war, würde jede senkrechte Linie auf der Seite durchkreuzt sein.

Sechs Seiten waren schon fertig. Sie waren sauber neben der Lampe aufgereiht.

Die Tür öffnete sich, aber Simon sah nicht auf. Sein Körper begann hin und her zu schaukeln.

Martin Lynch führte den rothaarigen Mann in das Zimmer seines Sohnes und schloß die Tür. Sein Sohn mochte es nicht, wenn Türen offenstanden. »Simon.«

Der blonde Kopf guckte hoch und wandte sich kurz der Stimme zu.

»Hier ist jemand, der mit dir reden möchte.« Martin Lynch ging zum Bett seines Sohnes und klopfte auf die weiße Überdecke. »Komm, setz dich hierhin.«

Simon legte den Bleistift ordentlich neben die obere Blattkante und ging zum Bett. Kurz davor blieb er stehen. Der rothaarige Mann stand ihm im Weg.

Martin Lynch bemerkte, daß sein Sohn ein Stück zurückwich.

»Hallo, Simon«, sagte der Polizist. Mehr sagte er nicht, denn der Vater brachte ihn mit einer Handbewegung zum Schweigen. Die Geste bedeutete ihm, dem Jungen Platz zu machen.

»Simon, es ist alles gut. Komm zu Daddy und setzt dich.«

Der Fremde in den großen schwarzen Schuhen trat zur Seite, und Simon schob sich vorbei und setzte sich neben seinen Vater. Er ballte die Fäuste im Schoß und fing wieder an zu schaukeln.

»Simon, das ist Mr. Burrell«, sagte Martin, als er sich hingekauert hatte, und legte seinem Sohn eine Hand aufs Knie. »Er will dir ein paar Fragen stellen. Geht das?«

Simon antwortete nicht.

»Ich bleibe hier«, versicherte Martin Lynch seinem Sohn.

Simon schaukelte weiter vor und zurück und nickte zweimal.

»Gut.« Martin Lynch erhob sich und trat ein paar Schritte zurück, so daß er sich gegen die Wand lehnen konnte.

Der rothaarige Mann lächelte breit und hockte sich auf Höhe des Jungen hin, wie es der Vater getan hatte. Er versuchte, dem Jungen in die Augen zu sehen, wurde aber durch deren ständige Bewegung und den gesenkten Kopf daran gehindert. »Wie geht's?« fragte er wie ein jahrelanger Freund. Simon wußte, daß er das nicht war, und antwortete nicht.

Hinter dem rothaarigen Mann beobachtete Martin Lynch genau, was vorging. Sein Sohn mochte diesen Mann nicht.

Der Rothaarige suchte den Raum verstohlen mit den Augen ab. Auf dem Nachttisch lag unter der Lampe eine Zeitschrift. Er erkannte den Titel. Er ergriff sie und blätterte ziellos durch die Seiten. »Liest du gerne?«

Simon schaukelte schneller vor und zurück.

Der rothaarige Mann sah den *Stümper* durch und hielt bei der ersten Seite des Rätselteils inne. »Magst du Puzzles?«

Simon sah kurz zu seinem Daddy hin, dann senkte er wieder den Kopf und begann, mit den Daumen fest über seine Handflächen zu reiben. Martin Lynch richtete sich auf und trat einen Schritt vor.

Der Polizist verdrehte den Kopf, um den Jungen ansehen zu können, und fragte ihn erneut, ob er gern Puzzle spiele.

»Hören Sie.« Martin Lynch tippte dem Polizisten energisch auf die Schulter. »Was machen Sie da?«

»Ich will, daß er sich wohl fühlt, Mr. Lynch.« *Beschaff die Information ... Zeitraum.*

»Aufstehen«, befahl Martin Lynch, und der Rothaarige erhob sich und sah ihn an. »Er fühlt sich nicht wohl, das ist das Problem.«

»Ich dachte es mir«, sagte der Polizist, kaute auf seiner Unterlippe und nickte, dann legte er die Zeitschrift auf Simons Schoß. Anscheinend tat es ihm leid.

»Er wird nicht mit Ihnen reden«, erklärte Martin Lynch.

»Nun, vielleicht sollten wir uns einfach unten unterhalten, Sie, die Dame des Hauses und ich«, schlug der rothaarige Mann vor ... *Zeitraum.*

Martin Lynch nickte und warf einen Blick auf seinen Sohn. »Ich bin in ein paar Minuten wieder hier, Simon.«

Simon schaukelte schweigend weiter, während sein Daddy und der Fremde das Zimmer verließen. Auf der Treppe erklangen Schritte, nachdem die Tür sich geschlossen hatte. Unter ihm quietschten die Bettfedern im Rhythmus seiner Schaukelbewegungen. Ein Lastwagen fuhr am Haus vorbei. Simon wußte, daß es die Zeit für den Wagen war, der Milch in den Supermarkt an der Ecke lieferte. Ein Mann namens Toricel-Tsewp-Tsewp. Tsewp-Tsewp. THUMP. THUMP. Simon hörte abrupt auf zu schaukeln, als er Glas zerbrechen hörte. Vielleicht hatte Mummy einen Teller zerbrochen. Das war schon früher mal passiert. Als sie Truthahn und Kartoffelbr ...

Auf der Treppe waren Schritte zu hören. Schwere Schritte.

Simon fing wieder an zu schaukeln. Das war nicht Dad, der ging leise.

Die Tür schwang auf und blieb offen. Der rothaarige Mann trat allein in Simons Zimmer. Simon roch etwas Seltsames. Wie Rauch.

»Noch mal hallo, Simon«, sagte der rothaarige Mann, als er sich dem Jungen näherte. Er griff in die Tasche und holte ein gefaltetes Stück Papier hervor. »Ich wollte noch ein bißchen über die Puzzles reden.« Er stand genau vor dem Jungen. Mit einer behandschuhten Hand griff er dem Jungen ins Haar und zog seinen Kopf hoch, bis er ihm ins Gesicht sehen konnte. »Du weißt doch, daß es unhöflich ist, jemanden beim Sprechen nicht anzusehen.«

Simons Unterlippe begann zu zittern, aber er weinte nicht. Seine Augen schossen auf der Suche nach etwas Vertrautem durch den Raum. Sie blieben am Bild seines alten Hundes Roger neben dem Fenster hängen. Roger war gestorben, als –

»Sieh *mich* an, Junge.« Der rothaarige Mann riß Simons Kopf heftig herum.

»Sie sind ein Fremder.«

»Nein.« Der rothaarige Mann brachte sein Gesicht ganz nahe an Simons heran. »Ich bin dein Freund.«

Dad hatte nichts davon gesagt.

»Ich will nur über ein paar Puzzles reden. Du erzählst einem Freund doch von ein paar Puzzles?«

Dieser Mann war ein Fremder. Er war kein Freund.

Der rothaarige Mann zog sich zurück, hielt aber immer noch Simons Haarschopf fest. Er entfaltete das Blatt Papier in der anderen Hand und hielt es dem Jungen vors Gesicht.

Es war mit Buchstaben und Zahlen bedeckt.

Am Anfang waren fünfzig Zahlen und Buchstaben gemischt und am Ende fünfzig Buchstaben. Dazwischen waren 1450 Zahlen.

»Was siehst du, Junge?«

Simons Augen glitten über die Zahlen und Buchstaben. Er blinzelte ein paarmal.

»Was steht da?«

Simon erkannte diese Art Puzzle. Es war nicht schwer. »Ich kenne Kiwi.«

Der rothaarige Mann zog das Papier weg. »Richtig.« Er stopfte das Blatt in seine Manteltasche und bog Simons Gesicht zu der Zeitschrift auf seinem Schoß. »Dadrin ist auch so ein Puzzle. Erinnerst du dich daran?« Er zerrte seinen Kopf wieder hoch. »Wie hast du das gelöst, Junge?« Die andere Hand war jetzt leer. Er holte damit aus, die Handfläche glatt unter dem schwarzen Leder.

»Wie?«

Martin Lynch lag in einer immer größer werdenden Lache seines Blutes, als der Schrei seines Sohnes in die Küche hallte. Mit einer gewaltigen Anstrengung hob er den Kopf und sah sich um. Seine Frau lag da, wo die beiden Wände des Schrankes zusammentrafen. Ihr Kleid klebte ihr am Körper, mit dunkler Flüssigkeit vollgesogen. Eine rote Linie tropfte mitten von ihrer Stirn über eine Wange.

Er hat auf uns geschossen, wurde Martin Lynch klar. Er hatte keine Erinnerung daran, wie es passiert war, aber er wußte es. Er hätte es ahnen sollen, als Simon ... »Simon«, flüsterte Martin mit schwacher, belegter Stimme. Blut quoll dabei aus seinem Mund. Er rollte auf die Seite, lehnte sich an den Herd und sah nach unten. Ein groschengroßes Loch war in seinem Arbeitshemd, rechts von der Tasche. Die blaue Baumwolle hatte sich rot gefärbt. Er hob die Hand an eine brennende Stelle über seinem linken Auge. Ein Finger berührte eine nasse Vertiefung, die unerträglich schmerzte.

Plötzlich wurde Martin Lynch übel, und er übergab sich auf seine Beine. *Mein Gott, ich bin angeschossen ... In den Kopf und in die Brust ... Ich muß sterben ...* Wieder sah er zu seiner Frau hinüber. Sie bewegte sich nicht. *Er hat meine Jean getötet ...*

Das Geräusch eines Schlages, das von oben kam, riß Martin Lynchs Kopf hoch. Simon schrie laut auf.

»Nicht meinen Simon«, sagte Martin Lynch. Er ließ es zu, daß die Wut ihn übermannte, seinen Schmerz, die Übelkeit, die Trauer überlagerte, ihn vom Boden hochtrieb und Schritt für Schritt durch das Blut seiner Frau in den Flur brachte.

Die Hand des rothaarigen Mannes war zum dritten Schlag erhoben, als von unten ein Krachen ertönte. Er ließ Simons Kopf los und zog die Waffe. Ein dünner blauer Rauchfaden stieg aus der Waffe auf.

»Du bleibst –« Dem rothaarigen Mann wurde die Unsinnigkeit seiner Warnung bewußt. *Als wenn du irgend-*

wo hingehen würdest, Junge. »Ich muß unten noch was zu Ende bringen. Bin gleich zurück.«

Die Walther PPK mit Schalldämpfer in der ausgestreckten Hand, ging er aus dem Zimmer und vorsichtig die Treppe hinunter, wobei er den Fuß nur leicht auf die Stufen setzte. Als er fast unten war, duckte er sich und suchte den Flur ab. Nichts. Die Eingangstür war immer noch geschlossen, und alles schien an seinem Platz zu sein. Er ging weiter und stellte sich im Flur hin, wobei er nach rechts und links schaute: links ging es ins Wohnzimmer, rechts in die Küche. Durch den Rundbogen konnte er die Beine der Mutter sehen, aber nicht die –

»Bastard«, sagte Martin Lynch hinter dem rothaarigen Mann. Er war durch den Bogen in der Küche direkt ins Wohnzimmer gegangen und dann nach rechts in den Flur. Im Flur stand ein China-Kasten. Darauf hatte ein Revolver Kaliber .38 gelegen. Den hielt Martin Lynch jetzt in der rechten Hand.

Er schoß dem rothaarigen Mann sechsmal in den Rücken, bevor er selbst zusammenbrach. Sein letzter Gedanke galt seinem Sohn und was nun aus ihm werden würde, und als die Welt dunkel wurde, ließ Martin Lynch den Revolver fallen und griff in seine Hemdtasche.

PENG! PENG! PENG! PENG! PENG! PENG!

Simons Körper wurde bei dem Lärm geschüttelt. Er hörte den Krach weiter, weiter und weiter. Er schrillte fast schmerzhaft in seinen Ohren.

Es tat ihm weh. Das laute Geräusch tat ihm weh.

Er wußte, was zu tun war.

Mit stechendem Gesicht, das eine Auge fast zugeschwollen, zog Simon seine Karten unter dem Sweatshirt hervor. Er blätterte sie durch, bis er zu der mit der

Überschrift STURM kam. WENN EIN LAUTES GRÄUSCH DICH STÖRT UND S LAUTR WIRD UND DU MAM UND DAD NICHT FINDN KNNST G N DN KELLR

Simon steckte die Karten zurück, nahm die Zeitschrift unter den Arm und verließ sein Zimmer. Seine Augen hafteten auf dem Teppich zu seinen Füßen. Eines tat sehr weh. Er weinte nicht.

Das Schrillen in seinen Ohren nahm zu. Simon ergriff mit der rechten Hand das Geländer und ging, so schnell er konnte, hinunter. Unten blieb er stehen und durchforschte mit einem tränenden Auge das Wohnzimmer. Er weinte nicht. »Mummy. Daddy.«

Keine Antwort. Simon nahm noch eine Stufe und blieb dann stehen. Da lag etwas an seinem Fuß. Es war der Mann, der ihm das Puzzle gezeigt hatte. Der Mann, der ihn geschlagen hatte. »Mummy, Daddy.«

Nichts, und der Ton in seinem Kopf wurde jetzt tiefer, wurde zum Baß und dröhnte im Rhythmus seines pochenden Auges. Mummy und Daddy antworteten nicht. Er mußte in den Keller gehen. Der Mann auf dem Boden war ihm im Weg.

Simons Füße scharrten für einen Moment unschlüssig auf dem Boden. Dann hob er erst den einen, dann den anderen über den Mann am Boden. Er ging hinter die Küche und hielt ein letztesmal inne, als der Lärm zunahm. »Mummy, Daddy.«

Sie waren nicht da. Wenn sie da wären, würden sie kommen. Simon wußte, was er zu tun hatte.

Schnell ging er zur Kellertür, öffnete sie und schloß sie wieder hinter sich. Sein Schritt war leise, als er die Treppe hinunterstieg.

KAPITEL 4

Die ›Freunde‹-Karte

Der silberne Volvo 940 scherte aus dem schwachen Verkehr aus und hielt am Bordstein vor dem FBI-Gebäude. Art öffnete die Tür, stieg ein und saß im warmen Inneren des Hochzeitsgeschenks für seine Frau. Sie wartete auf eine Lücke im Verkehr und fuhr Richtung John F. Kennedy Street.

»Danke, daß du mich fährst, Baby«, sagte Art und öffnete seinen Mantel. Heiße Luft aus der Klimaanlage hüllte ihn ein.

»Kein Problem«, erwiderte Anne lau, den Blick nach vorne gerichtet, ihr Daumen klopfte rhythmisch auf das Lenkrad. Das Radio war aus. Art beugte sich zu ihr und küßte sie auf die Wange.

»Mein Auto hat heute nachmittag den Geist aufgegeben«, erklärte er. Im zarten Alter von sechs Monaten hatte der Chevy-Caprice-Classic-Dienstwagen das Handtuch geworfen! »Kannst du dir vorstellen, daß nicht ein einziger verdammter Ersatzwagen zu kriegen war?« Budgetkürzungen sind wirklich etwas Großartiges, dachte er, da fiel ihm auf, daß Anne nichts dazu sagte. Er wandte sich ihr zu und sah ihr »Ich bin mit mir nicht zufrieden-Gesicht«. Wäre es ihr »Ich bin mit dir nicht zufrieden-Gesicht« gewesen, hätte sie ihn oder den Betreffenden angesehen. Statt dessen starrte sie mit leerem Gesicht auf die Bremslichter vor sich, sah aber, wie

Art wußte, in Wirklichkeit in ihr Inneres. »Stimmt etwas nicht, Baby?«

Anne versteifte sich und stieß die Luft aus, die sie, wie ihr schien, eine Stunde lang angehalten hatte. »Hast du je alles versucht, damit etwas passiert, aber es passiert einfach nicht?«

Jeden Tag, dachte Art, aber er wußte, daß sie das jetzt nicht hören wollte. »Manchmal.«

»Nun, ich habe so etwas heute nachmittag erlebt.« Sie seufzte und schüttelte den Kopf, erwog sogar, dem Lenkrad einen ordentlichen Schlag mit der Hand zu verpassen, nahm dann aber doch davon Abstand.

»Geht es um den Jungen, von dem du mir erzählt hast?« fragte Art. Natürlich hatten die Bulls gerade gespielt, als sie ihm in leisen Zurufen aus der Küche davon erzählt hatte, in ihrem Haus in Evanston, bei flüssigem Verkehr eine Stunde vor der Stadt.

»Meinst du Simon?« fragte Anne aggressiv, »den autistischen Jungen?«

»Ich erinnere mich«, sagte Art.

Anne entspannte sich ein bißchen. »Tut mir leid.«

Art rieb ihr Bein unter dem blauen Rock. »Vergiß es. Erzähl.«

»Sein« – sie unterdrückte den Ausdruck, den sie fast gebraucht hätte – »Vater hat sich geweigert –« Das Klingeln des Handys unterbrach ihre Klage.

»Für dich«, sagte Art.

Anne fischte das Gerät mit einer Hand aus ihrer Tasche und meldete sich nach dem dritten Klingeln. »Ja ... ja, am Apparat – Was?«

Art sah, wie seine Frau sich über das Lenkrad beugte, als brauchte sie eine Stütze. »Baby?«

»Wann ...« Sie lenkte den Volvo, von einem wütenden Hupkonzert begleitet, schnell an den Bordstein und schloß die Augen. »Woher haben Sie meine Nummer?«

Art sah, daß sie ein paarmal nickte, dann drückte sie auf ›aus‹ und wandte sich über die Konsole zu ihm. »Baby, was ist los?«

Anne zog ihn ganz nah an sich heran, so nahe sie konnte, und verfluchte sich lautlos dafür, was sie beinahe über Simons Eltern gesagt hätte. »Es ist ... Simon«, brachte sie zwischen Schluchzern hervor, dann wich sie zurück und versuchte, die Fassung zurückzuerlangen. Sie legte beide Hände fest aufs Lenkrad und sagte: »Ich muß zu ihm.«

»Was ist los?« drängte Art, als seine Frau sich wieder in den Verkehr einreihte und zur Eisenhower Street abbog.

Der Cadillac war eine Stunde vor Tokio, als der junge Mann, der Keiko gegenübersaß, mit dem Lesen des Berichts darüber, was der Amerikaner ihr mitgeteilt hatte, zu Ende war. Er sah sie an und legte die zwölf Seiten neben sich auf den Sitz. »Sie haben wieder gute Arbeit geleistet. Mr. Chappell wußte sogar noch mehr über die Einstellung der Amerikaner zu den Zollgrenzen, als wir dachten.«

Keiko sah ihn durch dunkle Gläser an. Sie saß in Fahrtrichtung auf dem Ledersitz und hatte beobachtet, wie rechts zwei Züge sehr schnell vorbeigefahren waren. Sie trug enge schwarze Jeans und einen schwarzen Blazer über einem weißen T-Shirt. Ihr Haar war offen. Eine Hand lag auf ihrem Bauch. Die andere zupfte abwesend an einer Fussel im Polster.

»Mr. Kimodo wird erfreut sein«, sagte Mitsuo Heiji, dann wurde sein Ausdruck kühler, bevor er ergänzte: »Aber er ist besorgt, wegen Ihrer ... Methode.«

Keiko sah nach rechts, über die Gleise, die durch die Felder führten. Am Horizont war der Morgenhimmel grau und bedrohlich. Es würde Regen geben. »Fahren wir bald zurück?« fragte sie, ohne den Blick vom Fenster abzuwenden, und ignorierte die Frage.

Heiji antwortete nicht sofort. Solange sich ihre Aufmerksamkeit auf etwas außerhalb des Wagens richtete, ließ er seine Augen über ihren Körper wandern. Sie war dreißig, und die Jahre sah man ihrem ernsten Gesicht an, aber ihr Körper hätte der eines Teenagers sein können. Früher hätte er einen Versuch gewagt, aber nicht, nachdem er gesehen hatte, was von Carlton Kerr übriggeblieben war, dem ersten Amerikaner, mit dem sie vor ein paar Monaten zu tun gehabt hatte. Heiji hatte die Leiche gesehen, bevor er sie an einer Autobahn deponiert hatte. Es verursachte ihm Unbehagen, an den Mann zu denken, die Zunge herausgerissen, ein Knie in einem unmöglichen Winkel nach vorne gebogen. Daß diese ... Frau das getan hatte, erschreckte Heiji zutiefst.

»Heiji, denken Sie nicht an mich in Zusammenhang mit sich«, sagte Keiko, ohne ihn anzusehen.

»Vorstellungskraft ist das zweitgefährlichste, was ein Mann hat.«

Heiji kicherte nervös. Offensichtlich waren seine Gedanken leicht zu durchschauen. »Das zweite, ja?«

»Ja.«

»Was ist das erste?«

»Ein Herzschlag«, antwortete sie und wandte sich

um, um ihn anzusehen. Ein Kloß bildete sich in seiner Kehle.

»Ich muß noch einmal zu bedenken geben, daß Ihre Methoden Mr. Kimodo beunruhigen.«

»Ich habe bekommen, was er wollte«, sagte Keiko mit ruhiger Autorität. Zwölf Seiten Informationen, die der Amerikaner ganz bereitwillig herausgerückt hatte, nachdem sie einen seiner Hoden in ihrer Hand zerquetscht hatte; den zweiten hatte sie zerbissen, bevor sie den Mann bei lebendigem Leib ausgeweidet hatte. Zwölf Seiten voller Worte. Entscheidungen der Handelspolitik. Dinge aus der Wirtschaftsabteilung. Kommende Aufgaben und Informationen, die seine Vorgesetzten haben wollten. Worte. Für den Geschäftstycoon Kimodo waren sie Gold wert, aber Keiko hatte gespürt, wie sich der wahre Wert des Amerikaners in einer Fontäne aus seinem geöffneten Bauch über ihren nackten Körper ergossen hatte. Kurz danach war sie gekommen.

»Aber die Überbleibsel Ihres ... Erfolges sind recht drastisch«, beharrte Heiji, der seine Worte sorgfältig wählte. Es ist nicht weise, die Amerikaner durch eine abstoßende Art im Umgang mit einem der Ihren zu verärgern. Er sah, wie ihr Blick härter wurde, und ergänzte schnell: »In Mr. Kimodos Augen. Vielleicht wäre es klüger, Ihre ... Sitzungen so abzuschließen, wie sie es letztes Jahr mit Mr. Hashimoto gemacht haben. Sie hatten Erfolg, ohne ... die Unreinheiten.«

Es hatte keinen Grund dafür gegeben, Yoshihiro Hashimoto, den Sohn eines Konkurrenten von Kimodo, anders als tot und nur leicht entstellt zu hinterlassen. Er entsprach nicht Keikos Spielzeug-Geschmack. Es sollten, wenn die Götter ihr geneigt waren, Amerikaner sein. Seit sie damals für ihre Hisbollah-Kameraden in der Bekaa-Ebene diesen Amerikaner geschändet hatte, konnte sie nur noch daran denken. Wollte sie nur noch das. »Ich tue meinen Job so, wie es mir gut erscheint. Bitte sagen Sie Mr. Kimodo das. Und nun, wann fahren wir zurück?«

Heiji riß sich zusammen und nahm einen Umschlag aus seiner Manteltasche. »Gleich.« Er reichte Keiko das Kuvert. Als sie es nahm, bemerkte er, daß ihre Nägel kurz geschnitten und blau lackiert waren. »Mr. Kimodo braucht Ihre Hilfe in einer neuen Angelegenheit.«

So schnell schon ..., dachte Keiko sehnsüchtig. »Reden Sie.«

»Die Einzelheiten finden Sie in dem Umschlag, aber Mr. Kimodo verlangt, daß Sie nach Amerika reisen. Dort ist jemand, der Sie möglicherweise mit sehr wertvollen Informationen versorgen kann. Es geht um ihren Geheimcode.«

»Geheimcode?« echote Keiko. »Was ist das?«

»Die Einzelheiten finden Sie schriftlich.«

Keiko ließ ihre Finger liebkosend über den rauhen Umschlag gleiten. Manche Dinge klangen gesprochen besser als in kalten Buchstaben.

Ein kurzes Aufflackern von Mitgefühl ließ Heiji kurz innehalten. »Ein junger Mann. Es steht dadrin, und in Amerika wartet ein Kontaktmann.«

Ein junger Mann. Das eröffnete vielversprechende Möglichkeiten. »Amerika, sagten Sie.«

»Unser treuer Verbündeter.« Heiji nickte. Ihm fiel auf, daß Keiko sich auf ihrem Platz sacht hin und her bewegte. Fast so, als würde sie sich winden.

Keiko hörte Kimodos Handlanger sprechen, aber sie

sah schon wieder aus dem Fenster, beobachtete, wie die ersten grauen Tropfen auf die entfernten Felder fielen, und bemühte sich, an die Bauern und die Ernte zu denken, an alles, nur nicht an die zwei Worte, die sich in ihrem Kopf wieder und wieder wiederholten: *junger Mann, junger Mann, junger Mann, junger Mann.* Sie würden einander bald treffen, aber bald schien noch eine Ewigkeit hin zu sein.

Dann endlich, mit dem Vorspiel, würde ihr Hunger sich in glorreiche Höhen aufschwingen, und es würde ein um so süßeres Opfer sein, ihn zu stillen.

»Ein junger Mann, sagen Sie?« Sie mußte es einfach noch einmal hören.

Heiji nickte und sah, daß Keiko ihre Beine sehr langsam übereinanderschlug. »Ja, ein junger Mann.«

Der Wagen wendete und fuhr auf der Straße nach Tokio zurück. Keiko kaute die ganze Zeit schweigend, ungeduldig an ihrer Unterlippe.

Anne parkte den Volvo hastig in Milford, nahe an der Polizeiabsperrung, die die Gaffer fernhalten sollte. Sie rannte auf den nächsten Beamten der Polizei von Chicago zu, Art blieb neben ihr. Obwohl es nicht sein Bereich war, hielt er seine Plakette hoch, um sie dem Polizisten zu zeigen.

»Ich bin Doktor Jefferson«, sagte Anne.

Der Streifenpolizist sah den Mann mit der FBI-Plakette an ihrer Seite und ließ sie durch. Eine Minute später stieg Anne zum zweitenmal innerhalb einer Stunde die Stufen zur Vincent Street 2546 hoch. Dort wurden sie von einem Polizeilieutenant aufgehalten.

»Sind Sie Doktor Jefferson?« fragte Lieutenant Jerry

Miklovich. Auch er hatte sofort die FBI-Plakette bemerkt, die ihr Begleiter an seinen Gürtel geklemmt hatte.

»Ja, wo ist –«

»Und Sie?«

»Art Jefferson, Assistent des Special agent.«

»Richtig, Sie sind nur –«

»Wo ist Simon?« verlangte Anne laut zu wissen.

Miklovich schwieg einen Moment lang. »Ihm geht es gut, aber er scheint einen Schock zu haben oder so –«

»Er ist autistisch«, erklärte Anne.

Miklovich nickte langsam und machte eine verständnisvolle Miene. »Das ist wie zurückgeblieben.«

Anne hatte keine Zeit, den Gesetzeshüter eines Besseren zu belehren. »So ähnlich. Wo ist er?«

»Er ist im Keller. Wir können ihn nicht herauslocken. Wie ich Ihnen am Telefon schon sagte, hatte sein Vater die Karte mit Ihrer Nummer auf der Rückseite in der Tasche. Wir haben angerufen bei ... uh, ein jüdischer Name –«

»Ohlmeyer«, sagte Anne. *Bring mich zu ihm. Schnell.*

»Richtig, aber er war nicht da. Sein Büro hat uns Ihren Namen und die Nummer genannt, und da sie auch hinten auf der Karte stand, haben wir uns an Sie gewandt.« Miklovich spuckte aus. Zwei seiner Spurensicherungsleute gingen an ihm vorbei ins Haus. »Sie sind die Ärztin des Jungen?«

»Psychologin, ja. Kann ich ihn bitte sehen?«

»Es wäre toll, wenn Sie ihn aus dem Keller herausbekämen. Dieser Junge hat vielleicht gesehen, was da drin passiert ist. Ich will ihn nicht noch mehr verstören, als er schon ist.«

Anne drängte vorwärts. »Sind Sie fertig?«

Miklovich sah Art an. »Da drinnen sieht es furchtbar aus.« Dann wieder an Anne gewandt: »Jede Menge Blut.«

»Ich werde nichts anfassen«, erwiderte Anne.

»Nein, ich will nicht, daß Ihnen schlecht wird«, sagte Miklovich.

»Wird ihr nicht«, erwiderte Art, die Hand auf Annes Schulter.

Miklovich kaute auf etwas herum und spuckte wieder aus. »Na gut. Folgen Sie mir.«

Art bildete die Nachhut, eine Hand auf dem Rücken seiner Frau. Er war ein alter Hase, was schreckliche Verbrechensszenen anging. Sie nicht. Er rieb mit dem Daumen kreisförmig die Stelle zwischen ihren Schulterblättern, machte ihr Mut, während der taktlose Leutnant sie durchs Wohnzimmer führte, rechts zur Treppe – *ein Mann am Boden, Schüsse in den Rücken,* stellte Art fest – nach links in den Flur – *ein Körper in Seitenlage, mindestens eine erkennbare Wunde, eine Smith mittlerer Größe auf dem Teppich* – und durch die Küche – *weibliche Person am Boden, Kopfschuß, voll bekleidet, Glasscherben am Boden* – und weiter zu einer offenen Tür. Ein Polizist bewachte sie. Hinter der Öffnung lag alles im Dunkeln.

Miklovich wandte sich an die Dame. Ihr Gesicht verzerrte sich kurz. »Alles in Ordnung?«

Anne nickte.

»Er ist da unten. Ich habe einen Mann unten, der ein Auge auf ihn hat.«

Anne nickte noch einmal und verdrängte mit Aufbietung aller Willenskraft die grauenhaften Bilder aus ihren Gedanken.

»Willst du, daß ich mit nach unten gehe?« fragte Art.

Erneutes Nicken. Art dirigierte sie vorwärts und folgte ihr die Treppe hinunter. Eine gelbe Lampe über einem Haufen Kartons verbreitete gedämpftes Licht. Ganz oben sahen Bücher heraus. Der Polizist am Fuß der Treppe machte ihnen Platz und zog sich dann auf einen Wink des Lieutenants nach oben zurück.

In der entferntesten Ecke des Kellers stand im Schatten brauner Karteikästen Simon Lynch und schaukelte schweigend vor und zurück. Seine Arme hatte er wegen der Kälte fest um seinen Körper geschlungen. Irgend etwas hielt er unter dem Arm.

Als Anne ihren jungen Patienten so sah, spürte sie, daß er in diesem Augenblick der einsamste Mensch des Universums war. »Simon. Ich bin es, Doktor Anne.«

Er trat einen Schritt auf sie zu. Gelbliches Licht machte seine Gestalt zur Hälfte sichtbar.

»Ich bin es, Doktor Anne.« Sie zog ihren Mantel aus und hielt ihm das Kleidungsstück hin. »Erinnerst du dich?«

Simon berührte durch das Sweatshirt hindurch seine Karten. »Doktor Anne ist mein Freund.«

Anne nickte, und ihre Augen wurden feucht. Aber sie lächelte. »Ja, ich bin dein Freund.« *Du hast niemanden, Simon. Niemanden. Keine Verwandten. Niemanden. Du bist erst sechzehn. Vielleicht kann der Sozialdienst dir helfen. Vielleicht irgendwo ein Gericht. Aber was ist das für eine Hilfe?*

Simon trat einen weiteren Schritt vor, zögerte dann wieder. Er riß den Kopf hoch, und seine Augen flackerten über den Mann, der hinter Dr. Anne stand.

»Es ist alles gut, Simon.« Anne griff hinter sich und zog Art neben sich. Ihr fiel sofort auf, daß der Junge nicht in die Hose machte. *Soweit, so gut.* Dann entdeckte sie die Wunde auf der hellen Haut seiner linken Gesichtshälfte. Sie fühlte sich schwach vor Mitleid, aber diese Wunde würde ausheilen. Würden das auch die weniger offensichtlichen Wunden? fragte sie sich und wurde sich darüber klar, daß sie sich in erster Linie *darum* kümmern mußte.

»Hallo, Simon«, sagte Art, der sich nicht wohl dabei fühlte, jemanden so zu begrüßen, dessen Eltern gerade brutal ermordet worden waren. Er spürte, wie Annes Griff um sein Handgelenk sich verstärkte. Es war ihr »Das machst du gut«-Griff. »Schön, dich kennenzulernen.«

»Schön, Simon kennenzulernen.« Er wagte sich nicht näher an Dr. Anne heran.

»Simon, Art ist mein ... sehr, sehr guter Freund.« Anne wartete auf eine Reaktion, hoffte darauf, daß er die Folgerung selber zog. Ein paar Sekunden vergingen, ehe Simon seine Karten hervorzog und die mit der Überschrift FREUNDE aufschlug. Dann wartete er mit gezücktem Kuli.

»Was macht er?« fragte Art.

»Sag ihm, wie du heißt«, drängte Anne.

Art zögerte unbeholfen ein paar Sekunden, dann sagte er: »Ich heiße Art, Simon.«

»Doktor Anne ist mein Freund.« Die Kulimiene erschien und fuhr über das Papier. »Da war ein lautes Geräusch.«

»Ich weiß«, sagte Art. Er fühlte sich zu Simon hingezogen und trat einen Schritt auf ihn zu.

Simons Augen fuhren über ihn hin. Dann, den Stift fest umklammert, schrieb er ART in die Spalte unter DR. N.

»Was bedeutet das?« fragte Art Anne. Sie lächelte unter Tränen.

»Das bedeutet, daß er dir vertraut.«

KAPITEL 5

Kumpel Bell

Normalerweise hielt G. Nicholas Kudrow nur am Schreibtisch seiner Sekretärin inne, um sich die Morgenberichte zu greifen, aber ihr heutiges Aussehen ließ ihn abrupt stehenbleiben.

»Mr. Folger ist drinnen«, sagte Sharon, und ihr Gesicht kündete von einem vergeblichen Kampf, den sie ausgefochten hatte.

»So, ist er das«, gab Kudrow anscheinend ohne Überraschung zurück, nahm die Berichte und ging in sein Büro.

Brad Folger saß – ungewohnt in einem grauen Dreiteiler – mit dem Rücken zur Tür auf einem Stuhl vor Kudrows aufgeräumtem Schreibtisch, hinter dem der Lichtenstein auf ihn herabsah. »Wann haben sie dich geweckt?«

Kudrow ließ die Tür ins Schloß fallen und ging um seinen Assistenten herum. Er legte seine Berichte dahin, wo er sie in ein paar Minuten wiederfinden würde, und stellte seinen Aktenkoffer neben den Schreibtisch. Er setzte sich nicht. »Heute morgen um vier. Und dich?«

»Ich bin seit zwei Uhr wach, verdammt!« fluchte Folger, dessen übereinandergeschlagene Beine und gefaltete Hände nicht zu der Wut auf seinem müden Gesicht paßten.

Kudrow setzte seine Brille auf und zog seinen Stuhl heran, ehe er sich setzte. »Du hast es geschafft, dich zu rasieren.«

»Zu rasieren ...« Folger entspannte sich etwas, rückte nahe an den Schreibtisch heran und beugte sich zu Kudrow vor. »Sag mal, bist du hirntot, verdammt?«

»Paß auf, was du sagst«, fuhr Kudrow ihn an.

Folger lehnte sich in gespielter Entschuldigung zurück. »Oh, verzeih mir, ich war es nicht, der Mike Bell ins Spiel gebracht hat.«

»Das war so nicht geplant.«

»Du hast *Bell* ins Spiel gebracht und angenommen, es würde nach Plan verlaufen?« sagte Folger höhnisch.

»Er erfüllte die Anforderungen. Ich kannte im Gegensatz zu dir seine Schwäche nicht.«

»Das ist genau der Grund, warum ich um zwei Uhr kommen mußte!«

»Beruhige dich, Bradley«, sagte Kudrow mit einer Kälte, die seine schwindende Geduld verriet.

»Du wußtest, daß man ihn mit mir in Verbindung bringen würde«, sagte Folger.

»Sie sind zu mir nach Hause gekommen«, informierte Kudrow seinen Assistenten.

»Nick, das arme Schwein«, sagte Folger, sprang wütend auf und kehrte Kudrow den Rücken.

Kudrow spürte, daß der Anfall vorbei war, und ließ die Gefühle seines Assistenten abkühlen, während er sich den Berichten zuwandte.

Beim Rascheln des Papiers drehte Folger sich wieder um. »Nick, warum hast du mich wegen Bell nicht gefragt? Du wußtest doch, daß ich derjenige war, der ihn rausgeworfen hat, als ich in Abteilung O war.«

Kudrow blätterte in den Papieren und las die Berichte quer. Nichts Interessantes von den Außenstellen in der Karibik.

»Du hast die Frage selbst beantwortet, Brad. Was hättest du mir denn sagen können?«

»Genau das, was du denkst.«

»Nächste Frage.« Ein paar recht interessante Kleinigkeiten aus Chile. Bewegungen von der Russischen Antarktis-Station nach Hause. Messungen im Ozean. *Überraschung, auf ihren Instrumenten ist das Loch auch nicht so groß.*

»Wundervoll«, kommentierte Folger mit trockenem Mund. Er fühlte sich ausgedörrt und so, als wäre er von der wirklichen Welt in ein furchtbares Paralleluniversum getreten, das vor ein paar Tagen durch einen dummen Anruf geschaffen worden war. »Was wollten sie von dir?«

»Sie haben mich nach dir gefragt«, sagte Kudrow und verbarg das Vergnügen und das Machtgefühl, das er dabei empfand. Europa hob er sich für später auf. Niemand konnte diesen Kontinent vor Mittag entwirren.

»Na, wundervoll«, wiederholte Folger, der jetzt nervös auf und ab ging.

»Immerhin ist er durch seinen Fehler gestorben«, sagte Kudrow. »Ich kann dir versichern, daß die Sache jetzt ganz anders aussieht.«

Folger wurde langsamer, er wußte diese Bemerkung nicht recht zu interpretieren.

»Sache? Welche Sache? Du machst doch nicht weiter damit?«

»Wie du dich erinnern wirst, Brad, habe ich als Stellvertretender Direktor die Autorität, die Untersuchungen anzustrengen, die erforderlich sind, um unser Projekt zu schützen.« Folger starrte ihn ungläubig an. »Oder bist du zu kaputt, um dich daran zu erinnern?

Brauchst du einen Tag, um dich von dem Schock zu erholen?«

»Du willst weitermachen?«

»*Wir* werden alles über diesen Jungen herausfinden, der angerufen hat. Im Moment wissen wir nicht viel, nicht mal, ob dein alter O-Kumpel viel erfahren hat, bevor er das Zeitliche segnete.«

Mein alter Kumpel. Folger wandte den Blick ab.

»Alles, was wir sicher wissen, ist, daß der Junge bei seiner Ärztin ist.«

»Warum braucht er eine Ärztin?« fragte Folger mit tonloser Stimme.

»Er ist Autist.« Kudrow nickte, als sein Assistent ihn ansah. »Eine interessante Information, findest du nicht auch?«

Folger kicherte schwach und rieb sich die Augen. »Ja, so kann man es auch sehen.«

Kudrow faltete bedächtig die Hände auf dem Schreibtisch. »Vielleicht brauchst du mehr als einen Tag, Brad.«

Folger verstand die Drohung. Aber er hatte andere Sorgen.

»Du weißt doch, Nick, daß die Angelegenheit, sobald sie wissen, wer Bell war, über die örtliche Polizei hinausgeht?«

»Das ist es schon.«

»Ich spreche nicht von unserem Sicherheitssystem.«

Kudrow antwortete nicht und ließ die Sorge seines Assistenten unkommentiert. »Das Gute an einem Schurken ist, daß er seine Taten gelegentlich selbst erklärt.«

»Das hoffst du«, entgegnete Folger.

Kudrow sagte nichts und wandte sich wieder den Morgenberichten zu. Es dauerte noch eine Weile, bis

Folger das Büro verließ. Als die Tür ins Schloß fiel, hoben sich G. Nicholas Kudrows Augen und blieben lange Zeit an ihr hängen.

Es war Freitag nachmittag, und Art Jefferson war erschöpft. Er rieb sich mit der Hand über das Gesicht und gähnte. Als er die Hand sinken ließ, stand Lomax in der Tür, sein mildes Lächeln durch die Narbe auf der Wange verzerrt.

»Du könntest als Kinderschreck auftreten.«

Lomax nickte und trat ein. »Aber nur, wenn es nötig ist.« Er ließ sich auf das kleine Sofa im Büro fallen.

»Du siehst so kaputt aus, wie ich mich fühle.«

»Harte Nächte.«

»Wie geht es ihm?«

Art zuckte mit den Achseln. »Ich weiß es nicht. Wenn man ihn fragt, wiederholt er einfach die Frage. Alles, was ich wirklich weiß, ist, daß er kaum schläft. Den größten Teil der Nacht steht er da und schaukelt, bis er so müde ist, daß er umfällt.«

»Höllische Sache, die du da durchmachst«, meinte Lomax. »Manchmal frage ich mich, ob Gott sich diese Dinge an einem schlechten Tag ausgedacht hat.«

»Das könnte eine Erklärung sein.«

Lomax erhob sich vom Sofa und setzte sich auf den Stuhl vor dem Schreibtisch. »Wie hält sich Anne?«

Art tat einen tiefen Atemzug. »Irgendwie schafft sie es. Die Universität hat sie für einige Zeit freigestellt, damit sie sich um Simon kümmern kann. Das ist eine große Hilfe.«

Lomax stimmte mit einem Nicken zu, in dem deutlich ein »vorerst« mitschwang.

»Was ist?« fragte Art.

»Ich muß dir einen Fall übergeben. Er könnte damit zu tun haben.«

Art lehnte sich zurück und ließ den Kopf kreisen. »Na gut.«

»Das hier ist geheim. Du darfst nur dann Befragungen vornehmen, wenn es unumgänglich ist.«

Mit erwachendem Interesse setzte Art sich aufrecht hin. »Befragungen?«

»Anderes Personal aus dem Büro. Du darfst auf keinen Fall damit an die Öffentlichkeit gehen.«

»Willst du damit sagen, eine Ein-Mann-Show?«

»Genau. Die Akte ist in deiner Kartei im Computer. Der Dateiname ist Roma.«

»Gibst du mir einen kurzen Überblick?« fragte Art.

»Es hat mit deinem Hausfreund zu tun.«

»Simon?«

Lomax nickte. »NCIC hat vom DoD einen Tip wegen der Fingerabdrücke des Kerls bekommen, der Simons Eltern ermordet hat. Sie stammen nicht aus der Kartei, sondern aus einem Krankenhaus in Grenada, wo der Kerl mal Patient gewesen ist.« Das Nationale Informationszentrum für Verbrechen hatte Verbindungen zu Fingerabdruckkarteien anderer Länder, und zumindest auf diesem Gebiet klappte die Zusammenarbeit hervorragend.

»Wer war es?«

»Er hieß Mike Bell. Er war bei der Marine und hat danach anscheinend für ein Dutzend Regierungsbüros gearbeitet.«

»Gearbeitet?« fragte Art. »Sprich offen.«

»Er war offen für alles.«

»Ich bezweifle, daß darüber was in seiner Akte steht.«

»Achte auf die Lücken«, empfahl Lomax. »Lücken sind meistens genau die Stellen, wo die Dinge passieren.«

»Hat er für jemanden gearbeitet, als die Sache passiert ist?«

Lomax schüttelte den Kopf. »Sieht nicht so aus. Er war vor über einem Jahr entlassen worden.«

»Aus welcher Stellung?«

»Er hat ›Aktives Training‹ in Ford Meade durchgeführt«, antwortete Lomax.

»Ein Marine-Training in einer Heeresstellung?« Arts Gesichtsausdruck verriet wachsenden Zweifel.

»Meade ist groß«, erinnerte ihn Lomax. Er sah am Gesicht seines Assistenten, daß er verstanden hatte.

»Ich werde mir diese Lücke ansehen.«

Lomax stemmte sich aus dem Stuhl hoch und reckte sich. »Die Polizei von Chicago hält sich zurück, bis wir uns die Sache mal angesehen haben.«

»Es gibt keine Familie, die Antworten verlangt«, sagte Art. Ihm wurde klar, wie traurig diese Tatsache war.

Lomax dachte einen Augenblick lang nach, bevor er wieder mit einer Frage herausrückte: »Denkst du, Simon könnte darüber sprechen?«

»Ich weiß es nicht.«

Lomax nickte, ohne das Thema weiterzuverfolgen. »Halt mich auf dem laufenden.«

»Werde ich«, versicherte Art dem Assistenten des Special agent vom FBI, der sich nun entfernte. Art rief seine Datei im Computer auf. Nachdem er sein Paßwort eingegeben hatte, erschienen die Dateinamen auf dem Schirm. Er erkannte die neue sofort und rief sie mit dem Doppelklick auf. Eine Sekunde später starrte ihn ein scharfes, derbes Gesicht mit gespaltenem Kinn unter roten Haaren an. Art betrachtete das Bild lange, ohne sich um den Text zu kümmern. Er studierte die Augen, die Falten, den Schwung des Mundes. Auf dem großzügigen Monitor war das Gesicht so groß wie sein eigenes. Mike Bell hätte zwei Meter vor ihm sitzen können.

»Was wolltest du von Simons Familie?«

Es kam keine Antwort, aber Art hatte auch noch keine erwartet. Die Toten kommen nicht einfach an und beantworten Fragen. Man mußte ihnen die Antworten aus der Nase ziehen. Es machte die Sache einfacher, wenn man sie schon vorher haßte.

»Haben Sie etwas zu verzollen?« fragte der junge Zollbeamte am Internationalen Flughafen von Vancouver die seltsam aussehende Asiatin, als sie ihre Tasche vor ihn auf den Tisch stellte.

Keiko Kimura, die eine seidige blonde Perücke trug, lächelte ihn hinter ihrer dunklen Sonnenbrille an. »Sie sind nett.«

Der Inspektor, der sich des schlicht gekleideten Offiziers der Kanadischen Reiter, der in der Nähe stand, bewußt war, unterdrückte ein Lächeln und studierte pflichtbewußt den Paß der Dame. »Miß Jiang, Sie kommen aus Hongkong?«

Keiko nickte. Die Sonnenbrille verbarg ihre Augen, und sie bezweifelte, daß der fabelhafte junge Mann den Unterschied zwischen chinesischen und japanischen Gesichtszügen kannte. Wenn er nicht diesen entstellenden kanadischen Dialekt sprechen würde, konnte er glatt als Amerikaner durchgehen. Aber das war jetzt nicht wichtig. Amerika war nicht mehr weit. Eine kurze Fahrt.

Der Beamte warf einen kurzen Blick in Miß Jiangs

Tasche und gab ihr den Paß zurück. »Ich wünsche Ihnen einen schönen Aufenthalt in Kanada.«

»Danke«, sagte Keiko und verließ den Zollbereich mit provozierend wackelnden Hüften. Der Beamte sah ihr bewundernd nach, bis sie im Terminal verschwunden war.

KAPITEL 6

Blutige Tränen

Sie nannten den Raum zwar Gästezimmer, aber in Wirklichkeit hatte ihn nur Jennifer, Annes zwanzigjährige Tochter, benutzt, wenn sie mal ihre Studien unterbrach und zu einem freien Wochenende aus Stanford hierherkam. Nun wohnte Simon darin, der so auf dem Bett saß, daß seine Füße kaum den Boden berührten, und sachte vor und zurück schaukelte. In der offenen Tür lehnte Art und beobachtete grübelnd den jungen Mann.

»Du solltest zu Bett gehen«, sagte Anne, die von hinten herangetreten war und ihre Arme um seine Taille schlang. »Er wird schon bald einschlafen.«

Art nickte abwesend und legte seine Hände auf ihre. In einer Hand hatte er ein zusammengerolltes Blatt Papier, mit dem er gegen seine nackte Brust tippte. »Er vermißt sie.«

»Seine Welt ist aus den Fugen, Art. Das Wort vermissen versteht er wahrscheinlich gar nicht.«

Simon schaukelte leicht, schweigend, die Hände über den Knien gefaltet. Seine Augen starrten ins Leere.

»Er vermißt sie«, wiederholte Art.

Anne sah Art ins Gesicht und küßte ihn leicht auf die Wange. Er konnte sie immer noch überraschen, der rauhe, widerspenstige G-man. »Komm zu Bett. Bald.«

Art nickte und fühlte, wie Annes Arme sich lösten. Einen Moment später, als er die Schlafzimmertür ins

Schloß fallen hörte, entrollte er das Blatt und sah es sich an. Mike Bell hatte es in der Tasche gehabt. Von allen Informationen aus der Roma-Akte – die gefälschten Polizeiausweise, die Kopien des medizinischen Berichts der Lynchs, die man in Bells Lieferwagen gefunden hatte, die Führerscheinfotos – unterschied sich dieses Blatt, weil es offensichtlich keine Bedeutung hatte. Das war eine Lücke, und Art wußte, daß Lomax ganz recht hatte, was die Untersuchungen anging. Wenn er sich die Lücken ansah, würde ein Gewebe entstehen, irgendwann eine Form, die in den Teppich der Befragungen passen würde.

Aber diese Lücke war einzigartig, eine Lücke aus Zahlen und Buchstaben, die über eine ganze Seite gingen. Während er das Papier wieder zusammenrollte, sah Art zu Simon hinüber.

Was ist im Haus passiert, Junge? fragte sich Art, wohl wissend, daß er ihm diese Frage bald geradeheraus stellen mußte. Vielleicht würde Simon antworten, vielleicht auch nicht, aber dahinter stand noch die alles überragende Frage, die Art beantwortet haben mußte. Die Frage, die noch mehr Fragen erzeugte. Art unterdrückte den Impuls, das Blatt Papier zu zerknüllen, und stellte sich die Frage selbst. *Warum? Warum diese Familie? Dieser Junge?*

Tausende von Meilen weiter westlich drängte sich ein Student der Willamette-Universität in einem Club an der expandierenden Küste von Seattle durch eine Gruppe von Leuten an die Bar und bestellte ein Sharp's.

Unbeabsichtigt berührte sein Arm den bloßen Ellbogen einer hübschen Frau zu seiner Rechten.

»Verzeihung.«

Keiko Kimura, die Haare zu einem französischen Zopf geflochten, der ihr über den Rücken hing, betrachtete den jungen Mann durch kleine, blaugerahmte Brillengläser. Sie lächelte, ihre Augen glitten über seinen Arm, über den Bizeps, der es nicht verdiente, unter Ärmeln versteckt zu werden, über die bis kurz über dem Ellbogen lässig aufgerollten Ärmel, zu den Unterarmen, die aussahen wie von einem römischen Künstler aus Marmor gemeißelt.

Und dann zu den Händen. Perfekt geformte Finger lagen auf dem Tresen, kräftige Daumen, die Hände gepflegt, die Nägel geschnitten.

Als Keiko dem jungen Mann wieder ins Gesicht sah, konnte sie den Widerstand der Nägel fast *fühlen*, wenn sie aus dem Fleisch gerissen wurden, in dem sie wuchsen, konnte *hören*, wie die zarten Knochen der Hand splitterten, konnte sich die Schreie vorstellen. Die Agonie. Die Ekstase.

Der junge Mann lächelte sie an. Das war ein Fehler. Es würde nicht sein letzter sein.

»Ich heiße Suzy«, sagte Keiko und beugte sich näher zu ihrer Beute.

Die Schranktür öffnete sich knarrend in der Dunkelheit, und der Mann mit den roten Haaren stieg heraus, ein Messer in der Hand, die Spitze auf Art gerichtet.

Rate mal, reizte er ihn. *Rate mal.*

Art fuhr im Bett auf, zerrte an der Decke und weckte Anne. Sie rollte sich zu ihm und legte ihm eine Hand auf den Rücken.

»Was ist los?«

Art wischte sich den Schweiß ab und rieb sich die Augen. »Ich habe geträumt.«

»Gut oder –«, Anne stockte mitten in der Frage, setzte sich ebenfalls auf und lauschte. »Hörst du was?«

Während das beängstigende Bild von Mike Bell blasser wurde, öffnete Art die Augen ganz und lauschte. Ja, da war etwas. Er nickte und schlug die Decke zurück.

»Was ist das?«

Art stand auf und merkte, daß Anne hinter ihm das gleiche tat. Sein Instinkt riet ihm, seine Waffe aus dem Nachttisch zu nehmen, aber etwas an diesem Geräusch ließ ihn den Gedanken verwerfen.

Anne kam ums Bett herum und holte ihren Morgenrock. »Du hörst es, nicht?«

Ein leises, gebrochenes Brummen ... nein, ein Summen, fast melodisch. Art ging zur Tür und drückte sie auf. Sofort war das Geräusch klar. Es drang aus dem Gästezimmer in ihr Zimmer, ein gequältes Klagen, das ihnen das Herz schwermachte.

»Dad soll singen. Dad soll singen. Dad soll singen.«

Anne wollte losgehen, aber Art hielt sie zurück. »Laß mich gehen.«

»Art.«

»Doch, ich sollte das machen.«

Wenn Anne vorher gedacht hatte, daß er sie überraschen konnte, hatte er es nun doppelt geschafft. Nicht durch die Worte, sondern durch die ruhige Gewißheit, in der er sprach. Bevor sie reagieren konnte, schockiert, zustimmend oder mit einer Mischung aus beidem, war Art schon auf dem Weg ins Gästezimmer.

Der Junge wiederholte seine Aufforderung »Dad soll singen« noch, nachdem Art die Tür leise geöffnet hatte und Simon in der leeren Ecke des Zimmers stehen sah.

Er stand da, die Hände gefaltet, leise schaukelnd und singend, als wenn das Lied die Erfüllung seines Wunsches bringen könnte.

Art trat in den Raum. »Simon.«

Der Gesang brach ab, verebbte mit dem Wort »Dad«. Dafür schaukelt Simon jetzt heftiger.

Art trat ein paar Schritte näher, bis er neben Simon stand, und ging in die Hocke, um in das gesenkte Gesicht sehen zu können. Für einen kurzen Moment glitt Simons Blick über das Gesicht seines Gegenübers, bevor der Junge wieder Geborgenheit in der Anonymität seines Schaukelns suchte.

»Daddy hat dir vorgesungen?« fragte Art und bemühte sich, seinen üblichen Befehlston zu vermeiden.

»Daddy soll singen«, wiederholte Simon.

Art nickte langsam. »Was hat Daddy gesungen?«

Simon ließ den Kopf hängen und begann zu gähnen.

»Du siehst müde aus«, sagte Art.

»Simon ist müde.« Diesmal wirkte das Gähnen gekünstelt, als wolle der Junge damit bei seinem Gegenüber Eindruck schinden.

»Willst du jetzt schlafen?« fragte Art Jefferson, die Hände auf den Knien.

Ohne zu antworten, ergriff Simon die Finger von Arts rechter Hand. Der FBI-Mann betrachtete lange die kleine weiße Hand, bevor er aufstand und Simon ins Bett brachte. Er hüllte den Erschöpften sorgfältig in die Bettdecke. Simon sah weg, den Kopf zur Seite gedreht, die Augen tanzten, dann schlossen sich seine Lider, und Art wurde klar, daß es seit dem Tod seiner Großmutter das erste Mal war, daß er jemanden zu Bett gebracht hatte.

Er beobachtete Simon lange, bevor er sich zur Tür

wandte. Da stand Anne und sah ihn bewundernd an. Er wurde verlegen.

Es war das erstemal, daß sie ihn hatte weinen sehen.

KAPITEL 7

Eine blutige Unterschrift

Die einzige Tür des Gebäudes öffnete sich in das helle Licht eines ersten Frühlingstages, ein paar Schneespuren waren noch nicht weggetaut, und uniformierte Marinesoldaten sahen ernst von ihren Ausgucken auf Brad Folger hinunter. Nach einigen Sekunden wandten sie die Blicke ab und sahen aufs Dach.

Kudrow spazierte langsam den Kiesweg hinunter, der den Zaun entlangführte. Er wußte, daß er damit im Sicherheitszentrum für Aufregung sorgen würde, weil er auf die vergrabenen Sensoren trat, aber das war ihm in diesem Augenblick völlig egal. Er brauchte frische Luft. Er brauchte das Freie. Denn er mußte in Ruhe nachdenken.

Aber Folger brauchte er nicht.

Das Knirschen von Granitsteinchen unter teuren Schuhen brachte Kudrow zum Stehen. Er hob den Kopf und sah durch mehrere Lagen Stacheldraht in den Wald, bis Folger ihn eingeholt hatte. Als sein Assistent an seiner Seite ging, beugte Kudrow sich zu ihm hinüber: »Ich werde es tun, Brad.«

Weiß kam der Atem aus Folgers Nasenlöchern. »Nick, bereite dem jetzt ein Ende, ehe wir alle im Gefängnis landen.«

»Ich habe deinen Widerstand satt, Bradley«, sagte Kudrow, als ginge es um ein Ärgernis, das mit einer Handbewegung vom Tisch zu fegen wäre.

»Nick, der Junge ist bei seiner Ärztin, die mit einem aktiven FBI-Agenten verheiratet ist, der zufällig den Bell-Fall bearbeitet.« Folger warf einen Blick auf die Soldaten, aber sie waren außer Hörweite.

»Ich sehe, daß du dir Sorgen machst.«

»Gottverdammt, Nick!« fluchte Folger laut genug, um kurz das Interesse zweier Soldaten zu wecken, die jedoch den Blick diskret wieder abwandten.

Kudrow riß sich die Brille von der Nase und fuhr zu Folger herum. Seine kleinen, kurzsichtigen Augen sahen den jüngeren Mann an, verrieten viel, ehe er überhaupt sprach. »Bradley, ich muß dir nicht sagen, was ich dir sagen kann, oder?«

Folger wandte den Kopf und sah auf den Wald, den kurz zuvor auch Kudrow angestarrt hatte. Er tat einen tiefen Atemzug und hätte fast gelacht. Aber die Situation war nicht komisch, sie war absurd und schrecklich. »Ich hätte nie gedacht, daß du mir das antust.«

»Ich habe noch nichts getan«, sagte Kudrow warnend und setzte seine Brille wieder auf.

Folger nickte. »Ja.«

»Ich hoffe, ich muß es nicht tun.«

Folger kicherte jetzt über seine eigene Dummheit, weil er so verdammt naiv gewesen war zu glauben, daß G. Nicholas Kudrow seinen, Folgers, Hals einst aus purer Menschenliebe aus der Schlinge gezogen hatte. Ein Fehler. Ein lausiger Fehler.

»Findest du das komisch?« fragte Kudrow leicht perplex.

»Saukomisch«, antwortete Folger mit schmerzlichem Grinsen. »Du bist gut, weißt du das?«

Kudrow ließ seine Blicke wieder zu den Bäumen

schweifen, dachte an die Jagdsaison, das Krachen der Gewehre, den Duft von Wildbret.

»Du hast es schön für dich behalten und mir das Gefühl gegeben, du würdest nicht mal daran denken.« Folger schluckte hart. »Du hast dir diese Karte für später aufgehoben, nicht wahr?«

»Hör auf, dir Sorgen zu machen«, sagte Kudrow irritiert. »Denkst du, du habest gesündigt?« Er schüttelte leicht den Kopf. Er kannte richtige Sünder. »Du bist ein Heiliger, Bradley.«

»Ein Heiliger.« Folger war sich sicher, daß die Autoritäten ihn nicht so charakterisieren würden, wenn Kudrow sein As aus dem Ärmel schüttelte. »Du hast alle Trümpfe in der Hand, Nick. Wen sonst hast du in der Hand ... oder kannst du bei Bedarf anheuern?«

Kudrow nahm sich vor, daß er, wenn das alles überstanden wäre, ins Revier gehen und einen großartigen Bock mit einem Schuß erledigen würde. Sofortiger Tod. Ein sauberes Töten. »Du willst gar nicht wissen, was ich weiß, Bradley. Du könntest dich fragen, wofür wir dann so hart arbeiten.«

»Ja«, stimmte Folger ihm sarkastisch zu. »Ja. Das wäre eine Schande.«

Ein Wildfilet, das leise auf dem Grill zischte. Kudrow konnte es riechen, hören, aber nicht sehen. Alles, was er im Moment vor sich sah, war das Gesicht des FBI-Agenten, das er auf einem Foto gesehen hatte, das einer der Streifenleute gemacht hatte. Ein Schwarzer, ein ernst und hart aussehender Mann mit vorsichtigen Augen und einer Kinnlinie, die Beharrlichkeit verriet.

Ein kluger Mann.

Ein kompromißloser Mann.

»Er muß entfernt werden«, sagte Kudrow.

»Entfernt wie ›loswerden‹, ›wegpacken‹, ›eliminieren‹«, bemerkte Folger. »Du schlägst das vor, als wäre es so einfach wie das Anzünden einer Zigarette. Glaubst du wirklich, daß das so einfach ist?«

»Entfernen, aber nicht töten«, erklärte Kudrow. »Es ist möglich. Gut möglich.«

»Und wie?«

Kudrow hatte schon vor der Unterbrechung durch Folger darüber nachgedacht, wie man das bewerkstelligen könnte, und es gab eine, nur eine Möglichkeit, die man in Erwägung ziehen mußte.

»Ich lasse Rothchild die Sache übernehmen«, sagte Kudrow. Er warf seinem Assistenten einen Blick zu, um zu sehen, wie er das aufnahm. Folger hatte eine Hand über sein zitterndes rechtes Auge gelegt, die andere zeigte auf den Boden. Wortlos wandte er Kudrow den Rükken und stapfte davon.

Conrad Cabral hatte in dreißig Jahren Polizeidienst in Seattle, davon sechzehn in der Mordabteilung, noch keinen Arm gesehen, der in einem so unmöglichen Winkel verdreht war wie bei dieser männlichen Leiche. Zumindest waren sie sich recht sicher, daß es sich um einen Mann handelte. Bislang waren keine Genitalien gefunden worden, und das Gesicht bot keinen endgültigen Aufschluß, zerschnitten und sogar zerbissen, wie es war. Es gab keine Brüste, aber die Brust war mit einem rohen X-Schnitt geöffnet worden, der von den Achseln zu den gegenüberliegenden Hüftknochen reichte, was eine sichere Identifizierung zweifelhaft machte, solange der Arzt nicht einen Blick darauf geworfen hatte.

Aber der verdammte Arm! Während der Polizeifotograf seine Bilder machte, starrte Cabral von der Seite eines Queen-Size-Bettes in Raum 1312 des Seattle-Hilton-Hotels aus auf das Glied. Es war das einzige der vier Gliedmaßen, das nicht gefesselt war, und es war mindestens einmal gedreht worden, wobei die Haut und das Zelltuch darunter Falten geschlagen hatten. Die abgetrennte Hand war in die blutige Öffnung des Brustbeins gesteckt worden, als suchte sie darin etwas.

Cabral seufzte laut und zog damit die Aufmerksamkeit seines Kollegen Zack Norris auf sich, der sich hinter ihm Notizen machte.

»Was?«

Cabral drehte sich zu Norris um. »Der Arm. Moe nahm immer Curlys Arm und verdrehte ihn, bis er ungefähr so aussah.«

»Ich dachte, er verdrehte Shemps Arm«, unterbrach der Fotograf.

Cabral dachte nach. »Könnte auch Shemp gewesen sein, glaube ich.«

Norris steckte das Notizbuch ein. »Hast du so etwas schon mal gesehen?«

»Nein, noch nie.«

Ein Mann von der Spurensicherung trat aus dem Bad, wobei er über eine breite Blutspur stieg. Norris sah ihn an und fragte: »Haben Sie den Penis gefunden?«

Der Beamte schüttelte den Kopf und hielt eine Wäschetüte mit blutigen Handtüchern hoch. »Nur das hier. Jemand hat saubergemacht. Geduscht und alles. Sogar die Haare getrocknet. Lang und schwarz.«

»Lassen Sie die Toilette und die Leitungen prüfen«, wies Cabral ihn an, »er könnte in den Rohren stecken.«

Norris ging um das Bett herum, seine Augen betrachteten die blutverschmierten Wände, und er wunderte sich über das viele Blut, auch auf dem Bett. »Die Matratze hat wie ein Schwamm gewirkt.«

Cabral nickte und dachte schweigend nach, während der Fotograf zwei weitere Filme verknipste. »Zack, sieht das aus wie ein bißchen Spaß, der übers Ziel hinausgeschossen ist?«

»Es sieht aus wie etwas *Böses*, das übers Ziel hinausgeschossen ist.«

Wut, Verstümmelung, Lust mit einer Leiche, Öffnen des Körpers nach Todeseintritt (*Bitte, Gott, nach Todeseintritt,* hoffte Cabral). Es war ein Serienmord wie aus dem Lehrbuch, wobei das wichtigste Wort in diesem Fall ›Serie‹ war. »Das war nicht das erstemal.«

»Nein«, stimmte Norris zu, zog sein Notizbuch wieder hervor und war bereit für die Anweisungen seines Kollegen.

»Laß das Vorgehen durch NCIC laufen«, wies Cabral ihn an, als er sich vorbeugte, um die Füße zu untersuchen. Die Zehennägel fehlten. »Sei ganz genau.«

Norris machte sich ein paar Notizen. Er würde sich um den Papierkram kümmern und die Anfrage an das Nationale Verbrechens-Informations-Zentrum schicken, sobald sie wieder im Büro waren. Manche Killer hinterließen ihre Unterschrift an der Szene des Verbrechens, und manche Verbrechen waren selbst die Unterschrift. Norris wettete darauf, daß in diesem Fall letzteres zutraf.

»Gib mir den Beleg«, sagte Cabral, und Norris fischte ihn aus der Tasche und gab ihn ihm.

»Susan Pu«, las Cabral vom Kreditkartenbeleg ab.

»Lange schwarze Haare«, warf Norris ein.

Cabral gab ihm den Beleg ungeduldig zurück. »Kümmern Sie sich jetzt um den Papierkram für das NCIC.«

»Jetzt gleich?«

Cabral sah die Leiche an. »Ja.«

KAPITEL 8

Der Mann, der alles kann

Zwanzig Meter unterhalb der Zentrale des Hauptquartiers vom Büro für Nationale Sicherheit saß ein Mann, der gar nicht existierte, in einem Büro, das sich in einem unterirdischen Labyrinth verlor, vor mehreren Computer-Terminals und schmiedete die Pläne, die erforderlich waren. Das war sein Job.

Die wenigen, die Zugang zu ihm hatten, nannten ihn Rothchild.

Er hatte ein unauffälliges Gesicht, war von mittlerer Größe, leicht übergewichtig und irgendwo in den Vierzigern. Sein dünn werdendes Haar war dunkelbraun, und am liebsten trug er graue Hosen und langärmelige Hemden ohne Krawatte. Krawatten kamen nicht in Frage. Er hatte Alpträume, daß er an einem quietschenden Galgen gehenkt würde, während die Krähen seinen schaukelnden Körper beobachteten. Die Vorstellung, daß irgend etwas um seinen Hals geschlungen war, ließ ihm den Schweiß ausbrechen. Nein, Krawatten kamen keinesfalls in Frage.

Er besaß keinen Führerschein, keine Sozialversicherungsnummer, es gab keinerlei Informationen über ihn in Computern oder Akten. Keine Fotos, keine Geburtsurkunde, keine medizinischen oder zahnärztlichen Berichte. Er war unverheiratet, hatte keine Kinder, keine Zeitungen oder Zeitschriften abonniert, ging in keine öffentlichen Spielhallen und Wettbüros. Einmal im Monat wurde ein Umschlag mit zweihundert 50-Dollar-Scheinen in sein Büro geliefert, sein ›Gehalt‹. Wenn er mehr brauchte, wußte er, wo er es herbekam. Er lebte in einer bescheidenen Wohnung, deren Miete er monatlich mit einer Überweisung bezahlte. Strom und Gas zahlte der Vermieter.

Er hatte Telefon, aber nicht den üblichen Anschluß.

Rothchild existierte seit sieben Jahren nicht mehr. Seit G. Nicholas Kudrow ihn hatte umbringen lassen.

Tod war – wie das Leben – natürlich wenig mehr als die Manipulation von Informationen. Man konnte jederzeit sterben und doch weiteratmen. Das war nur eine Frage der Möglichkeiten und, manchmal, der Quellen.

Totenscheine konnten aus Laser-Druckern kommen und ein öffentliches Siegel tragen, das nie hinterfragt wurde. Unfallberichte in den großen Computersystemen der Polizeistationen konnten ›korrigiert‹ werden. In seinem früheren Leben war Rothchild auf dem Chesapeake segeln gegangen und nie zurückgekehrt. Auf See verschollen, ein weiterer unerfahrener Segler, den das Wasser geschluckt hatte. Das stand in den Berichten, und Berichte lügen nicht.

Und so war Rothchild jetzt nur Rothchild, Vor- oder Nachname, nirgendwo angestellt. Rothchild existierte als Vakuum und diente als Werkzeug, das man benutzte, wenn etwas repariert werden mußte. Und jetzt mußte etwas repariert werden.

Die Tür öffnete sich ohne vorheriges Anklopfen. Kudrow trat schnell, fast hastig ein, wie Rothchild bemerkte, und stellte sich in einiger Entfernung vor ihn hin, die Hände auf dem Rücken gefaltet. Der Raum lag im Dämmerlicht, die Lichter des Bildschirms schimmerten hellblau und ließen die Brillengläser des Stellvertretenden Direktors von COMSEC-Z fast schwarz erscheinen.

Rothchild nahm einen Schluck Cola und drehte seinen Stuhl zu Kudrow herum.

»Jefferson, ja?« fragte Rothchild, fest davon überzeugt, daß er recht hatte.

»Ich nehme an, ich sollte nicht überrascht sein«, sagte Kudrow mit einer so beherrschten Stimme, daß sie fast ausdruckslos klang. Rothchild war der einzige Mann, den er fürchtete.

Rothchild grinste und sah flüchtig auf den Bildschirm. »Die Präsidentin hat gerade ihr Baby gestillt. Wollen Sie es sehen?«

Kudrow schüttelte den Kopf. Der Secret Service hätte höflich darüber hinweggesehen, aber nicht Rothchild. Es war kein Wunder, daß er alles sah. Drähte waren nichts Wundersames. Sobald irgend etwas in den Draht ging, in die Telefonleitung oder zwischen Satelliten gefunkt wurde, sei es der unschuldigste Anruf oder das allerintimste Videobild, hatte Rothchild Zugang. Uncle Sam hatte das sichergestellt, ohne auch nur zu wissen, daß er das hatte. Einzig Kiwi blieb Rothchild verschlossen, was Kudrow eine kleine Genugtuung verschaffte.

»Sie müssen wissen, daß ihr Körper nach diesem Baby wirklich gut wieder in die alte Form kam«, kommentierte Rothchild, der Kudrow, den treuen Ehemann und Vater, dazu bringen wollte, nur mal einen Blick zu riskieren, nur einen, der ihn menschlich hätte erscheinen lassen. Aber das Angebot wurde nicht angenommen.

Rothchild neigte in leisem Bedauern den Kopf, stellte die Cola ab und wandte sich wieder seinem Hauptbildschirm zu. »Was also sollen wir mit Special agent Art Jefferson machen?«

Kudrow trat hinter Rothchild, als der auf der Tastatur zu arbeiten begann. Informationen über Art Jefferson erschienen auf dem Bildschirm. »Er muß von einem jungen Mann getrennt werden.«

»Simon Lynch«, sagte Rothchild. »Autistisch. Wissen Sie, ich habe mal einen Autisten im Kurs gehabt. Der Professor brachte ihn mit. Er konnte Klavier, Saxophon, Horn und Violine spielen. Welchen Song man ihm auch nannte, er konnte ihn spielen. Aber er spielte nie ein Lied zu Ende. Konnte es einfach nicht. Vivaldi oder ›Mary had a Little Lamb‹. Verdammt seltsame Sache. Er sah komisch aus, weil ihm die Zunge aus dem Mund hing wie der Schwanz eines Hundes.«

»Was kannst du bei Jefferson unternehmen?« fragte Kudrow und verdrängte das Bild, das Rothchilds Beschreibung heraufbeschworen hatte.

»Ich weiß bislang nur das Nötigste«, erklärte Rothchild, während seine Augen über den Bildschirm schossen und die Daten lasen. »Telefonnummer, medizinische Geschichte, Kontoauszüge, blah-blah-blah. Ich brauche mehr, um mir etwas Wirksames auszudenken.«

»Wann?«

Rothchild überlegte, sah auf den Schirm, die Daten spiegelten sich wie große Regentropfen in seinen wasserblauen Augen. »Ich sage Ihnen Bescheid.«

»Es muß schnell gehen.«

Rothchild sah den großen und mächtigen Mann an und lächelte. »Ich sage Ihnen Bescheid.«

Kudrow wandte sich ab und hätte schwören können, daß er Rothchilds Augen noch im Rücken spürte, als die Tür sich schon hinter ihm geschlossen hatte und er durch den Flur ging.

KAPITEL 9

Mr. Tag und der rote Schaukelstuhl

Sechs Leute standen in einiger Entfernung des Grabes, von denen fünf beobachteten, wie zwei Männer mit Schaufeln anfingen, Erde in die beiden rechteckigen Höhlungen im Boden zu schippen. Simon Lynch war der einzige, der nicht hinsah, seine Aufmerksamkeit war von den eckigen Formen der Chicagoer Skyline gefesselt. Art hatte einen Arm um Anne geschlungen, und nachdem sie beide Simon eine Weile beobachtet hatten, fragte er: »Was macht er da?«

Simon hatte den Kopf zur Seite gelegt, blonde Strähnen hingen ihm in die Augen, und er stand bemerkenswert ruhig da, ohne zu schaukeln, die Arme über der Brust verschränkt.

»Etwas hat seine Vorstellungskraft geweckt«, sagte Anne.

Nita Ohlmeyer beugte sich zu Anne: »Vielleicht ein Eichhörnchen in den Bäumen.«

Arts Gesicht spiegelte, während er Simon beobachtete, verschiedene Empfindungen wider, was Chas Ohlmeyer nicht entging. »Warum fragen Sie ihn nicht?«

»Ich?« fragte Art. »Mir antwortet er nicht.«

»Unsinn«, sagte Anne ruhig, dann fast flüsternd: »Ich habe dich gesehen, weißt du es nicht mehr?«

Schließlich gab Art ihrem Drängen nach und ging zu Simon.

Reverend Charles Lewis, der den Jungen nach der Predigt am Grab seiner Eltern von Herzen bedauerte, sah das mit einer gewissen Befriedigung. »Ich finde, Simon kann von Glück sagen, daß er Sie und Art hat, Anne. Es war mehr als freundlich von Ihnen, das zu arrangieren.«

»Sie hatten keine Angehörigen mehr«, erwiderte Anne. »Sie gingen auch nicht zur Kirche.« Sie warf einen Blick auf Simon, dann wandte sie sich wieder dem Pfarrer der Kirche zu, in die sie nach ihrem Umzug nach Chicago öfter gingen. »Menschen kommen nicht alleine in die Welt. Sie sollten sie auch nicht allein verlassen.«

Ohlmeyer fing Annes Blick auf. »Sie haben das bezahlt?«

Anne antwortete nicht, aber Ohlmeyer wußte Bescheid. Er berührte sanft Annes Rücken und ging dann mit seiner Frau zum Wagen.

»Anne, wenn Sie noch irgend etwas brauchen ...« Lewis umarmte sie kurz. Dann war auch er weg.

Anne blieb stehen, wo sie war, die Totengräber hinter sich und Art und Simon vor sich, und ließ die beiden allein.

»Magst du die Gebäude?« fragte Art, die Hände lässig in den Taschen, wo das Kleingeld klimperte.

»Schwarz ist am höchsten«, sagte Simon. Er hockte sich hin und neigte den Kopf, um von möglichst weit unten schauen zu können. »Am weitesten oben.«

Arts Augen wanderten fragend zwischen Simon und der Skyline hin und her, ehe er begriff. »Du meinst den Sear Tower. Das große schwarze Gebäude?«

»Hoch, hoch, *hoch*!« rief Simon, Begeisterung im Ton.

Art kicherte und legte die Hand auf den Tower. »Ja, die Hand ist ganz oben. Du hast recht.«

Simon griff mit einer Hand nach dem schwarzen Monolithen und piekste mit einem Finger hinein, durchstach die Luft, wollte ihn berühren. Als er da so am Boden kauerte, sah er aus wie ein kleines Kind.

Er war von einer Traurigkeit umgeben, die Art tief berührte. Nach ein paar Augenblicken konnte der FBI-Mann es nicht mehr ertragen, er wollte verdammt sein, wenn er wieder anfing zu weinen, Beerdigung oder nicht. Er streckte die Hand aus und sagte: »Simon, es ist Zeit nach Hause zu gehen.«

Der Junge sprang sofort auf, so daß Art ihn auffangen mußte, indem er fest seine Hand ergriff. Dann hoben sich die sanften grünen Augen und tanzten um den Knoten in Arts Krawatte. »Zwei-Fünf-Sechs-Vier Vincent Street. Ein blaues Haus. Mummy hat heißen Kakao.«

Art sagte nichts. Er brachte Simon zu Anne zurück, die seine andere Hand ergriff. Zusammen gingen sie zum Auto.

Eine halbe Stunde später, im Montagsverkehr nach Norden auf der Eden-Schnellstraße, gähnte Art Jefferson heftig.

»Du solltest mehr schlafen«, sagte Anne, um gleich darauf zu denken, daß sie das besser für sich behalten hätte. Die Nächte waren für sie beide sehr hart gewesen. Aber Art mußte jeden Morgen früh aufstehen und einen ganzen Tag im Büro arbeiten. Anne fühlte sich schuldig, daß Chas mit ihrer Freistellung von der Uni so großzügig gewesen war. Schuldig und dankbar. »Es tut uns beiden nicht gut, wenn wir uns immer Sorgen darum machen, ob er einschläft.«

Art trat auf die Bremse des Volvo und erzwang so eine kurze Pause, als ein Wagen hinter ihnen sehr dicht auffuhr.

»Ja, du hast recht. Es muß eine Möglichkeit geben, ihn vor drei Uhr morgens zum Schlafen zu bringen.«

Sie streichelte ihm ermutigend das Knie. »Wir werden sie finden.«

Vor ihnen floß der Verkehr wieder flüssiger, und der Kühlwagen schob sich nach rechts in eine Lücke, die sich vor dem Volvo aufgetan hatte. Art schüttelte den Kopf und seufzte leise, als er sah, daß die kleine Luke in einer der Doppeltüren des Kühlwagens, so groß wie ein Nummernschild, sich öffnete. »Da verdirbt eine Menge Eis.«

Anne nickte. »Ich hätte Lust auf ein Sundae.«

»Ich auch«, stimmte Art zu, wandte sich dann aber zögernd wichtigeren Dingen zu. »Ich stelle es mir hart vor, wenn man sechzehn Jahre lang nur einen Ort kannte und dann plötzlich wie aus dem Nichts in einem fremden Haus ist. Besonders für ihn.«

»Wir sind doch keine Fremden«, sagte Anne und klopfte sich auf die Brust.

»Das stimmt«, lenkte Art ein. »Er hat es schriftlich.«

Dieser kurze Augenblick der Entspannung, da sie sich die Freiheit zu einer scherzhaften Betrachtungsweise genommen hatte, brachte Anne plötzlich auf eine Idee. Etwas, das vielleicht Frieden für Simon und ihre Nächte bringen würde. »Baby, du hast doch den Schlüssel zum Haus, oder?«

»Ja.«

»Du *kannst* reingehen«, fuhr Anne fort.

»Ja ...?« wollte Art wissen, der ihren Ton kannte. »Warum?«

»Du solltest Simon heute abend mitnehmen. Nicht dorthin, wo vielleicht ... du weißt schon.« Sie buchstabierte tonlos B-L-U-T. »In sein Zimmer. Zeig ihm, daß es noch da ist, daß es in Ordnung ist. Vielleicht kann er ein Kissen oder so was mitnehmen. Wir haben ihn letzte Woche so schnell rausgeholt, daß keine Zeit war, etwas anderes als Unterwäsche und Kleidung für ihn einzupacken. Laß dir zeigen, woran er hängt.«

Art brauchte kaum darüber nachzudenken, um zu wissen, daß sie recht hatte. »Du kommst auch mit, ja?«

Anne schüttelte den Kopf und lächelte. »Vergiß es, G-man. Du brauchst mich dort nicht. Er mag dich. Und du machst es gut.«

»Komm doch«, protestierte Art halbherzig. »Ich habe nie Kinder gehabt.«

»Was für ein Jammer, wenn ich das jetzt so sehe.«

Der Verkehr geriet wieder ins Stocken, und Art fuhr dicht auf den Lastwagen vor ihm auf. Er fluchte leise, aber heftig.

»Eisbecher mit Früchten warten auf dich, wenn du zurückkommst«, sagte Anne.

»Herrlich«, sagte Art, als es weiterging. »Ich gehe hin.«

Ein früherer Soldat namens Georgie lag auf dem Bauch auf einer gänzlich unzureichenden Unterlage und schoß die letzten sechsunddreißig Bilder, ehe er sich im Laderaum des Lastwagens, der jetzt meterweit von dem Volvo entfernt war, in den Schneidersitz aufrichtete. In der dunklen und leeren Schachtel, in die nur dann und wann Licht durch die klappende Tür fiel, hob er ein Funkgerät an den Mund.

»Fertig«, sagte Georgie.

Im Führerhäuschen trat Ralph, einst ein vielversprechender Offizier, der das Unglück gehabt hatte, einen Transporter zu fahren, der in Kuwait auf eine Miene geraten war, mit seinem rechten Fuß aus Titan aufs Gaspedal und nahm ein Sprechgerät vom Sitz. »Vier Filme?«

»Vier Filme«, bestätigte Georgie und spulte den Film zurück. »Der Junge ist nicht fotogen.«

»Ich bezweifle, daß das eine Rolle spielt.«

Georgie spähte ein letztesmal durch die Klappe und drückte auf den Verschluß. »Der Kerl, der den Wagen fährt, ist aus dem Weg, wenn wir uns den Jungen schnappen?«

»Du hast nicht den Auftrag, mehr Bilder von ihm zu machen, nicht wahr?« antwortete Ralph.

Georgie nahm den Film aus dem Apparat. »Ich hoffe sehr, daß er dann weg ist.«

»Warum?«

»Die Augen des Kerls sind immer in Bewegung. Ich bezweifle, daß er leise gehen würde.«

Ralph wechselte die Spur und warf im Seitenspiegel einen Blick auf den Fahrer. Dessen Augen überprüften die Spur, sein Kopf bewegte sich, während er gleichzeitig sprach und fuhr. Ralph hob ein letztesmal das Sprechfunkgerät an den Mund, während er zur Ausfahrt steuerte. »Darum kümmern sie sich sicher.«

Bevor er Rothchild wurde, hatte er Kirby Gant geheißen, aber selbst Kirby Gant war unter einem anderen Namen bekannt gewesen. Einem berühmteren Namen. Einem Namen, der bei den Benutzern von Cyberspace und den führenden Leuten der Corporate Computer Security gefürchtet und respektiert war: dem Namen Mr. Tag.

Mr. Tag, ein Netzsurfer allerersten und gefährlichsten

Ranges, wohnte im Cyberspace, ein Äquivalent zu Jesse James oder Attila dem Hunnen im Computerzeitalter, obwohl der Witz kursierte, daß letztere wenigstens ihre Grenzen gekannt hätten. Mr. Tag kannte keine Grenzen, weder gesetzliche noch moralische.

Er schaltete sich in digitalisierte Kinderpornographie ein und brachte regionale Telefonzentralen, wenn er wollte, zum Zusammenbrechen. In Computern von Japan bis Afrika richtete er Chaos an. Als der Hurrican Miranda vierundzwanzig Stunden vor der Küste Floridas tobte, zapfte Mr. Tag den Rechner des Nationalen Computercenters an, um alle zehn Minuten die Daten zu bekommen. Er plünderte New Yorker Börsenmakler und transferierte Millionen Dollar auf Konten, die er elektronisch eingerichtet hatte, und dann wies er die Computer dieser Banken an, Bargeld in stetigem Strom an ziemlich »hohe Tiere« in Minnesota auszuzahlen, sehr zur Freude der wenigen Glücklichen, die es betraf.

Er lebte ständig in Gefahr, hatte immer die Polizei auf den Fersen, die ihn teils für zwanzig Jahre hinter Gitter bringen, teils mit ihm reden und lernen wollte, wie man das machte. Eine Bank bot ihm eine Viertelmillion Dollar, wenn er es schaffen würde, ihr System sicherzumachen. Als er später darüber nachdachte, erkannte er, daß sie billig davongekommen wären, wenn man in Betracht zog, daß er einen Auftrag für dreihundert Millionen Dollar in städtischen Schuldscheinen eingegeben hatte, eine Bescherung, deren Korrektur die Bank über eine Million gekostet hatte.

Jawohl, Mr. Tag war ein Flüchtling, ein Krimineller, ein Hacker, eine Gefahr, und er liebte jede Sekunde seines Daseins. Als er schließlich einige Wochen in Haft verbracht hatte, schien ihm das Angebot, das ein sanft sprechender Regierungsangestellter ihm machte, durchaus attraktiv. Er lernte G. Nicholas Kudrow bei einem plötzlich bewilligten Hafturlaub kennen, und das Angebot wurde unwiderstehlich.

Tun Sie, was Sie am besten können, aber jetzt für uns. Und ohne Risiko.

Und so wurde Rothchild – nach einem tragischen Unfall auf dem Chesapeak, bei dem Mr. Tags Leiche zu Fischfutter wurde – geboren. Er tat, was er am besten konnte, von einem kleinen Büro tief unter der Erde aus, unter der sichersten Einrichtung auf dem Planeten. Telefondrähte führten hinein, Telefondrähte führten hinaus. Optische Fiberkabel wanden sich hinein und hinaus. Satellitenverbindungen waren dazugeschaltet.

Alles an einem Ort, den es eigentlich ebensowenig gab wie Rothchild. Keine Berichte. Kein Chaos. Keine Sorgen. Hacker-Himmel.

In diesem Himmel starrte Rothchild auf einen Bildschirm und dachte an einen Weg, Special agent Art Jefferson vom FBI Chicago zu ruinieren. Dachte und plante, wählte sich passende Kleinigkeiten aus dem endlosen Datenstrom aus, der sich über den Bildschirm ergoß.

An einer Stelle stoppte er plötzlich den Strom, einen ungläubigen Ausdruck in den Augen. »Du hast eine Kreditkarte benutzt? Was bist du für ein Narr.« Er klickte ein paarmal an und verband die Information mit der über einen Scheck, den Jeffersons erste Frau Lois einem Privatdetektiv vor ein paar Monaten ausgestellt hatte, als sie ihn auf die Spur ihres Mannes setzte. »Jefferson, Jefferson. Wer war das?« Rothchild scannte die Kreditkarte eines Motels ein. »Nur einmal. Nun, du warst gar kein übler Mann.« *Insbeson-*

dere, wenn man berücksichtigt, was die Exfrau dann gemacht hatte, dachte Rothchild. Telefonmitschnitte verrieten sie. »Der treudoofe Jefferson. Du hättest die Telefonrechnung prüfen sollen. Ein oder zwei Nummern anrufen. Mann, sie hat kein Bett in L. A. kalt werden lassen.«

Aber eine Affäre oder Dutzende, so quälend sie auch sein mochten, waren viel zu banal, um für Rotchilds Pläne von Nutzen zu sein. »Der Untergang eines Mannes«, sagte er laut, als die Information noch einmal aufblitzte. »Das Ende einer Karriere.«

Karriere. Rothchild stoppte die Datei. »Karriere. Einen Moment.«

Einige Minuten schwamm er durch die digitalisierten Informationen, bis er hatte, was er wollte, was er vor Stunden schon mal gesehen hatte, was jetzt aber eine neue Bedeutung bekam. Ein Zeitungsartikel über ein paar Pöbler, die einen Bundespolizisten geschlagen hatten, insbesondere den Abschnitt, wo der US-Anwalt nicht allzu freundliche Worte über den Mann fand. »Oooh, laß mich nachdenken, laß mich nachdenken ...«

Rothchilds Augen wurden für lange Zeit glasig, nichts regte sich im Raum außer der Luft, die durch den Ventilator strich. Sein Geist arbeitete, nahm das, was passiert war, auf und verband es zu dem Bild, das er sehen wollte. In einer falschen Realität, die aber nichtsdestoweniger so real war wie seine falsche Existenz.

Irgendwann blähten sich seine Wangen, und er grinste mit schmalen Augen. Er hatte es. Das Bild. Das ganze. »Oh, Special agent Jefferson, ich habe eine Überraschung für dich.«

Art führte Simon durch das unbeleuchtete Wohnzimmer von 2564 Vincent Street, die Treppe hoch, wo er in Simons Zimmer schließlich das Licht einschaltete.

Der junge Mann tat einen zögernden Schritt in den Raum, dann einen zweiten, und schließlich ging er zu seinem Bett und setzte sich auf die Kante. Sein Kopf wandte sich einer Ecke des Zimmers zu, in der ein großer roter Schaukelstuhl in schmerzlichem Schweigen stand.

»Daddy soll singen«, sagte Simon. Dann richtete sich sein unsteter Blick auf den Boden.

Art Jefferson, der noch in der Tür stand, zog die Hände aus den Taschen, in denen er nervös herumgefummelt hatte. Er faltete die Hände vor dem Bauch, verschränkte die Arme und hakte die Daumen in seine Gürtelschlaufen. Als er das merkte, dachte er, *ein Armani-Cowboy,* und gab auf, ließ seine Hände machen, was sie wollten, nämlich mit dem Kleingeld und den Schlüsseln spielen, um sich Erleichterung zu verschaffen.

Sehr wenig Erleichterung.

Und warum brauchte er Erleichterung?

Was ist los mit dir? forderte Art sich heraus, während er beobachtete, wie Simon da, wo er saß, langsam zu schaukeln begann. *Er ist derjenige, der seine Eltern verloren hat. Was ist dein Problem?*

Aber er kannte sein Problem. Es war ein Rest des alten Art, vor dem Herzanfall, vor dem neuen Leben. Ein Zug, der Teil seiner Erfolge und Teil seines Versagens war. Er war sich sicher, daß er ein Gen dafür in sich trug.

Du willst es in Ordnung bringen. Du willst es für ihn gutmachen.

Simon stand auf und begab sich zu dem Stuhl, ohne sich hineinsetzen. Statt dessen berührte er die hölzerne Lehne. Nach einem Augenblick zog er seine Karten hervor, blätterte sie durch, suchte, wie es dem Special agent schien, nach einer Erklärung, einer Antwort. *Das tun wir beide, Junge.*

»Daddy ...«

Art ging zu Simon hinüber und legte ihm eine Hand auf die Schulter. Die Karten verschwanden wieder unter seinem Pullover.

»Wo hat Daddy dir vorgesungen?«

Simon liebkoste die abgeriebene Armlehne des Schaukelstuhls. Er bewegte sich leicht unter seiner Berührung.

Art sah zu und dachte, wie beruhigend die Bewegung war, und er erinnerte sich daran, wie seine Großmutter ihn einst geschaukelt hatte, als er noch ein Kind gewesen war. Er dachte schweigend nach, setzte die Bewegung mit Simons scheinbar sinnlosen Bewegungen gleich, dem Schaukeln, dem Schwingen, und wünschte sich, er wüßte, ob der Junge Trost fand.

»Willst du dich hinsetzen?« fragte Art. Der Schaukelstuhl bewegte sich, altes Holz, das leise auf dem Boden scharrte.

»Daddy soll singen«, wiederholte Simon.

Art betrachtete gedankenverloren den Stuhl. »Hat Daddy hier gesessen und dir vorgesungen?«

Simon beugte sich vor, ergriff Arts linke Hand und drückte sie fest. »Daddy sitzt im Stuhl und singt.«

Die Haut, kühl und weich, versetzte Art einen kurzen Schock, und er fragte: »Was hat Daddy gesungen?«

Simon ließ Arts Hand los und trat zurück, saß wieder auf der Bettkante und sah den Schaukelstuhl an.

Verdammt, was ist es? fluchte Art innerlich. *Ich weiß nicht, was er will. Er sitzt da wie bei uns, nur da, wo die leere Ecke ist. Hier ist es –*

Anne hörte, wie sich die Garagentür öffnete, für sie das Zeichen, die Eisbecher mit Früchten aus dem Eisschrank zu holen und mit Schlagsahne und ein paar Schokoraspeln zu dekorieren. Als die Tür zum Haus aufging, entschied sie sich, Art nichts davon zu sagen, daß sie schon ein paar Löffel Schokolade probiert hatte. Nur um zu kosten, natürlich.

»Nun, meine Männer, wie –« Überraschung über das, was da zur Tür reinkam, zeigte sich auf Annes Gesicht. Simon ging vorweg, dahinter kam Art, und dazwischen, auf einer Trage, befand sich ein roter Schaukelstuhl. »Was ist das?«

Zwei Stunden später kroch Art ins Bett, nachdem er im Gästezimmer das Licht ausgemacht hatte.

»Schläft er?« fragte Anne hoffnungsvoll und rollte zu ihrem Mann hinüber.

»Er liegt im Bett, dabei ist es noch nicht mal Mitternacht«, antwortete Art und löschte das Licht auf seinem Nachttisch. Mondlicht schien durch die Vorhänge und auf ihre Haut, als Art seine Frau dicht an sich heranzog. »Er sieht diesen Schaukelstuhl an.«

Sie umschlangen einander, und Anne zeichnete mit einem Finger Muster auf Arts Brust. »Es ist etwas Vertrautes für ihn. Tröstend, weißt du. Wie heißt noch der bei den *Peanuts* mit der Schmusedecke? Pipgen oder Schröder, ich weiß es nicht mehr. Aber es ist dasselbe

Phänomen.« Sie küßte ihn auf die Brust und sagte: »Das hast du gut gemacht, G-man.«

Art antwortete nicht. Als Anne sich auf einen Ellbogen stützte, sah sie, daß er fest schlief.

KAPITEL 10

Der Funke

Leo Pedanski tauchte erst im Puzzle-Center auf, als Craig Dean schon im Begriff war zu gehen. Die Haare, die Craig normalerweise zu einem Pferdeschwanz band, bei dessen Anblick man sich unwillkürlich fragte, ob er sie gerade gewaschen hatte, hingen ihm heute offen und fettig über die Schultern, wobei die verfilzten Strähnen in alle Richtungen abstanden. Seine Augen waren glasig. Er schnappte sich sein Jackett von einem vollgestellten Tisch und fuhr mit den schlaksigen Armen in die Ärmel.

»Wo ist Vik?« fragte Dean heiser. Er hustete und spuckte in eine benutzte Kaffeetasse.

Pedanski hatte Craig Dean noch nie in so schlechter Verfassung gesehen. »Mann, du siehst absolut kaputt aus.«

»Ja«, bestätigte Dean gähnend. Er sah sich um und musterte nacheinander die drei Sprudelflaschen, die neben dem Computer standen. Er wählte die, die noch am vollsten war, und leerte sie in einem Zug. »Wo ist Vik? Er sollte mich ablösen.«

»Wir haben getauscht«, sagte Pedanski, trat näher und rümpfte die Nase. »Mann, du mußt mal duschen, Craig.«

Dean grinste seinen adretten Chef höhnisch an. »Das ist wie mit dem Vögeln – wann habe ich Zeit dafür?«

»Reg dich ab«, sagte Pedanski. Er überprüfte das Protokoll. »Irgendwas Besonderes?«

»Was steht im Protokoll?« fragte Dean sarkastisch zurück, als er zur Tür strebte.

»Wo gehst du hin?« fragte Pedanski unschuldig.

»Nach Hause, Leo, verdammt«, antwortete Dean schroff. »Wo sonst soll ich hinwollen?«

Lomax machte nur einen Schritt in Art Jeffersons Büro und wußte sofort, daß etwas anders war als sonst. »Bist du letzte Nacht glücklich gemacht worden?«

»Nein, ich habe schlafen können«, sagte Art. Lomax setzte sich und legte die Füße auf den Schreibtisch.

»Wie kommst du mit der Bell-Untersuchung voran?«

»Langsam«, entgegnete Art. Er nahm einen Schluck Kaffee und bot Lomax auch welchen an.

»Nein, danke. Ärger mit dem Roten Band?«

Art setzte den Becher ab. »Eher mit der Roten Abwehr.«

Lomax dachte ein paar Sekunden nach. »Wir könnten die Dinge ein bißchen aufrütteln. Hol den Staatsanwalt dazu.«

»Breem?« Art schüttelte den Kopf. »Gib mir noch etwas Zeit, Bob. Ich muß noch was anderes probieren.«

»Hast du schon mit Simon gesprochen?«

»Über den Abend? Nein, noch nicht.« Art stand auf, streckte sich und lehnte sich an den Fensterrahmen. »Ich weiß, daß es sein muß, aber ich bin nicht sicher, ob er uns irgend etwas Brauchbares sagen kann.«

Lomax quittierte Arts Einschätzung mit einem resignierten Gesichtsausdruck, der durch die Narbe in seiner Wirkung eingeschränkt wurde. »Nun, wie gefallen dir ein paar interessante Neuigkeiten von anderer Front?«

»Kimura?«

Lomax nickte. »Die Polizei von Seattle hat einen völlig zerschnittenen Leichnam gefunden. Sie haben die Daten dieses Gemetzels durch die Computer als NCIC laufen lassen. Kimura war bei den potentiellen Tätern. Die Fingerabdrücke haben das bestätigt. Sie passen genau zu denen, die bei Vince Chappell gefunden wurden.«

»Hier? In den Staaten?«

»Ja. Ich muß sehen, wie das zusammenpaßt«, sagte Lomax und stand auf. »Sei froh, daß du das nicht machen mußt.«

»In der Tat, das bin ich«, versicherte ihm Art.

Rothchild hat, wie üblich, alles im Griff, dachte Kudrow, aber es war ein ziemlich fester Griff.

»Bei Ihrem Plan gibt es ein paar Probleme.«

Rothchild seufzte zweifelnd. »Welche?«

»Ich kann kein Verschwinden arrangieren.«

»Ah, schußscheu nach Mike Bells grandiosem Eintritt in das Geschehen.« Rothchild schwieg einen Moment. »Oder Abgang – sollte ich besser sagen.«

»Meine Leute können überwachen und zum richtigen Zeitpunkt zuschlagen. Aber ohne zu töten.«

Rothchild verzog schmollend die Lippen. »Wer, sagten Sie, soll sich darum kümmern?«

Allmählich dämmerte es Kudrow, welche Macht hinter diesem Satz stand.

Rothchild lehnte sich in seinem Stuhl weit zurück, zufrieden, selbstsicher. »Glauben Sie, Alexander Graham Bell hatte auch nur die leiseste Idee, was er da ins Rollen gebracht hat?«

Hatten das deine Eltern? fragte sich Kudrow. »In Ordnung.«

»Gut.«

»Und die Banken?«

Rothchild lächelte. »Deren Sicherheit ist heiße Luft.«

»Jeffersons Akte?« beharrte Kudrow.

»Wissen Sie, wer die feuersicheren Wände der FBI-Computer konstruiert hat?« Rothchild wies nach oben. »Das ist eine Sache von zwei Stunden, Mr. Kudrow. Sie sagen ›los‹, und morgen um diese Zeit fängt Special agent Jeffersons Welt an einzustürzen.«

Er hatte sich, wie erwartet, durchgesetzt, und Art Jefferson tat Kudrow fast leid. Er war ein Unschuldiger, aber ein Unschuldiger, der einem höheren Ziel im Weg stand. Einem Ziel, das Kudrow um jeden Preis erreichen wollte.

»Los.«

In seinem Büro griff G. Nicholas Kudrow, als seine deutsche Wanduhr sich der Acht näherte, nach dem letzten Stapel Berichte, den er durchsehen und unterschreiben mußte, ehe er das Gebäude verlassen und nach Hause gehen durfte. Er sah sich die Zusammenfassungen auf der jeweils ersten Seite an, einige vom Staat, einige vom DoD und einige vom CIA. Alles und jedes, was sich entfernt auf die Arbeit bezog, die bei Z getan wurde, mußte durchgesehen und geprüft werden, ob es die weitere Aufmerksamkeit von ihm, Kudrow, verdiente.

Zuerst unterschrieb er die Staatsberichte über fehlerhafte Kommunikation in Asien.

Die Berichte vom DoD, einer davon über einen Relais-Satelliten, der repariert werden mußte, wurden schnell erledigt.

Die von Langley arbeitete er der Reihe nach ab, zeichnete sie ab, während er sie las, bis der dritte von fünf ihn innehalten und genauer hinsehen ließ.

Kimura? Sie war im Lande, wenn man der Polizei von Seattle und dem NCIC glauben konnte. Aber warum? Warum sollten ihre japanischen Auftraggeber es riskieren, sie hierher zu schicken? Sie hatten Mayfly schon, da war sich Kudrow fast sicher. Ein toter CIA-Agent und eine Handvoll anderer Mißgeschicke bewiesen das zur Genüge. Warum also hatten sie sie in die Staaten geschickt?

Ihre eigene Initiative? überlegte Kudrow. Ihre Vorliebe für ›tödlichen Sex mit Yankees‹, wie ein Analytiker es ausgedrückt hatte, war bekannt. Nein. Keinesfalls. Das hätten ihre Auftraggeber nie erlaubt. Sie war sicher ein Risiko für sie, aber eine Meisterin darin, denen, die nicht wollten, Informationen zu entlocken.

Kudrow beugte sich vor, die Ellbogen auf den Schreibtisch gestützt, mit einer Hand kratzte er sich den Kopf, die andere hielt den Bericht. Nach einiger Zeit sah er zu einer Wand mit Plakaten und Fotos hinüber. *Ihr habt Mayfly. Was könnt ihr haben wollen, wofür ihr sie –*

In dem Moment wußte Kudrow Bescheid. Er hatte die Antwort, nicht nur auf die Frage, die er gestellt hatte, sondern auch auf eine, die ihn schon länger quälte. »Du bist wegen Kiwi hier«, sagte er zu seinem leeren Büro, dann lächelte er und fügte hinzu: »Und woher weißt du, daß es verfügbar ist?«

Er lächelte immer noch, als er den Hörer abnahm. »Abteilung Chief Willis.«

»Hier ist Kudrow. Sie müssen ein paar Überwachungsangaben für Ihren jungen Freund ändern.«

Eine Pause, als Willis die Papiere durchging. »In welcher Hinsicht?«

Kudrow sagte es ihm, als er frohen Herzens den letzten Bericht abzeichnete.

KAPITEL 11

Tiefe Wasser

Es klopfte zweimal, fast schüchtern, an Brad Folgers Tür.

»Herein.«

Leo Pedanski öffnete die Tür, so daß das Licht des Vorzimmers in Folgers abgedunkeltes Zimmer fiel. »Mr. Folger?«

Neben der Couch ging das Licht an und schien auf Folger, der ausgestreckt dalag, den Verschluß einer Flasche Jack Daniel's in einer Hand. Er hob die Flasche in der anderen an seine Lippen und nahm einen kleinen Schluck von der rauchigen braunen Flüssigkeit.

Leo Pedanski schloß die Tür hinter sich und trat ein paar Schritte auf den Assistenten des Stellvertretenden Direktors zu. »Mr. Folger, geht es Ihnen nicht gut?«

Folger zwang sich in eine eher sitzende Stellung, wobei er sich an die Armlehne lehnte, und kicherte, bevor er einen weiteren Schluck nahm. »Haben Sie schon mal einen Fehler gemacht, Pedanski?«

»Einen Fehler?« wiederholte Pedanski verwirrt.

»Ja, wenn man etwas falsch macht und dabei fast erwischt wird und sich wünscht, daß man sich nie in so eine Situation gebracht hätte. Einen Fehler, verstehen Sie?«

Pedanski warf Folger einen scharfen Blick zu, dessen Gesicht einen seltsamen Ausdruck annahm. »Einen Fehler? Sicher. Ich habe Fehler gemacht.«

Folger nickte. Er hielt die Flasche Jack Daniel's lokker in der Hand. Etwas von der Flüssigkeit schwappte aus der Flasche und tropfte auf den Teppich. »Ich gebe Ihnen einen guten Rat, Pedanski, bekennen Sie sich dazu, sobald es passiert. Lassen Sie nie zu, daß jemand Ihren Kopf aus der Schlinge zieht.« Diesmal nahm er einen großen Schluck aus der Flasche. Folger schwieg einen Moment, dann stemmte er sich hoch und stellte die Flasche ab. Er zog die Nase hoch und sah Pedanski gleichmütig an, als wäre es an der Tagesordnung, daß er einem Untergebenen trunkene Ratschläge gab. »Genug über mich. Was kann ich für Sie tun?«

Pedanski starrte ihn eine Zeitlang mit offenem Mund an, dann sagte er: »Hm, es geht, uh, um Craig.«

»Dean?« fragte Folger und schien in dem schwachen Licht ein wenig zu schielen.

»Ja. Irgend etwas stimmt mit ihm nicht. Ich meine, wir sind alle mit den Nerven am Ende durch das, was da vorgeht. Das Verzeichnis. Kiwi. Alles das. Aber er – ich weiß nicht recht. Er ist nicht mehr er selbst. Das trifft ihn härter als den Rest von uns, glaube ich.«

»Ah, nun –«

»Vielleicht braucht er eine Atempause«, schlug Pedanski vor.

Folger schüttelte den Kopf. »Nett von Ihnen.«

Pedanski begriff. Er hatte sich an den Falschen gewandt. Der Richtige würde ohnehin ablehnen. »Ja. Nun ...« Er warf einen Blick auf die Flasche. Ein Drittel fehlte bereits. »Ich gehe besser wieder nach unten und übergebe an Vik, bevor ich gehe.«

Folger nickte, ohne ihn anzusehen.

»Sind Sie in Ordnung?« fragte Pedanski nochmals nach.

Brad Folger kicherte wieder. »Ich kann Ihre Frage weder zustimmend noch ablehnend beantworten.«
Pedanski sah ihn verständnislos an. »Was?«
»Nichts«, sagte Folger resignierend. »Ich übe nur.«

Je nach Sichtweise war es entweder sehr früh oder sehr spät, als Craig Dean seinen fünf Jahre alten Toyota-Pritschenwagen auf einem Parkplatz des Walter-Reed-Armeekrankenhauses in Washington D.C. parkte und über die 16. Straße zum Rock Creek Park joggte. Er blieb nördlich des Golfplatzes und folgte dem Lauf des Bachs nach Süden, dankbar für die Lichter der Arbeiter, die die Spuren des Verschleißes nach dem Winter auf dem Rasen beseitigten.

Er lief weiter nach Süden, nahm den Fußweg hinter der Military Road, wo er rechts abbog, bis er naßgeschwitzt vor dem Polizeihauptquartier ankam und einem Seitenweg zum Pferde-Center folgte. In der Nähe der Anlage blieb er stehen, genau da, wo eine zerdellte Bierdose rechts am Weg lag.

»Hier drin«, sagte eine Stimme und erschreckte Dean, obwohl er es hätte besser wissen sollen. *Die Erschöpfung,* erklärte er sich. Sie zehrte an ihm. Die stundenlange Arbeit, die Zeit, die er für seine jüngsten Bestrebungen aufgewendet hatte, und die Sorge.

»Wo?« fragte Dean in die Dunkelheit hinein.

Ein paar Zweige bewegten sich. Dean trat zwischen die Büsche und folgte einem dunkelgekleideten Mann tiefer ins Gebüsch. Unter einem kahlen Baum drehte der Asiate sich zu Dean um.

»Ihr Kontaktpartner ist hier.«

Dean sah sich tödlich erschrocken um. »Hier?«

»Nicht hier, Sie Narr. Hier. Im Land.«

»Ach so. Ich habe alles aufgeschrieben.«

Der Asiate sah finster drein. Er hielt die Hand auf und wartete auf die Informationen. Als er sie hatte, faltete er sie zweimal und zerriß das Papier in kleine Schnipsel.

»Was –«

Der Asiate ergriff Deans T-Shirt, drehte es in der Faust herum und schüttelte die andere mit den Fetzen vor Deans Nase. »Schreiben Sie niemals etwas auf! Nie!«

Dean war ein gutes Stück größer als der Asiate, aber er hatte keinerlei Zweifel daran, wer einen Kampf gewinnen würde. »Es tut mir leid.«

Die Papierfetzen wurden in der Hand des Asiaten zu einem Knäuel, das er in die Tasche steckte, als er Dean losließ. »Samstag morgen, zehn Uhr. Hier. Auf dem Weg zur Miller Cabin steht eine Bank. Da wartet Ihr Kontaktpartner auf Sie.«

»Wie erkenne ich ihn?«

»*Die Frau* wird Sie erkennen«, korrigierte der Asiate. »Sie erzählen ihr, was sie wissen will.«

Dean nickte. »Gut, zehn Uhr, ich habe es verstanden.«

Der Asiate bedeutete Dean mit einer Kopfbewegung, sich zu entfernen. Er wich zurück und beobachtete dabei, wie der Asiate geräuschlos in den schwarzen Büschen verschwand.

»Blödes Schlitzauge«, fluchte Dean. Als er wieder auf dem Weg war, ging er schneller zurück, als er hergekommen war.

»Lächeln«, sagte Georgie von seinem hastig gesuchten Beobachtungsposten aus, etwa dreißig Meter westlich des Weges neben dem Fußweg zum Planetarium. Im Teleobjektiv seiner Kamera joggte Craig Dean nach Norden zum Military Path. Der Auslöser klickte leise, immer wieder, bis der Film voll war.

Ein paar Minuten später näherte sich Ralph von Süden mit einer kleinen Tasche in der Hand. »Ich bin in Hundescheiße getreten.«

»Gut«, sagte Georgie. »Wie nah bist du rangekommen?« Ralph öffnete seine Tasche und nahm eine Kassette heraus. »Nahe genug.«

Die Ruhe währte genau eine Nacht.

Art hörte es gegen zwei Uhr morgens als erster, diesmal ein ununterbrochenes Murmeln anstelle der schiefen Melodie. Als er sich aufsetzte, schlief Anne noch tief und fest. *Wenigstens einer von uns sollte schlafen,* dachte er, stieg zögernd aus dem Bett und ging ins Gästezimmer.

Die Nachttischlampe war eingeschaltet, und Simon saß auf der Bettkante, die Bettdecke unordentlich zurückgeschlagen. *Der rote Schaukelstuhl hat überhaupt nichts gebracht,* dachte Art, da sah er, daß Simon etwas auf dem Schoß hatte. Es war die Zeitschrift, die er auch bei sich gehabt hatte, als Anne und er ihn aus dem Keller gelockt hatten.

Art setzte sich neben Simon aufs Bett. »Was liest du da?«

»Simon liest Puzzles.«

»Puzzles«, sagte Art sanft und beugte den Kopf, um einen Blick auf Simons Gesicht werfen zu können. Dabei sah er die aufgeschlagene Seite der Zeitschrift. Der Seitenblick wurde ein Hinsehen, das Hinsehen ungläubiges Starren. Die Seite voller Buchstaben und Zahlen kam ihm bekannt vor. »Darf ich mir das mal ansehen?«

Eine einzige Schaukelbewegung nach vorne, dann glitt die Zeitschrift zu Art hinüber. Simon wandte den Kopf ab.

Art nahm die Zeitschrift in die Hand, warf einen Blick auf die Titelseite, um zu sehen, was es war, und konzentrierte sich dann auf die fragliche Seite. Dabei erkannte er, daß sie ihm mehr als bekannt vorkam, das war fast dieselbe wie das Blatt, das bei Mike Bell gefunden worden war. Ein Duplikat, wenn vielleicht nicht exakt dieselben Zahlen und Buchstaben. Das Format war das gleiche.

Er gab Simon die Zeitschrift zurück und fragte ihn: »Kannst du dieses Puzzle lösen?«

Simon blinzelte bei der plötzlichen Anstrengung ein paarmal und sagte dann: »Wenn Sie dieses Puzzle lösen, wählen Sie eins-acht-null-null-fünf-fünf-fünf-eins-drei-neun-acht und sagen Sie, daß Sie Puzzle 99 gelöst haben, Sie erhalten dann einen Preis.«

Was? Art zeigte auf die Seite. »Das steht alles da drin?«

»Das steht alles in dem Puzzle.«

Was zum Teufel war das für ein Puzzle? fragte sich Art, ehe er überlegte, daß auf dem Blatt von Mike Bell vielleicht eine ähnliche Nachricht stand. »Warte hier, Simon. Ich will dir etwas zeigen.«

Simon beobachtete, wie die großen Füße sich von ihm fortbewegten. Art war sein Freund. Wenn Art ihm sagte, daß er warten sollte, würde er das auch tun. Simon wußte, daß er auf Freunde hören sollte.

Eine Minute später lehnte Art seine Aktentasche gegen den Kleiderschrank und zog ein Blatt Papier aus der Roma-Akte. Er setzte sich wieder neben Simon und legte dem jungen Mann das Blatt auf den Schoß, über die Seite in der Zeitschrift. »Ist das ein Puzzle, Simon?«

Die grünen Augen fuhren darüber, blinzelten, schauten, blinzelten, bis er es verstanden hatte. Bis Worte zu erkennen waren. Drei Worte.

»Steht da auch etwas?« drängte Art sanft.

Simon begann zu schaukeln. Seine Wange schmerzte, und er erinnerte sich an schwere Schritte. An einen Mann mit roten Haaren. Einen Fremden.

»Was steht da?« fragte Art noch einmal und legte Simon eine Hand auf den Rücken.

Simon schlug die Augen auf und sah es, genauso wie damals, kurz bevor der rothaarige Mann ihn geschlagen hatte. »Ich kenne Kiwi.«

Eine kurze Zeit lang war Art wie vor den Kopf geschlagen, dann verstand er. Stellte den Bezug zu einer Stunde mit Nils im Kommunikationsraum her, zu einem der letzten Arbeitgeber von Bell. Ein Zeitpunkt und eine Person, die nichts gemein hatten bis auf den Jungen, neben dem er saß, und dem, was er gerade gesagt hatte.

»Noch mal, Simon. Was steht da?«

»Ich kenne Kiwi«, wiederholte Simon. Ein Freund hatte ihn um die Wiederholung gebeten.

Art saß still da und rieb Simon den Rücken. *Eine Lükke gefüllt,* sagte sich Art. Aber er wußte, daß er mehr getan hatte, als eine Lücke zu füllen, er hatte einen Berg errichtet.

Die Zeit war gekommen, einen kleinen Teil des Lebenslaufes eines Mannes zu verändern, und Rothchild dankte Bell und Marconi insgeheim dafür, daß sie das ermöglicht hatten. Lächelnd wandte er sich seinem Computer zu und drückte die Taste ›Enter‹.

Was dann geschah, dauerte kaum fünf Minuten, und es wäre noch schneller gegangen, wenn nicht erst einige Vorgänge hätten abgeschlossen werden müssen, um neue in Gang zu bringen. Von diesem Ort zwanzig Meter unterhalb des Hauptquartiers aus flossen durch die Telefondrähte und durch die Luft in mehrere Länder Millionen Bits von Zahleninformationen in Hunderte von Computern.

Alle Systeme sperrten sich gegen die unerwarteten Eindringlinge, verlangten den Berechtigungsnachweis wie bei jeder Kommunikation.

Ihr Sicherheitssystem war in Sekundenbruchteilen geknackt.

Die ersten Veränderungen, genauer Erfindungen, wurden in europäischen Banken vorgenommen, was Rothchild für seine beste Arbeit hielt. Dann folgten Veränderungen an den Berichten der U.S.-Banken, dann Kreditgesellschaften, Telefonmitschnitte und so weiter und so weiter. Alles geschah automatisch, alles im voraus festgeschrieben. Rothchild brauchte bloß zuzusehen, bis die Anzeige auf seinem Bildschirm hundert Prozent anzeigte.

Wunderschön, dachte er.

»Bist du nervös?« fragte Calvin Pachetta, der am Steuer eines parkenden blauen Chrysler saß, seinen Beifahrer.

Maurice »Big Mo« Tucek schüttelte den Kopf und zündete sich seine erste Zigarette seit drei Jahren an.

Calvin sah durch die Windschutzscheibe zu dem

schwarzen Lincoln hinüber, der vor Mama Josie's Restaurant stand. »Wer, glaubst du, steckt dahinter?«

Big Mo, hundert Pfund leichter als beim letztenmal, als er Calvin getroffen hatte, kurbelte das Seitenfenster ein Stück herunter und blies den Rauch durch den Spalt. »Jemand mit Beziehungen.«

Calvin nickte zustimmend mit dem Kopf. »Wo haben sie Sie erwischt?«

»Das darf ich nicht sagen.«

Erneutes Nicken. »Ich auch nicht. Aber es gefällt mir. Gibt auch gute Schulen.« Calvin klopfte ungeduldig mit seinen dicken Daumen aufs Lenkrad. »Ich bin Buddy Burns«, sagte er mit einem stolzen Lächeln. »Wie hat man dich getauft?«

»Das darf ich nicht sagen«, wiederholte Big Mo.

»Stimmt«, erwiderte Calvin, »ich auch nicht.«

Jemand von Fiorellos Statur kam aus Mama Josie's Restaurant, ging aber an dem Lincoln vorbei.

»Weißt du was, ich glaube, es sind diese Kerle, die uns zu Überläufern gemacht haben«, sagte Calvin in plötzlicher Erkenntnis.

»Wann ist dir denn das Licht aufgegangen?« fragte Big Mo sarkastisch. »Natürlich liegt es an den Bullen. Wer sollte sonst wissen, wo wir gewohnt haben?«

»Aber warum sagen sie es dann nicht einfach?« fragte Calvin in echter Ratlosigkeit.

»Sieh mal, Calvin, als wir übergelaufen sind, haben wir unsere Seelen verkauft. Wir sind Besitztum anderer. Sie wissen, daß wir alles tun, was sie wollen, weil sie auch wissen, daß wir mehr Angst vor unseren alten Kameraden haben als vor ihnen.«

Calvin dachte eine Weile darüber nach, dann sagte er: »Der Kerl hat mir Angst gemacht. Er hat gesagt, es wäre ein leichtes, eine Bemerkung darüber zu machen, wo ich und Loretta und die Kinder jetzt wohnen.«

»Ja, nun, wir erledigen das hier, und alles ist in Ordnung«, sagte Big Mo und inhalierte tief. Beim Ausatmen sah er, worauf sie gewartet hatten, und warf die Zigarette durch den Spalt in den Rinnstein. »Da kommt er.«

»Er ist allein.«

»Hast du je erlebt, daß Kermit einen Helfer hatte?«

»Er brauchte nie einen«, erwiderte Calvin und fügte dann bedauernd hinzu: »Bis zum heutigen Tag.«

»Weißt du, wie man nach Calumet Harbour kommt?«

»Das habe ich dir doch schon gesagt, ja.« Calvin ließ den Motor an.

Big Mo zog aus einem Umschlag zu seinen Füßen eine Pistole und schraubte einen Schalldämpfer auf das Gewinde der Mündung. »Das ist verrückt«, sagte er ruhig, und lauter: »Laß es uns hinter uns bringen.«

Um drei Uhr klingelte das Telefon auf G. Nicholas Kudrows Nachttisch. Er nahm während des ersten Klingelns ab. Er hatte nicht schlafen können. »Ja.«

»Es ist die Giraffe«, berichtete Abteilungschef Willis.

»Sind sich Ihre Leute sicher?« Kudrows Frau bewegte sich, aber eine sanfte Hand an ihrer Hüfte beruhigte sie wieder.

»Sie haben ein Band. Und Bilder.«

Plötzlich löste sich die Anspannung, die ihn wachgehalten hatte. Kudrow konnte spüren, wie die Müdigkeit ihn jetzt überwältigte. »Gut. Ich will sie morgen haben.«

»Ja, Sir.«

Kudrow legte den Hörer auf und ließ seinen Kopf auf das weiche Daunenkissen sinken. Innerhalb von zwei Minuten war er eingeschlafen, seine Augen tanzten in der REM-Schlafphase, und ein Lächeln lag auf seinem Gesicht.

Big Mo hatte die Beine gespreizt, und er versuchte sich gegen die Bewegungen des Bootes zu stemmen und sein Gleichgewicht zu halten. Die Sonne ging bald auf, im Osten lag blauer Dunst, im Westen leuchteten die Lichter Chicagos. Nach einer halben Stunde Fahrt schwieg jetzt der Motor des Kabinenboots. Calvin übergab sich über die Bordwand.

»Was zum Teufel geht hier vor?« brüllte Fiorello gegen das Kreischen der Möwen an. Die Hände waren ihm mit Klebeband gefesselt worden, und auch die Beine konnte er nicht frei bewegen. Er saß im Heck des Bootes auf einer Polsterbank. Nach einer Sekunde, die er brauchte, um sich zu orientieren, sah er Big Mo direkt an. »Du kommst mir bekannt vor.«

»Mein Haar war früher rötlich«, erwiderte Big Mo. Calvin, der eine orangefarbene Rettungsweste trug, bezwang seine Übelkeit und kam zu ihnen.

Fiorello sah genauer hin, betrachtete prüfend sein Gesicht, und dann weiteten sich seine Augen vor Überraschung. »Das darf doch nicht wahr sein! Mo? Big Mo? Bist du das wirklich?«

Big Mo lächelte und nickte. Respektvoll kreuzte er die Hände vor dem Bauch. In der einen hielt er die Pistole mit Schalldämpfer.

Fiorello stöhnte plötzlich auf und legte den Kopf in den Nacken. »Oh, Scheiße, mein Nacken.«

»Tut mir leid, daß ich Ihnen eins verpassen mußte, Mr. Fiorello«, sagte Calvin.

Fiorello erkannte die Stimme sofort. »Wenn das nicht ... Calvin? Du auch.« Ungläubig sah er hoch. »Das Boot scheint zu sinken, die Ratten sind an Deck.«

Beleidigt trat Calvin einen Schritt zurück.

»Hören Sie«, sagte Big Mo, »ich hätte das Klebeband auch auf Ihren Augen lassen können.«

»Warum hast du es nicht getan?« wollte Fiorello wissen. »Wolltest du mir deine hübsche neue Frisur zeigen?«

Big Mo sah zu Boden, dann wieder Fiorello an. »Nein, ich wollte Sie etwas fragen, und ich hielt es für unhöflich, wenn Sie den Sprechenden dabei nicht sehen könnten.«

»Eine Frage!« Fiorello schnaubte. »Ihr verschleppt mich hier in die Mitte des – wo sind wir?«

»Michigan-See«, antwortete Calvin.

»Die Mitte des Michigan-Sees, um mir eine Frage zu stellen. Okay. Stell sie.«

Big Mo kreuzte die Arme so vor der Brust, daß die Pistole auf Indiana zeigte. »Ich habe mich gefragt, ob Sie einen Kopfschuß wollen, ehe wir Sie über Bord werfen, oder ob Sie das Ertrinken vorziehen.«

Calvin schauderte bei dem Wort ›Ertrinken‹.

Fiorello konnte nichts sagen. Er sah auf seine Füße hinab. Sie waren nicht nur mit Klebeband gefesselt, sondern auch mit einem dicken gelben Nylonseil umwickelt, das über das Deck zu zwei Ankern und einem halben Dutzend Ziegelsteinen führte, die alle zusammengebunden waren.

»Ihr seid verrückt.«

Big Mo warf einen Blick auf Calvin. »Ich denke, das heißt ›Nein‹, keinen Schuß.«

Calvin nickte, zog das Gewicht an die Seite, hob es über die Reling und ließ los.

»Nein!«

Ehe Fiorello seinen Schrei beenden konnte, hatte sich das Seil schon gespannt. Seine Füße wurden von der Bank gerissen und zur Reling gezogen, schleppten den Rest seines dicklichen Körpers mit, der an der Reling steckenblieb.

Calvin bückte sich und half der Schwerkraft etwas nach, indem er Fiorello über die Reling hob. Noch einmal schrie er, bevor ein Platschen und ein saugendes Wuuusch seinen Schrei erstickten. Calvin wischte seine Hände gegeneinander und sah Big Mo an.

»Irgendwie hatte ich Lust, ihn zu erschießen«, gab Big Mo zu, dann bedeutete er Calvin, sie zurückzubringen.

KAPITEL 12

Fehlende Verbindungsglieder

Nelson Van Horn betrachtete lange das Stück Papier, das der Assistent des Special agent ihm gegeben hatte, ehe er aufsah. »Woher haben Sie das?«

»Wissen Sie, was das ist?« antwortete Art mit einer Gegenfrage. Hinter ihm fing eines der gesicherten Faxgeräte an, Papier auszuspucken.

»Das ist verschlüsselter Kiwi-Text.«

Art übergab Van Horn die fotokopierte Seite aus dem *Stümper*. »Und das? Ist das auch ein Kiwi-Text?«

Van Horn warf nur einen kurzen Blick darauf, bevor er nickte. Wieder fragte er: »Woher haben Sie das?«

»Das kann ich Ihnen noch nicht sagen, Nels. Aber ich muß etwas herausfinden.«

»Was?«

»Was heißt das?« fragte Art und deutete auf den Text.

Es ist ihm ernst, dachte Van Horn, der die beiden verschlüsselten Texte betrachtete. Es konnte durchaus möglich sein, daß es sich hierbei um etwas handelte, das nicht für andere Augen bestimmt war. Eine Nachricht höchsten Ranges. Und jetzt kam da jemand und gab ihm zwei Seiten verschlüsselten Text – *verschlüsselten Kiwi-Text!* – und wollte wissen, was das hieß, nun ...

Aber es war nicht irgend jemand. Es war der Assistent des Special agent. Es war Art Jefferson. Und niemand auf dieser Welt war aufrichtiger als Jefferson.

»In Ordnung«, sagte Van Horn. »Es dauert nur eine Minute.«

Es war Viertel vor fünf, und die Sonne hing tief und rot im Westen. Keiko Kimura stand auf dem Balkon ihres Zimmers im zweiten Stock des Belle View Inn und beobachtete ein Fischerboot, das in einiger Entfernung schaukelte. Der Sonnenuntergang spiegelte sich in rötlichen Farbtönen auf der Wasserfläche des Potomac.

Sie war in Amerika.

In ihr nagte der Hunger. Ein Student allein konnte ihr Verlangen nicht stillen.

Aber sie mußte der Versuchung widerstehen, sich schon jetzt einen anderen zu suchen. Da gab es ja den, der ihr versprochen worden war. Der, an dem sie zeigen konnte, daß sie ihre Kunst beherrschte.

Nur den.

Amerika, ein Buffet mit ihren Lieblingsspeisen. Der Gedanke, was ihr alles entging, wenn sie dieses Land wieder verließ, verursachte ihr Schmerz. Keine Befriedigung mehr.

Hier zu sein, das *hier* zu erleben, nur um es wieder aufgeben zu müssen. *Folter*, dachte sie. Das ist *Folter*.

Ein altes Brötchen lag vor dem Staatsanwalt Angelo Breem auf dem Tisch, ein Bissen fehlte, und von dem Rest naschte eine Fliege. Breem rollte ein Blatt Papier zu einem röhrenförmigen Gebilde zusammen und schlug damit nach dem Insekt. Es landete vor der Tür auf dem Boden, wo es zermatscht wurde, als Assistenz-Staatsanwältin Janice Powach aufgeregt den Raum betrat.

»Klopfen Sie bitte vorher an«, sagte Breem und wandte sich schnell wieder seinem Schreibtisch zu.

Mit einem boshaften, zufriedenen Grinsen im Gesicht trat Janice Powach näher. Genau an der Kante des Schreibtisches blieb sie stehen, ihr roter Rock preßte sich dagegen, und sie sagte nichts.

Nach einer Sekunde wußte Breem, daß er fragen mußte. Das Spiel war ihm vertraut und wäre sicher schon langweilig geworden, wenn die Beine unter dem Rock ihn nicht gelegentlich umschlingen würden. »Ja, Janice?«

»Wir haben Mitteilung von einer Überweisung von einem von Fiorellos Konten bekommen«, sagte sie. »Hunderttausend von einem U.S.-Konto nach Europa.«

»Mm-hmm«, grunzte Breem, ohne aufzublicken. Fiorello war für ihn nicht mehr interessant, der erinnerte ihn nur noch an diesen verdammten Jefferson.

Janice Powach beugte sich über den Tisch, und jetzt sah er hoch. Sie trug eine weiße Bluse, die weite.

»Willst du nicht wissen, wer das Geld bekommen hat?«

»Okay«, sagte Breem, und seine Augen schweiften von ihrem Gesicht zu ihrem Hals und dann zu dem Spalt zwischen ihren Brüsten, den sie ihn so großzügig bewundern ließ. »Wer?«

»Sie heißt Anne Preston«, sagte Janice Powach, und als Breem nicht reagierte, legte sie ihm die Hand unter das Kinn und hob es zu sich hoch.

»Preston. Wer ist das?«

»Sie heißt nicht mehr Preston«, erklärte Janice. »Sie heißt jetzt Jefferson.«

Breems Lider flatterten, und er lehnte sich langsam in seinen Stuhl zurück. »Anne Jefferson?«

»Seine hübsche neue Frau«, bestätigte Janice, die nun wieder stand, da ihre einladenden Kurven ihren Chef momentan nicht interessierten.

»Seine Frau!« rief Breem ungläubig aus. »Dieser Hurensohn.«

»War es richtig, daß ich nicht angeklopft habe?« fragte Janice kokett. Breems Blick ging durch sie hindurch.

»Er hat seine Frau benutzt«, sagte Breem und begann fröhlich zu lächeln. »Jefferson. Jefferson. Jefferson. Jetzt habe ich dich.« Seine Faust donnerte auf die unwichtige Schreibtischarbeit dieses Tages. »Jetzt habe ich dich!«

Als Craig Dean Feierabend machte, fiel ihm der glänzende schwarze Chrysler LHS, der neben seinem bejahrten Toyota parkte, nicht auf, aber als sein Name durch das offene Fenster gerufen wurde, zuckte er zusammen.

Dann wandte Dean sich um und spähte durch das Seitenfenster des LHS. Hinter dem Lenkrad saß Mr. Kudrow.

»Schweren Tag gehabt, Dean?«

Dean klimperte nervös mit den Schlüsseln. »Nun ja, Sie wissen ja.«

Kudrow nickte. »Steigen Sie ein.«

Deans müde Augen weiteten sich. »Ich ... ich wollte nach Hause.«

Kudrow sah durch die Windschutzscheibe ins Ungefähre. »Es geht um Mayfly, mein Junge, da gab es womöglich ein Leck.«

Plötzlich spürte Dean einen dicken Kloß im Hals. Er befahl sich, ruhig zu bleiben, sagte sich, daß alles in Ordnung sei, daß immerhin er derjenige war, der die Nachuntersuchungen an Mayfly durchführte und daß er mit dem Geld wirklich sorgfältig umgegangen war, daß sie es nie finden würden und ihm deshalb auch nichts vorgeworfen werden konnte. Ganz ruhig bleiben.

Ganz ruhig. Wahrscheinlich war es sowieso ganz harmlos. Vielleicht hatte ein Mitarbeiter des Verschlüsselungsteams vor einiger Zeit gekündigt, sie kündigten immerzu. Oder die Briten. Da hatte es diesen Anfangsverdacht im Team gegeben, seit sie auch Mayfly hatten.

Dean öffnete die Tür, stieg ein und ließ sich in den weichen Ledersitz sinken. Kudrow verschloß von seinem Platz aus die Tür und rollte das Fenster hoch.

»Wir müssen darüber reden«, sagte Kudrow und fuhr los.

»Wo fahren wir hin?« fragte Dean und musterte nervös den Zündschlüssel.

»Wir können hier nicht reden. Das werden Sie verstehen.«

Der LHS fuhr aus der Parklücke und über den Mitarbeiterparkplatz, an zwei Wachen an versenkbaren Toren vorbei und bewegte sich auf einen verschlungenen Weg zwischen Betonkübeln zu. Dean zwang sich, geradeaus zu blicken, und warf Kudrow, als sie in nordwestlicher Richtung auf der Landstraße waren, nur ein- oder zweimal einen Blick zu. Kudrow, die Hände vorschriftsmäßig am Lenkrad, hielt sich genau an die Geschwindigkeitsvorschriften.

Sie fuhren kreuz und quer über Autobahnen und Bundesstraßen, bis Kudrow kurz vor einem Ort namens Sunshine sagte: »Wir werden verfolgt.«

Dean warf vorsichtig einen Blick über die Schulter durch die getönte Heckscheibe, aber er konnte nur Scheinwerfer sehen, die nicht anders aussahen als andere auch. »Wo? Warum sollte uns jemand folgen?«

Sie gelangten jetzt an eine Kreuzung, und Kudrow lenkte den Wagen, ohne groß abzubremsen, nach rechts in Richtung Patuxent River State Park. »Weil wir Ihr Leben retten wollen«, sagte Kudrow und sah ihn kurz an. »Ich bin von Ihnen enttäuscht, mein Junge.«

Der Kloß, den er vorhin in seiner Kehle gehabt hatte, war nichts gegen das, wogegen Dean jetzt ankämpfte. Seine Finger suchten nach der Türsicherung.

»Sie wird sich nur öffnen, wenn ich es will«, sagte Kudrow und betätigte zum Beweis kurz einen Schalter. »Gute alte amerikanische Wertarbeit.« Er bog nach rechts in eine enge Holperstraße ein, die sich zwischen den Bäumen dahinschlängelte. »Aber Ihnen ist die japanische Arbeit ja mehr vertraut, nicht wahr, Junge?«

»Ich –« *Ruhig, ruhig, o Scheiße, nein ...*

Der LHC schlingerte, und Kudrow verlangsamte, um sich den Straßenverhältnissen anzupassen, die Scheinwerfer beleuchteten die Schlaglöcher vor ihnen. Wieder sah Dean aus dem Rückfenster.

»Sie werden an der Straße warten«, sagte Kudrow. »Um sicherzustellen, daß wir bei unserem Gespräch nicht gestört werden.«

»Mr. Kudrow, ich weiß nicht, wovon Sie sprechen«, sagte Dean, aber noch nicht flehend, auch wenn ihn alles dazu drängte. Entschuldigen, Reue zeigen. Reinen Tisch machen. Nein, noch nicht. *Er hat nichts. Nich ...*

Der Micro-Kassettenrekorder, den Kudrow jetzt aus der Tasche zog, beendete Deans Überlegungen. »Sind Sie sich darüber im klaren, wie weit die Überwachungstechnik heutzutage ist?«

Dean starrte den silbernen Rekorder an, und der Markenname brachte ihn fast zum Lachen.

»Rock Creek Park, nicht weit vom Planetarium entfernt«, sagte Kudrow, um Deans Erinnerungsvermögen aufzufrischen und seinen Widerstand zu brechen. Sein

Daumen schwebte über der Play-Taste, mit der anderen Hand lenkte er den Wagen auf eine Wendeschleife im Wald, die für die Nutzfahrzeuge angelegt worden war, die hier lang fuhren. Als der Wagen hielt, sah Kudrow Dean scharf an und fragte: »Wollen Sie hören, was Sie gestern nacht zu Mr. Atsako gesagt haben?«

Die jungen Augen wichen müde, besiegt, seinem Blick aus.

»Oder die Bilder sehen?« forderte Kudrow ihn weiter heraus.

Dean hatte keinen Grund, das Angebot anzunehmen, und schüttelte den Kopf. Kudrow steckte den Rekorder wieder in seine Tasche und betätigte einen Schalter an seiner Armlehne. Die Türschlösser klickten. »Steigen Sie aus.« Dean zögerte.

»Heute nacht fängt Ihr neues Leben an«, sagte Kudrow mit ruhiger, aber fester Stimme. Beruhigend, dachte er zufrieden. »Ihr Verrat ist uns teuer zu stehen gekommen, sowohl in Geld als auch in Menschenleben.« Ihm fiel auf, daß Dean zusammenzuckte. Ein anrührender, wenn auch vergeblicher Anflug von Menschlichkeit. »Da ging es um Mayfly. Wenn Sie es geschafft hätten, Ihren Freunden jemanden für Kiwi zu geben ... nun, die Folgen wären unvorstellbar.«

Dean schwieg. Was konnte er sagen? Sollte er Kudrow sagen, daß er es wegen des Geldes getan hatte? *Geld?* Bargeld. Ein wachsender Haufen davon lagerte in einem Schuppen hinter der Farm seines Bruders in Iowa. Nichts, was er sagen könnte, würde ändern, was er getan hatte. Plötzlich erfüllte ihn unendliches Bedauern, und er mußte die Tränen zurückhalten.

»Was nun?« fuhr Kudrow fort. »Ich werde es Ihnen sagen. Sie und ich steigen jetzt aus und reden. Sie werden mir alles sagen. Alles, was Sie getan haben und noch tun sollen. Über die Kontaktperson, die Sie Samstag treffen werden. Was Sie ihr sagen wollten.«

Dean schluchzte einmal auf. Er preßte sich den Mantelärmel vor den Mund und nickte.

»Und dann, Mr. Dean, werden Sie verschwinden.« Die jungen, jetzt rotgeränderten Augen blickten Kudrow beunruhigt an. »Eine neue Identität, mein Junge. Ihre japanischen Freunde werden über Ihr Versagen nicht allzu glücklich sein. Bestimmte Leute von unserer Seite auch nicht, wenn die Sache zu Ende ist.«

»Kein Gefängnis?« fragte Dean schwach.

Kudrow schüttelte wahrheitsgemäß den Kopf. »Kein Gefängnis.«

Dean konnte es kaum glauben. Er hatte immer gedacht, daß er, wenn er erwischt würde, in irgendeinem Gefängnis in einer Einzelzelle landen würde. Einen Neuanfang hatte er nicht erwartet. Er konnte mit seinen Gefühlen noch nicht umgehen. Am ehesten empfand er noch Erleichterung, aber das war nicht stark genug. »Ich werde das Geld zurückgeben.«

»Das versteht sich von selbst. Jetzt ...« Kudrow öffnete die Tür. »Wollen wir uns unterhalten?«

Dean folgte Kudrow zu dem freien Platz vor dem Wagen. Sie standen einander gegenüber und redeten fast eine Stunde lang, der Abteilungschef stellte häufig Fragen, und der junge Kryptograph beantwortete jede, so gut er konnte. Dean rühmte sich seiner Taten nicht, und die Atmosphäre wurde fast herzlich.

Deshalb war er ziemlich überrascht, als Kudrow eine Pistole aus der Tasche zog und auf ihn zielte.

Zunächst sagte Kudrow nichts, beobachtete nur, wie Dean einen Schritt zurückwich und sein Gesicht sich vor

Schreck verzerrte. »Ich danke Ihnen für Ihre Zusammenarbeit«, sagte Kudrow und schoß Dean ins linke Knie.

»Scheiße! Aah!« Dean fiel nach rechts und zog das zerschmetterte Bein an die Brust, beide Hände über der Wunde. Zwischen seinen Fingern quoll Blut hervor und tropfte auf den Boden.

»Ich habe den Hollywood-Bildern von Momenten wie diesen nie getraut. Ich habe mir immer vorgestellt, daß jemand, der mit einer Pistole bedroht wird und weiß, daß er sterben muß, um sein Leben kämpft, auf seinen Widersacher zustürmt.« Dean stieß sich mit dem rechten Bein ab und schob sich in Richtung der Bäume, die Augen angstvoll aufgerissen. Kudrow ging ihm nach. »Ich würde es tun.«

»Nicht, Mr. Kudrow!« bettelte Dean, und eine Woge von Schmerzen verzerrte sein Gesicht.

»Ich gehe hier oft spazieren«, erzählte Kudrow. »Hundert Meter weiter durchzieht ein Spalt den Wald. Da lang. Ein paar Schaufeln Erde und ein bißchen dürres Holz, und niemand wird Ihre Leiche finden.« Kudrow zielte auf Deans Gesicht, den Finger am Abzug, spürte den Stahl, hob die andere Hand, um die Schußhand zu stützen, atmete, atmete, atmete ...

»Uns ist keiner gefolgt«, sagte Dean trotz der Schmerzen, als wenn er damit etwas erreichen könnte.

Kudrow schüttelte den Kopf und drückte viermal ab.

Als er nach über einer Minute die Pistole senkte, war er überrascht, ja zutiefst erstaunt darüber, wie leicht es war, einen Menschen zu töten.

Fünf Männer saßen um einen Pokertisch, und Zigarrenrauch stieg in einen Ventilator auf, der ihn nur schwach verrührte und zum späteren Einatmen unter der Decke beließ. Jeder Mann hielt fünf Karten in der Hand, und jeder hatte einen Haufen Chips vor sich auf dem Tisch, entweder sauber gestapelt oder als unordentlichen Haufen. Einer der Männer, der gerade Kartengeber war, hatte viel mehr Chips als die anderen. Er lächelte, eine billige Zigarre zwischen den Zähnen.

Zwei der Spieler paßten, dann auch der dritte, nachdem er sein Blatt einer kritischen Musterung unterzogen hatte. Blieb ein Herausforderer für den Kartengeber.

»Ich warte«, sagte er munter. Die anderen Teilnehmer der wöchentlichen Spielrunde kannten ihn als Mr. Pritchard. Der Herausforderer legte seine Zigarre in einen metallenen Aschenbecher und warf zwei blaue Chips in den Topf, als sich die Tür hinter Mr. Pritchard öffnete. Ein junger Mann kam herein und flüsterte ihm zu: »Es könnte sich eine vielversprechende Lage ergeben.«

»Eine Minute, Sanders«, sagte Pritchard, und der junge Mann zog sich zurück. »Ist das eine Ansage?«

Sein Herausforderer nickte und legte sein Blatt auf den Tisch. Drei Damen und zwei Vierer. »Und Sie?«

Pritchard hörte nicht auf zu lächeln, als er ein Paar Achter auf den Filz legte.

»Das ist alles?« fragte sein Herausforderer, und seine Überraschung wandelte sich in Belustigung. »Sie Halunke.«

»Aber ich habe Sie getäuscht, oder?« sagte Pritchard, als sein Herausforderer den Gewinn einstrich.

»Es macht Ihnen Spaß zu bluffen, was?« fragte einer der Männer.

Pritchard ließ die Restkarten auf dem Tisch liegen und stand auf, wobei er Rauch zur Decke hochblies. »Vier Asse wären mir noch lieber. Wenn Sie mich einen Moment entschuldigen.«

Pritchard verließ das vollgerauchte Zimmer, die Zigarre im Mundwinkel, und traf Sanders im Flur. »Los geht's.«

»Es könnte sich eine vielversprechende Lage ergeben«, wiederholte Sanders.

»Das sagten Sie schon. Wo? Und wer ist betroffen?«

»Es kommt von innen und betrifft einen völlig Unschuldigen«, führte Sanders aus.

Pritchard nahm die Zigarre aus dem Mund. »Einen *völlig* Unschuldigen?«

Sanders nickte. Er wußte, was diese Beurteilung für Mr. Pritchard hieß, welches Gewicht ihr zukam.

»Beobachten Sie die Lage genau, und halten Sie mich auf dem laufenden«, sagte Pritchard.

»Wenn wir warten, Sir, könnte es zu spät sein«, warnte Sanders ihn sehr ernst.

Pritchard sah ihn mit seinem durchdringenden Blick an, der schon den zähesten Mann in die Knie gezwungen hatte. »Nichts, Sanders, aber auch gar nichts ist es wert, daß man es übereilt. Nichts.«

Sanders nickte und akzeptierte die Zurechtweisung mit einem Nicken. »Ja, Sir.«

Die Zigarre wanderte wieder zwischen Pritchards erstaunlich weiße Zähne. »Völlig unschuldig, sagten Sie?«

»Ja.«

Pritchard dachte zwischen zwei Zügen an seiner Zigarre darüber nach. »Morgen früh, Sanders. Machen Sie mich mit den näheren Umständen bekannt. Ich werde es bei den Jungs zur Sprache bringen.«

Sanders, hierdurch bestätigt, nickte förmlich. »Ja, Sir.«

Der junge Mann eilte durch den Flur davon. Pritchard sah ihm nach, bewunderte seinen Eifer und überlegte, wie es geschehen war, daß Sanders auf seiner Seite mitspielte. Auf der anderen Seite standen schon genug.

KAPITEL 13

Kieselsteine

Am Freitag morgen betrat Art Jefferson mit müden Augen die Küche und wollte Kaffee und Antworten haben. Ersterer wartete zusammen mit einem Schokoriegel als Frühstück auf dem Küchentisch auf ihn. Auf der Suche nach letzterem setzte Art sich in die Ecke seiner Frau gegenüber, die aus dem Fenster in die Morgendämmerung starrte.

»Schläft er noch?«

Anne nickte und nahm einen Schluck von ihrem dampfenden Kaffee, der im Gegensatz zu seinem Koffein enthielt, wenn es auch noch nicht wirkte.

»Ich muß dich etwas fragen«, sagte Art, und Anne drehte sich zu ihm um. Er hatte kein gutes Gefühl dabei, nachzubohren, wenn sie noch im Morgenrock und kaum wach war, aber es mußte sein. »Glaubst du, daß Simon sich an das erinnert, was in jener Nacht passiert ist? Genügend, um es mir zu erzählen, wenn ich ihn danach frage?«

Anne legte die Hände um ihren warmen Becher und dachte mit geschlossenen Augen nach, wobei ihr Gehirn langsam in Gang kam. »Art, hast du dir seine Karten angesehen?«

»Seine Karten? Nicht richtig. Aber was –«

»Er benutzt keine *E*'s. Bei allem, was er schreibt, läßt er das *E* weg. Den häufigsten Buchstaben des Alphabets. Weißt du, warum?«

Er hatte einer müden Frau eine Frage gestellt, und das hatte er nun davon. »Nein. Warum?«

»Ich weiß es nicht. Wenn du Simon fragst, kann er es bestimmt nicht erklären, aber es gehört zu ihm.« Anne nahm noch einen Schluck und setzte den Becher ab. »Man kann nicht alles erklären. Erwarte nicht zuviel.« Sie hätte auch sagen können: »Dränge ihn nicht zu sehr.« Aber so wie Art sich Simon gegenüber bisher verhalten hatte, war diese Mahnung überflüssig.

Es war nicht gerade das, womit Art den Morgen am liebsten begann. »Ich muß es versuchen. Um seinetwillen.«

Anne wollte gerade wieder zu ihrem Becher greifen, als Arts Ton sie innehalten ließ. »Mir gefällt nicht, wie du das eben gesagt hast.«

»Das hat nichts zu sagen.«

»Lügner.«

Art ergriff ihre Hand und küßte sie. »Baby, du bist die Ärztin. Gib mir ein paar Tips. Ich weiß nur, wie man Verbrecher verhört, und deren Gefühle interessieren mich einen Scheißdreck.«

»Sorge dafür, daß er sich geborgen fühlt.«

»Der Schaukelstuhl hat nur eine Nacht lang gewirkt«, erinnerte sie Art. »Was beruhigt ihn noch?«

Jetzt küßte sie seine Hand. »Ich denke, das weißt du.«

Er brauchte einen Moment, um zu erkennen, daß sie wie üblich recht hatte.

Brad Folger erschien viel später als sonst in seinem Büro in der Pralinenschachtel und erfuhr, daß er sofort in Kudrows Büro kommen sollte. Er wies seine Sekretärin an, dem Chef Bescheid zu geben, daß er auf dem Weg sei, dann ging er in sein Büro und nahm zwei Schluck Whisky.

Ein paar Minuten später fühlte er sich mutiger, wenn nicht sogar besser, und betrat Kudrows Büro, ohne anzuklopfen, wo er sich viel nachlässiger auf das Sofa sinken ließ, als für ihn gut war.

»Schön, daß du heute kommen konntest«, sagte Kudrow und drehte seinen Stuhl zu seinem Assistenten herum. »Wie war das Frühstück?«

»Was denn, Rothchild hat auch meinen Raum verdrahtet?« Folger unterzog das Büro einer gespielten Inspektion. »Wie sieht es mit deinem aus?«

Kudrow ließ die Unverschämtheit vorerst durchgehen. Wenn die Welt wieder in ihren Fugen war, würde Brad Folger auf Kudrows Rat hin Z verlassen müssen. Ein hübscher, bequemer Job in S vielleicht. Oder vielleicht T-Com. Irgendwo, egal wo, nur nicht mehr hier.

Später dann ein Auto, das gerade in dem Augenblick von der Straße abkam, als Folger über die Straße ging. Wer wußte schon morgens, was der Tag für einen bereithielt?

Aber erst mußte Folger mit von der Partie sein. »Brad, du wirst für Dean im Puzzle-Center einspringen, bis diese Sache geklärt ist.«

Folger, immer noch in die Kissen gelehnt, wurde sofort aufmerksam. »Warum?«

»Craig Dean weilt nicht mehr unter uns.«

Folger setzte sich auf. »Warum nicht?«

»Unser Mr. Dean hat uns den Laden unter dem Hintern weg verkauft. Er hat Mayfly verraten und war im Begriff, dasselbe mit Kiwi zu machen.«

»Wovon, zum Teufel, sprichst du?«

»Ein Leck«, erklärte Kudrow. »Dean war es.«

»Quatsch«, sagte Folger, stand auf und trat an Kudrows Schreibtisch. Er nahm die Haltung eines Tieres an, das kämpfen will, es sich dann aber anders überlegt. »Das glaube ich nicht.«

»Wenn du Beweise brauchst, kannst du gern die Bänder hören und die Fotos einsehen. Außerdem hat er es letzte Nacht zugegeben.«

Folger und seinen Chef trennten fünf Schritte. Er fragte sich, ob man Verachtung auf diese Entfernung spüren konnte. Er hoffte es sehr.

»Er wollte das ganze Kiwi verraten«, sagte Kudrow in einem schwachen Versuch, Folger zu überzeugen.

»Er kennt das ganze Kiwi nicht. Keiner von uns.« Folger wies auf eine Picasso-Reproduktion rechts vom Lichtenstein. »Du bist der einzige, der es komplett hat, dort, in dem Safe.«

»Er kannte jemanden.«

»Und wen wollte er ...« Folger hielt inne. »Kannte?«

Kudrow legte seine Hände unter dem Kinn so zusammen, daß sich die Fingerspitzen berührten. »Weißt du, es war gar nicht schwer. Ich war überrascht.«

Folger sackte die Kinnlade hinunter, sein Mund war völlig ausgetrocknet. »Nick, was hast du getan –«

»Weißt du, was uns das wirklich sagen soll, Bradley?« überlegte Kudrow. »Daß Menschen genauso manipuliert werden können wie die Maschinen, die Rothchild durcheinanderbringt. Das habe ich von Dean gelernt. Er war bis kurz vor dem Ende ein williger Mitspieler bei seiner Entlassung und wußte es nicht einmal. Sag einer Maschine, was sie glauben soll, wie Rothchild es macht, und sie glaubt es. Und die Menschen glauben den Maschinen. Gib den Menschen etwas, was sie glauben können, und sie glauben es, selbst wenn es eine Lüge ist.«

Folger wich zur Tür zurück. »Oh, lieber Gott, was hast du getan?«

»Menschen und Maschinen, Bradley«, philosophierte Kudrow, »die Parallelen sind verblüffend.«

Die dicke, schalldichte Tür hielt Folger auf, sonst wäre er so lange zurückgewichen, bis er Kudrow nicht mehr hätte sehen können. Dann wäre er gerannt. Aber von nun an würde er nie, nie mehr diesem Mann den Rükken zukehren.

»Sind Mary und die Kinder darauf vorbereitet, ohne dich zu leben?« fragte Kudrow und fügte dann hinzu, ehe Folger antworten konnte, »oder werden sie dich im Gefängnis besuchen? Wieviel Jahre, Brad, wenn du betrunken eine alte Frau überfährst?«

Folger verstand: Der Teufel sammelte die Seinen um sich. Was würde der neue Herr der Finsternis noch alles tun? »Wen willst du noch umbringen, Nick? Simon Lynch, wenn du ihn erst mal hast?«

»Ich? Nein. Er muß uns ein paar Dinge verraten, und wie es der Zufall will, verdanken wir Dean die Mittel dazu. Außerdem ...«

Folger konnte nur noch den Kopf schütteln und sich wieder und wieder fragen, wie es nur soweit hatte kommen können.

»Nun zu dir, Brad, Patel hatte eine lange Nacht. Er hat einen Teil deiner Schicht übernommen.« Kudrow nahm einen Aktendeckel von seinem Schreibtisch. »Wenn du mich jetzt entschuldigst, ich muß mir einiges durchlesen.«

Folger betrachtete Kudrow, der an seinem Schreibtisch saß und las, als wäre alles wie immer. Er bewegte sich seitwärts zur Tür, öffnete sie, ging rückwärts hinaus und verblüffte Kudrows Sekretärin dadurch, daß er davonrannte als sei der Teufel hinter ihm her.

Breem träumte von einem größeren Büro, einer Wohnung in Georgetown und Empfängen, als eine Frage vom Stellvertretenden U.S.-Marshall Peter Kasvakis ihn aus seinen Phantasien riß.

»Schön und gut, Breem«, sagte Kasvakis. »Aber warum wir? Warum wollen Sie mein Vollzugsteam schikken? Sie können doch Lomax bitten, ihn in sein Büro zu rufen, und damit fertig. Keine Pistolen, keine nächtliche Störung.«

Breem schüttelte langsam den Kopf. »Ich traue dem Büro nicht mehr.« Vor seinem Auge erschien das Bild, wie Jefferson stolz die Gerichtstreppe hinunterlief. »Er wird zu Hause geschnappt, zusammen mit seiner Frau.«

Manche Hurensöhne tun alles, nur um berühmt zu werden, dachte Kasvakis verächtlich. Er warf einen Blick auf den Haftbefehl, den Richter Kinmont vor ein paar Stunden unterschrieben hatte, und blätterte durch die Seiten. »Ich kann es einfach nicht glauben. Jefferson ist anständiger als jeder andere Polizist, den ich kenne.«

»Nun, jetzt nicht mehr«, konterte Breem.

Der Stellvertretende U.S.-Marshall gab Breem den Haftbefehl zurück. »Und Fiorello?«

»Holen Sie ihn auch. Sobald Jefferson Handschellen trägt.«

Kasvakis schüttelte den Kopf und verließ wortlos das Büro. Als er am Schreibtisch der Sekretärin vorbeikam, versetzte er der Wand einen Faustschlag und machte sich daran, zwei Haftvollzugsmaßnahmen für die Nacht vorzubereiten.

Kudrow setzte seine Brille ab, legte sie auf das Protokollbuch, rieb sich die Augen und hörte zu, was Rothchild Neues zu berichten hatte.

»Sehr gut«, sagte er und legte den Hörer auf, während Rothchild am anderen Ende noch seine Witzchen machte. Bis gestern hätte er das nicht getan, aber bis gestern hatte er noch Angst vor Rothchild gehabt. Das war vorbei.

Kudrow setzte seine Brille wieder auf und wählte eine hausinterne Nummer.

»Abteilungschef Willis.«

»Brechen Sie die Überwachung ab«, wies Kudrow ihn an. »Heute abend wird etwas passieren, und ich will kein Risiko eingehen. Verstanden?«

»Ja.«

Das war's, dachte Kudrow. Das Ende war in Sicht.

Dabei vergaß er allerdings, daß mit der Zuspitzung der einen Dinge andere unbemerkt ihren Anfang nehmen, und in diesem Fall war ganz und gar kein Ende in Sicht. Nein, G. Nicholas Kudrow hatte gar nichts zu Ende gebracht. Er hatte nicht viel mehr getan, als einen Kieselstein in einen stillen Teich zu werfen und damit die Stelle zu markieren, von der aus sich die Wellen konzentrisch ausbreiteten.

KAPITEL 14

Das Lied und der Tanz

Breem war beeindruckt von der Fassade des alten Backsteinhauses und den Blumenkästen mit dem ersten Frühlingsgrün vor den Fenstern. Er spuckte in einen hinein und klopfte, wobei er den Messingtürklopfer unberührt ließ. Als die Tür aufging, stand er einem häßlichen Mann gegenüber.

»Agent Lomax?« begrüßte ihn Breem.

Bob Lomax, der Freizeitkleidung trug, sah Breem neugierig an, war aber noch mehr an dem Mann interessiert, der neben ihm stand. »Pete?

Kasvakis hob die Hand zu einer freudlosen Begrüßung.

Hinter den beiden entdeckte Lomax jetzt die bekannten dunklen Wagen mit getönten Scheiben. Er wußte, was sich dahinter, oder besser, wer sich dahinter verbarg. Aber was wollten sie hier? »Was geht hier vor?«

Breem zog den Haftbefehl aus der Tasche, knickte ihn in der Mitte und reichte ihn Lomax. »Ich denke, Sie wollen uns vielleicht begleiten.«

Wie Kudrow es angewiesen hatte, war das Überwachungsteam abgezogen und in ein Gebiet gebracht worden, das in sicherer Entfernung von dem Stadtteil lag, in dem Anne und Art Jefferson lebten, um ein Zufallstreffen mit den Beamten, die sich jetzt näherten, zu vermeiden.

Die Sonne war schon lange untergegangen. Es war spät. Auf den Straßen war es ruhig. Eine einsame Frau führte ihren Hund spazieren, einen winzigen Terrier, und während sie wiederholt um den Block schritt, genoß sie die frische Nacht.

Jedesmal, wenn sie vorbeikam, interessierte sie sich besonders für ein zweistöckiges Fachwerkgebäude, in dessen Einfahrt ein Volvo parkte. Ihr fiel auf, daß er gewöhnlich in der Garage stand.

Bei einer Runde wurde sie merklich langsamer, merkte sich ein paar Dinge, und kam, nachdem sie um die Ecke gebogen war, nicht wieder.

Bob Lomax, der hinter dem Fahrer in einem Lieferwagen saß, der dem Vollzugstrupp folgte, las den Haftbefehl zu Ende. Als er aufsah, lächelte Breem ihn an.

»Wo haben Sie diesen Unsinn her?« wollte Lomax ärgerlich wissen.

»Kontoauszüge lügen nicht, Bob.«

»Jemand muß lügen, weil das hier einfach nicht wahr ist. Art Jefferson steckt genausowenig mit Kermit Fiorello unter einer Decke wie ich. Oder Sie.«

Warum konnten sie es alle nicht glauben? fragte sich Breem. Dachten die Jungs vom Büro, sie wären über alle Dinge erhaben, genetisch unfähig, sich kaufen zu lassen? *Nun, tut mir leid, Lomax, daß ich Ihnen in die Parade fahre, aber ich habe Ihren Mann in der Hand.*

»Das stimmt nicht«, sagte Lomax und ließ sich zurücksinken, die Absätze in den Boden gebohrt. »Nie und nimmer.«

»Ich erwarte Ihre Mitarbeit«, sagte Breem und warf

einen Blick auf den Haftbefehl. »Er *ist* einer von Ihren Leuten.«

»Sie genießen das, ja?« fragte Lomax, der die Antwort schon kannte, egal, was Breem sagen würde.

»Ich tue, was ich tun muß.«

»Sie machen sich einen Namen?«

Breem schwieg, dann sagte er: »Jefferson hat eine Waffe und eine Plakette. Die nehmen Sie an sich.«

Vor dem Fenster huschten die Straßenlaternen wie weiße Streifen vorbei. Lomax sah sie an, bis ihm die Augen weh taten, dann machte er sie einfach zu.

Diesmal rauchte nur Mr. Pritchard eine Zigarre, die zu einem Stummel herabgebrannt war. Mit jedem Zug glühte sie auf, ein dicker Stummel, der zwischen seinen Zähnen hervorragte.

Beim Rauchen las er die Nachricht, die Sanders ihm gerade gegeben hatte, bevor er den Raum vorschriftsmäßig wieder verlassen hatte. Als Pritchard fertig war, gab er die Nachricht dem Mann zu seiner Rechten weiter, Mr. Bellows, und beobachtete ernst, wie der Zettel um den Tisch wanderte.

Bellows gab ihn an Muncy weiter, der an Yost, und der an Pike. Pike las die Nachricht zweimal und legte sie dann auf den runden Tisch, um den sie saßen. Alle Augen richteten sich auf Pritchard.

»Das sieht nicht gut aus«, sagte Pritchard in bewußter Untertreibung der Wirklichkeit.

»Und wie wird dieser ... Streich ausgehen?« wollte Yost wissen.

»Er ist unbedingt ehrenhaft«, sagte Pike. Sie hatten in diesen Tagen viel über die Gruppen gelesen.

»Das soll nicht unsere Sorge sein«, sagte Pritchard kalt. »Wir müssen an einen Unschuldigen denken. Inwieweit sind unsere Bemühungen dadurch betroffen?«

Schweigen, nur unterbrochen durch Muncys Räuspern, eine nasse, rasselnde Folge des Speiseröhrenkrebses, an dem er litt.

»Es kompliziert alles, was wir tun, um das Zehnfache«, kommentierte Yost. Keiner widersprach.

Bellows sah Pritchard an. »Dann stellt sich also die Frage, ob wir eingreifen sollen?«

»Die Situation hat sich verändert, seit wir heute morgen beschlossen haben, einzuschreiten«, sagte Pike.

»Ein völlig Unschuldiger ist darin verwickelt«, erinnerte Pritchard die Männer.

Muncy beugte sich vor, hustete in seine Hand und gab zu bedenken: »Und wenn etwas schiefgeht, was ist dann mit dem nächsten Unschuldigen? Und dem danach?«

Pike nickte. »Werden wir in der Lage sein, ihnen zu helfen?«

»Ich denke«, meinte Bellows versonnen und lehnte sich zurück, »daß alles von einem Mann abhängt. Wie er reagiert.«

»Denen oder uns gegenüber?« fragte Pike.

»Uns«, sagte Yost. »Wollen Sie bezweifeln, daß er Ihnen gegenüber reagiert?«

Nach einem Moment des Nachdenkens schüttelte Pike den Kopf.

»Nun, wie sollen wir die Reaktion eines Mannes auf etwas vorhersagen, wovon er gar nichts weiß?« fragte Pritchard die anderen.

»Er ist ein ehrenhafter Mann«, überlegte Yost und nahm damit Pikes Argument wieder auf.

»Soll heißen?« fragte Pritchard.

»Er muß das große Ganze verstehen«, erklärte Yost. Es war schwer, den folgenden Vorschlag zu machen. »Wenn es ihm klargemacht wird.«

»Klargemacht?« wollte Pike wissen.

»So können wir die Dinge nicht handhaben«, wandte Muncy ein. »So nicht. Es ist gefährlich.«

»Äußerst gefährlich«, mußte Bellows ihm recht geben.

Doch Pritchard schwieg. Nach einiger Zeit sahen ihn alle an.

»Sie ziehen das doch nicht in Erwägung?« fragte Pike vorsichtig.

»Es ist noch zu früh, um das mit ja oder nein zu beantworten«, antwortete Pritchard. »Das kommt darauf an, was die nächsten Stunden bringen.«

Pike sah Yost spöttisch an, bevor er aufstand. Er ging zur Tür und sagte dabei zu Pritchard: »Ein Unschuldiger, den wir nicht retten können, ist es nicht wert, dafür alles aufs Spiel zu setzen, wofür wir gearbeitet haben.«

Es gab darauf keine Antwort, und Pritchard beobachtete schweigend, wie Pike ging, gefolgt von den anderen, die ebenfalls nichts dazu zu sagen hatten. Sie wußten, daß die Entscheidung in seinen Händen lag, und wie Pike ahnten sie, wie er entscheiden würde.

Als er alleine war, drückte Pritchard die Zigarre im Aschenbecher aus, lehnte sich zurück und sah zur Dekke. Es wäre alles so leicht, wenn es nicht Jefferson wäre. Er war ein guter Mensch, der zur falschen Zeit am falschen Ort war.

Pritchard brauchte jemanden, dem das nichts ausmachte.

Was ihm zur Verfügung stand, war die FBI-Entsprechung zu Gandhi.

Gandhi mit einer Waffe.

Kurz vor zehn Uhr abends fuhr ein schwarzer Wagen am Haus der Jeffersons in Evanston, Illinois, vorbei und hielt lautlos am gegenüberliegenden Straßenrand, die Scheinwerfer ausgeschaltet. Ein zweiter, ähnlicher Wagen verfuhr zwei Häuser weiter ebenso. Schnell, aber leise öffneten sich die Türen, und sieben schwarzgekleidete Männer stiegen aus jedem und stellten sich rund um das Haus auf. Vier gingen den Seitenweg hinunter und kletterten über einen Zaun, um das Haus von hinten und von den Seiten zu decken. Die restlichen zehn duckten sich mit gezückten Waffen vor die Garage. Einer hielt einen Plastikschild. Ein anderer einen kleinen Rammbock. Zehn Sekunden nachdem ihre Kameraden über den Zaun gestiegen waren, machten die anderen den Anfang.

In einer langen Reihe, wie sie diese Männer schon oft geübt hatten, bewegten sie sich von der Garage zur Eingangstür, die Waffen auf jedes Fenster gerichtet. Der Mann an der Spitze öffnete die Sturmtür, der Beamte mit dem Rammbock nahm Anlauf und öffnete die einfache Holztür beim ersten Versuch.

Anne, die auf der Wohnzimmercouch saß, sah zur Eingangstür, als sie das Schloß der Sturmtür klicken hörte, und entdeckte, daß das Holz rund um den Riegel zersplitterte. Sie schrie und stand auf und dachte *eins-*

eins-null anrufen, eins-eins-null anrufen, aber sie hatte keine Zeit dafür.

»U.S. Marshalls! Hinlegen! Runter! Du! Runter! Auf den Boden!«

Anne erstarrte, als sie Männer mit Waffen in ihr Haus stürmen sah. Einen verrückten Moment lang dachte sie, es handele sich um Arts Freunde aus dem Büro, die ihm einen Streich spielten, aber die Unsinnigkeit dieses Gedankens wurde ihr klar, als ein Maskierter sie auf den Teppich warf, einen Fuß auf ihren Rücken stellte und ihr ein Gewehr an den Kopf hielt.

»Was soll –«

»Halt's Maul!« befahl ein Hilfs-Marshall, zerrte ihre Arme auf den Rücken und fesselte sie mit Handschellen, während der Rest der Leute das Haus durchsuchte, in jedem Raum und unter den Betten nachsah.

Nach zwei Minuten war klar, daß sich sonst niemand im Haus befand. Eine Minute danach betrat Angelo Breem das Haus, gefolgt von Peter Kasvakis und Bob Lomex.

Anne, die Mühe hatte, von ihrer Position vom Teppich aus hochzublicken, erkannte den Chef ihres Mannes sofort. *»Bob!«*

Lomax sah Anne verlegen an, ging zu ihr und sah den Mann über ihr so scharf an, daß es zu der Narbe auf seiner Wange paßte. »Lassen Sie sie aufstehen.«

Der Hilfs-Marshall sah Kasvakis an, der nickte, und sie halfen ihr in einen Stuhl.

»Bob, was ist los?«

Einer der Männer kam von oben herunter und wandte sich an Kasvakis. »Er ist nicht hier.«

Anne, verwirrt, wütend, erschrocken und mehr als ein bißchen sauer, sah weg, bevor Lomax ihre Frage beantworten konnte, und fragte Kasvakis und Breem: »Was haben Sie in meinem Haus zu suchen?«

Lomax hockte sich vor Anne hin und legte ihr die Hände auf die Schultern. »Anne, wo ist Art?«

»Art? Art?« Sie sah jeden einzelnen verwirrt an. »Sie sind wegen Art hier?«

Breem trat näher und sagte zu dem Mann, der sie bewachte: »Lesen Sie ihr die Miranda-Rechte vor.«

Sein Boß nickte, und der Mann begann.

»Anne«, sagte Lomax, als sie fertig waren, »hier muß etwas aufgeklärt werden.«

»Wo ist Ihr Mann?« fragte Breem.

Anne versuchte, sich zu konzentrieren, aber es passierten zu viele Dinge auf einmal. Außerdem wuchs jetzt ihr Ärger bis zu einem kritischen Punkt. »Wer sind Sie?«

»Ich bin Staatsanwalt Angelo Breem. Wo ist Ihr Mann?«

»Warum wollen Sie das wissen?« fragte Anne, die sich an den Namen und ein paar charakterisierende Bemerkungen ihres Mannes erinnerte.

»Weil ich für ihn und für Sie einen Haftbefehl habe.«

Haftbefehl? Art verhaftet? Ich auch? Sie mußte ein vertrautes Gesicht sehen und wandte sich an Lomax. »Bob?«

»Anne, es ist etwas passiert. Ich kann es nicht erklären, aber ich weiß, daß Art es kann.«

Breem verdrehte die Augen. »Ihr Mann. Wo ist er?«

»Warum wollen Sie ihn verhaften?«

»Hören Sie auf, sich dumm zu stellen«, sagte Breem.

Lomax erhob sich. »Breem, seien Sie vorsichtig.«

»Seien Sie lieber vorsichtig, Agent Lomax. Ich habe einen Haftbefehl und einen Verdächtigen aus diesem Haus. Jetzt will ich den anderen.« Er stellte sich direkt vor Anne und sah sie an. »Ich will Ihren Mann haben. Wo ist er?«

Anne wollte etwas sagen, dann schwieg sie und schluckte. Sie dachte an ihre Unterhaltung beim Frühstück, als Art gesagt hatte, es sei nichts, und sie das Gefühl gehabt hatte, daß das nicht stimmte. Hatte das etwas mit dieser Sache zu tun? Sie dachte schweigend nach, und der dünne Mann, der sich als Staatsanwalt ausgegeben hatte, wartete auf eine Antwort.

Zum zweiten Mal in dieser Woche nahm Art Jefferson Simon mit in das Haus, in dem seine Eltern ermordet worden waren, und brachte ihn in das Zimmer, das so lange zu seiner Welt gehört hatte.

Als erstes ging Simon in die Ecke, wo der rote Schaukelstuhl gestanden hatte, und warf einen unruhigen Blick auf die leere Stelle.

»Den haben wir letztesmal mitgenommen«, sagte Art und setzte sich auf das Bett, vor dem Simon stand. »Erinnerst du dich?«

Simon sah auf den Boden, die Ecke, die Wände, sogar an die Decke, aber er war nicht da. Der rote Schaukelstuhl sollte doch in der Ecke stehen. Er stand in der Ecke des Zimmers in Arts und Dr. Annes Haus. Er war nicht hier. Simon kaute auf seiner Unterlippe und grübelte darüber nach.

»Komm her, Simon.« Art klopfte neben sich auf das Bett, wie beim letztenmal.

Simon tat, was sein Freund wollte.

Art lehnte sich lässig vor, die Ellbogen auf die Knie gestützt. Er erzwang keinen Augenkontakt mit Simon.

Auf seinem Schoß lagen der *Stümper* und das Blatt, das sie bei Mike Bell gefunden hatten. Dies könnte eine Wiederholung ihres ersten Besuchs werden. Art hoffte, daß das nicht geschah.

»Erinnerst du dich an den rothaarigen Mann?« fragte Art.

»Der rothaarige Mann«, echote Simon und begann, hin und her zu schaukeln.

Art hatte das Gefühl, den Jungen mit jeder Frage zu überfordern, aber er durfte nicht so leicht aufgeben.

»Simon, hat der rothaarige Mann dich geschlagen?«

Der Junge bewegte den Kopf nach rechts, dann zurück. »Der rothaarige Mann hat mich geschlagen.«

Art fand es merkwürdig, wie der Junge in der Antwort die Formulierung der Frage getreu übernahm; daher stellte er eine Testfrage: »Simon, hat der rothaarige Mann dir vorgesungen?«

Erfreuliches Schweigen.

Okay. Er hat dich also wirklich geschlagen. Das allein machte Art endlos wütend. Aber es gab wichtigere –

»Daddy soll singen«, sagte Simon.

Oh, Scheiße. Du mußtest ihn ja unbedingt nach dem Singen fragen. Würde das je aufhören? fragte sich Art. Glaubte er immer noch, daß seine Mummy und sein Dad in der Nähe waren, nur aus irgendeinem Grund gerade nicht da? Wenn ja, war es Folter, dem Jungen nicht endlich reinen Wein einzuschenken.

»Simon, Daddy wird dir nichts vorsingen. Er ist nicht hier.«

Das löste etwas bei Simon aus, er zog seine Karten hervor, blätterte sie durch und wählte die letzte. WN DADDY NICHT DA ST ND DR NICHT VORSNGN

KANN, G ZR OBRSTN SCHUBLD UND NIM DAS BAND ZUM HÖRN.

Art beugte sich so weit vor, daß er die Karte lesen konnte, wobei er für sich die E's ergänzte. Ein Band ...

Simon war schon aufgestanden und an der Kommode, ehe Art weitergedacht hatte. Er kam zurück und setzte sich neben den FBI-Mann und hielt eine schwarze Kassette fest in beiden Händen.

»Daddy soll singen.«

Nun, das war zwar nicht die Antwort, auf die Art gewartet hatte, aber er war verdammt froh, daß er auf diese Kassette gestoßen war. Es bedeutete Schlaf für Anne und ihn und, wichtiger noch, Geborgenheit für Simon.

Aber erst mußte er noch ein paar weitere Fragen stellen.

Art nahm die Kassette und gab Simon den *Stümper*, die Kiwi-Seite aufgeschlagen, weil es erst einmal darum ging.

»Was hast du gemacht, als du das gesehen hast?«

Simon sah das Puzzle und die Worte in den Zahlen und Buchstaben, und Mami war in der Küche, und er war aus Papis Stuhl aufgestanden, und ...

»Ich weiß, wie man jemanden anruft.«

»Hast du die Nummer hier drin angerufen?«

Die *Nummer. Nummer.* Simons Hirn spielte einen Moment damit. Es gab so viele Möglichkeiten bei einer Nummer. Aber sein Freund Art fragte wegen des Anrufens.

Anrufen. Die Knöpfe mit den Zahlen drauf drücken. Das war Anrufen.

»Ich habe die Nummer angerufen.«

Okay. Okay. »Wo warst du, als du angerufen hast?«

»Mummy hat Abendbrot gemacht, und ich habe heißen Kakao getrunken.«

Irgend etwas sagte Art, daß Jean Lynch noch am Leben gewesen war, als ihr Sohn diese Nummer angerufen hatte. Das alles geschah, ehe Mike Bell in ihr Leben getreten war.

»Du warst unten«, sagte Art.

»Unten.«

Unten gab es nur ein Telefon. Im Wohnzimmer. Etwa drei Meter von einem dunklen Fleck im Teppich entfernt.

Er hatte keine Wahl. Vorsichtig führte er Simon die Treppe hinunter in das abgedunkelte Wohnzimmer, wobei er darauf achtete, zwischen dem Jungen und den schrecklichen Flecken auf dem Boden zu bleiben. An dem Tisch, auf dem das Telefon stand, blieb Simon stehen und sah das Gerät an. Art nahm den Hörer ab. Das Telefon war immer noch am Netz, der Amtston summte. Art gab Simon den Telefonhörer und hielt die Seite mit dem Kiwi-Text so, daß das Mondlicht darauf fiel. »Kannst du die Zahlen sehen, Simon?«

Simon konnte die Zahlen und die Worte sehen. Zusammen gaben sie ihm eine Anweisung, wie vorher auch schon. Er machte einen Finger steif und tippte die Zahlen ins Telefon.

Art hielt sein Ohr dicht an den Hörer und lauschte auf die Antwort. Sie kam nach einmal Klingeln.

»Hallo«, antwortete eine Stimme mit künstlicher Begeisterung, »Sie haben das Puzzle-Center erreicht –«

Ehe Simon antworten oder die Person am anderen Ende der Leitung ausreden konnte, ergriff Art den Hörer und sagte: »Ich rufe wegen Puzzle 99 an.«

Schweigen am anderen Ende. Vielleicht auch schnelles Atmen.

»Hallo«, sagte Art.

»Uh ...«

»Wer spricht dort?« fragte Art.

»U ... Sie ... Puzzle 99?«

Ein bißchen zuviel Überraschung, dachte Art. Okay. Rütteln wir sie ein bißchen auf. »Hier ist Special agent Art Jefferson. Mit wem spreche ich?«

Klick.

Art hielt den Hörer weiter ans Ohr, lauschte auf den Amtston und legte nach einer Weile auf.

Gut, gut, gut. Er fragte sich, wo der Anruf wohl gelandet war.

»Wir haben jemanden angerufen«, sagte Simon.

Art sah ihn an und legte ihm die Hand auf die knochige Schulter. »Aber sicher haben wir das.«

Das Klingeln, das plötzlich in dem leeren Wohnzimmer der Lynchs zu hören war, ließ Art zusammenzukken. Sofort nahm er sein Handy aus der Tasche.

»Jefferson.«

»Art. Hier ist Bob.«

Art drückte leicht Simons Schulter und fragte: »Was liegt an?«

Die Pause, ehe Lomax antwortete, war ungewöhnlich, und Art wurde sofort wachsam.

»Du kommst besser nach Hause, Art.«

Komm nach ... Anne! »Bob, was ist los? Ist Anne okay? Was ist passiert?«

»Anne geht es gut. Aber, Art, es gibt ... ein Problem.«

»Ein Problem?« Wovon, zum Teufel, redete Lomax? »Bist du bei mir?«

»Ja, zusammen mit Breem und einem Dutzend von Pete Kasvakis Knaben.«

»Was!« rief Art aus.

»Komm einfach nach Hause. Wir bringen das in Ordnung.«

»Bringen was in Ordnung? Verflucht, Bob, gib mir Anne. Ich will mit ihr reden.«

Am anderen Ende gab es eine gedämpfte Diskussion, soviel konnte Art hören, obwohl die Sprechmuschel zugehalten wurde. Dann ...

»Art? Baby?«

»Anne? Was geht da vor?«

»Art hier ist ein Haufen Männer. Mit Gewehren. Sie haben das Haus gestürmt und gesagt, sie hätten Haftbefehle für uns.«

Arts Hand glitt von Simons Schulter und ballte sich zu einer Faust. »Uns verhaften. Dich auch?«

»Sie haben mir Handschellen angelegt.«

Instinktiv sah Art auf das unregelmäßige Oval aus getrocknetem Blut ein paar Meter entfernt, dann auf den Apparat, dann auf Simon, der in seligem Schweigen neben ihm langsam hin und her schaukelte.

»Breem ist da?«

»Ja. Art, was soll das alles?«

Art biß die Zähne zusammen und sagte so ruhig wie möglich: »Gib mir noch mal Bob.«

Noch mehr gedämpfte Rede, dann: »Art, wo bist du?«

»Was ist los, Bob? Was soll ich getan haben, daß Breem Anne und mich verhaften will?«

»Art, Sie haben Kontoauszüge gefunden. Einen nach Übersee mit Annes Mädchennamen drauf und voller Geld von Fiorellos Konto.«

»Das ist doch Blödsinn.«

»Das weiß ich. Aber da ist noch mehr, Art. Eine Menge Zeug, das dich als Schuldigen dastehen läßt, nur weil es existiert.«

»Es existiert nicht.«

»Ich weiß, aber ich habe die Kontoauszüge gesehen. Es gibt sie.«

»Dann hat das jemand so hingebogen«, sagte Art in der Taktik derer, die sich nicht verteidigen können. *Eine Falle.*

»Wo bist du?«

Art sah sich um. Der Raum sah plötzlich kleiner aus. Warum sollte mir jemand eine Falle stellen?

Der erste Puff an sein Bein streifte den schmalen Arm neben sich, dann kam eine Hand und suchte sich ihren Weg zwischen seine verschränkten Finger, lokkerte sie, bis die Hand gut in seine Handfläche paßte.

Der *Stümper* auf dem Tisch leuchtete hell im Mondlicht.

Simon drückte seine Hand.

Lomax wiederholte die Frage.

Hier ist das Puzzle-Center ...

Mike Bell hatte Simon geschlagen. Mike Bell hatte eine Seite Kiwi-Text dabeigehabt, auf der stand: Ich kenne Kiwi.

Simon kann Kiwi entschlüsseln.

Mike Bell hat früher für NSA gearbeitet.

Die NSA hat Kiwi entwickelt.

Kiwi ist nicht zu entschlüsseln.

Simon kennt Kiwi.

Sie wollten Simon.

Sie wollen Simon immer noch.

Arts Gehirn setzte die Teile zusammen. Zusammen ergaben sie ein ganz klares Bild. Er wußte, daß weder er noch Anne etwas Unrechtes oder gar ein Verbrechen begangen hatten. Es mußte eine Falle sein. Wer wollte ihm eine Falle stellen, ihn aus dem Weg haben?

Wer wollte Simon haben?

»Bob, das ist nicht das, wonach es aussieht«, sagte Art. Er wußte, daß es, wenn er noch mehr sagte, wirken würde, als hätte er Dreck am Stecken. Ein Unglaubwürdiger konnte nicht das Unmögliche erklären. Erst mußte es glaubhaft gemacht werden.

»Wo bist du?«

»Tut mir leid, Bob.« O Gott, Anne ... Wie kann ich sie – »Ich kann es dir nicht sagen.«

»Art.«

»Sag Anne, alles wird wieder gut. Ich werde das in Ordnung bringen.«

»Art! Nicht so!«

»Bob, wenn du mir glaubst, so beherzige den Rat, den du mir schon oft erteilt hast: Sieh dir die Lücken an. Das hier ist eine große, und du weißt es.«

»Art.«

Die Verbindung war beendet.

»Nun?« fragte Breem.

Lomax ließ den Kopf hängen. Als er wieder aufsah, warf er das Handy des Staatsanwalts an die Wand und zerbrach dabei eine Vase.

»Hey!« protestierte Breem wütend.

Lomax sah ihn nur kurz an, dann sagte er zu Anne: »Tut mir leid wegen der Vase.«

Einer von Kasvakis Männern war in den Raum geeilt. Sein plötzliches Auftauchen löste vorerst die Spannung. »Wir haben einen Hinweis.«

Kasvakis und Breem sahen auf das Stück Papier,

das der Stellvertretende U.S.-Marshall in der Hand hielt.

Anne sah Lomax an. »Bob, geht es Simon gut?«

»Simon?« fragte Breem. »Wer ist Simon?«

»Der Junge der Lynchs«, erinnerte sich Kasvakis, wandte sich zu Breem und fügte hinzu: »Seine Eltern wurden letzte Woche getötet.« Der leere Blick des Staatsanwaltes verlangte mehr Informationen. Kasvakis versah sie mit einer Spitze. »Um Himmels willen, Breem, lesen Sie denn nicht den Anhang Ihrer Haftbefehle? Unter ›Bewohner‹?«

Breem sah Anne vorwurfsvoll an. »Dieser Simon ist bei Ihrem Mann?« Dann zu Lomax: »Dann hat er eine Geisel.«

»Art leitet die Untersuchung des Mordes an Simons Eltern«, erklärte Lomax.

»Leitete«, korrigierte Breem.

Der Hilfs-Marshall mit der Telefoninformation holte den Haftbefehl heraus und blätterte darin. »Sehen Sie sich das an.«

Kasvaki tat es zuerst, eine Sekunde später Breem, der sich von Anne und Lomax losriß.

»Der Telefonhinweis«, sagte der Hilfs-Marshall. »Der Empfänger, der den Anruf gemeldet hat, ist hier. Und sehen Sie mal, wo das Haus der Lynchs ist.«

Breem sah Kasvakis durchdringend an. »Fahren Sie hin. Schnell.«

»Das ist eine Stunde Fahrt.«

»Schicken Sie jemanden hin. *Sofort*!«

Mit einem entschuldigenden Blick auf Lomax entfernte sich Kasvakis.

»Bob?« sagte Anne, ihre Augen bettelten um eine Antwort, eine Erklärung für dieses Unheil.

»Anne –«

Breem schnitt ihm das Wort ab und befahl dem Hilfs-Marshall: »Bringen Sie die Dame weg.«

Der Mann half ihr auf, vorsichtig, höflich, damit der FBI-Mann mit der Narbe nicht noch in seinem Zorn handgreiflich gegen Jeffersons Frau wurde. Annes Augen hingen an Lomax, als sie abgeführt wurde.

»Breem, wenn ihr auch nur ein Haar gekrümmt wird ...«

Die Drohung des Beamten aus Chicago amüsierte Breem. »Sie sind ja wohl nicht in der Position, Drohungen auszustoßen.«

Lomax trat zwei Schritte vor, so daß Breem zurückwich, bis er mit dem Rücken an der Wand stand. »Nicht ich bin es, um den Sie sich Sorgen machen sollten.«

Breem fühlte Lomax' heißen Atem im Gesicht. Dann wandte sich der Größere zur Tür. »Er ist am Ende, Lomax!«

Mit einem leichten, zuversichtlichen Kopfschütteln sagte Lomax mehr zu sich selbst, als er die Stufen hinabstieg: »Nicht durch etwas so weit Hergeholtes.«

Die einfachen Vorhänge an den Fenstern der Lynchs schimmerten im blassen Mondlicht. An einem der Fenster, die zur Straße hinausgingen, bewegte sich der Vorhang.

Art sah auf die Straße und den Volvo hinunter, der am Bordstein stand. Er war kein Mann, der oft betete, aber jetzt sah er zum Himmel auf und fragte: »Gott, was soll ich bloß tun?«

Gott ist oben, oben, oben!

Ja. Ja, das ist er.

Aber sie waren hier unten, mit den Füßen am Boden, und sie steckten in der schlimmsten Klemme, die Art sich nur vorstellen konnte. Er hatte schon manche brenzlige Situation erlebt, aber bisher hatte er immer als der Gute dagestanden.

Du bist immer noch der Gute.

Das war zwar wahr, tröstete ihn jetzt aber auch nicht. Irgend jemand hatte ihn als Schurken hingestellt, und das mußte er zurechtrücken, und er mußte die Pläne desjenigen, der dafür verantwortlich war, auf alle Fälle durchkreuzen. Ihn aufhalten. Simon vor ihm in Sicherheit bringen.

Dann war da noch Anne, und allein bei dem Gedanken, daß sie jetzt Handschellen trug, krampfte sich in ihm alles zusammen.

Denk jetzt nicht daran. Konzentrier dich. Sie ist stark. Sie wird es verstehen. Er sah Simon an, der in einem großen Stuhl am Fenster saß und den Kopf an die Armstütze lehnte. *Anne würde genauso handeln.*

Art streckte die Hand nach Simon aus, und eine Sekunde später glitt die kleine Hand in seine.

Der Knoten in seinem Magen löste sich. Für Wut würde noch genug Zeit bleiben. Sehr viel Zeit. Und auch das Ziel seiner Wut würde er finden. Aber später. Erst einmal mußte er nachdenken wie der Profi, der er war. Und wie andere, die er kennengelernt hatte.

Der Funkstreifenwagen der Polizei von Chicago, der der 2564 Vincent Street am nächsten war, fuhr nur Minuten nach dem Funkspruch der Zentrale mit abgeblendeten Scheinwerfern vor dem Haus vor. Der begleitende Officer hatte schon seine Waffe gezogen, bevor der Fahrer zwei Häuser weiter angehalten hatte. Sie sahen beide den silbernen Volvo, der davor parkte.

Der Fahrer öffnete die Tür, brachte sich dahinter in Deckung und nahm das Funkgerät vom Gürtel. »Der Wagen ist hier. Wo bleibt unsere Verstärkung?«

Eine Minute später traf die erste Verstärkung aus der entgegengesetzten Richtung ein, innerhalb von fünf Minuten folgten drei weitere Wagen. Nach zehn Minuten waren dreißig Beamte vor Ort und hatten das Haus umstellt.

Zwanzig Minuten lang versuchten sie, einen Telefonkontakt zum Haus herzustellen, dann gab der diensthabende Officer den Befehl, sich dem Haus zu nähern. Sie drangen ohne Widerstand durch die offene Hintertür ein und durchsuchten das Haus vom Keller bis zum Dach. Es war leer.

Und die Garage auch.

Er hatte seit fünfzehn Jahren kein Auto mehr kurzgeschlossen, aber wenn man in Betracht zog, daß Martin Lynchs Ford-Pritschenwagen eben genau fünfzehn Jahre alt war, war es kaum verwunderlich, daß Art ihn mit ein paar Handgriffen starten konnte.

Der Tank war halbvoll, und Art fuhr langsam davon, auf der Suche nach einem Ort, wo sie beide übernachten konnten. Er wußte auch, daß er weder seine Kreditkarte noch seine ATM-Karte benutzen konnte, zu keinem Freund gehen und, wie er merkte, keinen Anruf tätigen konnte. Vielleicht litt er unter Verfolgungswahn, aber er gewann den Eindruck, irgendeine bedeutende Macht auf Erden habe entschieden, daß sein Leben verfallen sei. Und alles wegen des Jungen, der dicht neben ihm auf dem durchgehenden Fahrersitz saß.

Simon lehnte seinen Kopf an Arts Schulter und schnupperte an der Rückenlehne. »Daddy«, sagte er.

Art tätschelte beschwichtigend Simons Bein. Dann entdeckte er in der Mitte des Armaturenbretts ein Radio mit Kassettenrekorder. Art zog die Kassette aus der Tasche und legte sie ein. Eine Männerstimme erklang.

»Weißt du, wieviel Sternlein ...«

Simon kuschelte sich enger an Art.

»... an dem blauen Himmelszelt ...«

Art fuhr weiter, das Lied zerriß ihm fast das Herz, brachte aber Simon dazu, fest zu schlafen.

KAPITEL 15

Angebote, Gefälligkeiten und Sorgen

Um punkt zehn Uhr morgens überquerte G. Nicholas Kudrow zu Fuß die Beach Drive Bridge über den Rock Creek und bog links in Richtung Miller Cabin zu einer Gruppe von Parkbänken ab. Die Sonne wärmte schon, und er sah von weitem, daß eine Frau auf einer der Bänke saß, die Sonnenbrille im braunen Gesicht, und den aufsteigenden gelben Sonnenball betrachtete.

Aus der Nähe konnte er sehen, daß sie blaulackierte Fingernägel hatte.

Keiko Kimura musterte den Fremden kurz, als er auf einer benachbarten Bank Platz nahm, die nur durch die metallenen Armlehnen von ihrer getrennt war. Ein älterer Mann, sah sie, zumindest älter als sie und mit so offenem Gesicht, daß es sie schnell langweilen würde. Und die Augen. Solche Augen mochte sie überhaupt nicht. Selbst durch seine getönten Gläser hindurch konnte sie erkennen, daß sie wie unreife Oliven in blassen Hautfalten lagen.

Das war zum Glück nicht der Mann, auf den sie wartete, aber er lächelte sie an. Sie erkannte darin das Vorspiel zu irgendeiner flachen Bemerkung, die als Einführung gemeint war und zu einer einseitigen Unterhaltung führen würde, die sie erst dann abbrechen konnte, wenn ihr amerikanischer Kontaktmann eintraf.

Ihr junger amerikanischer Kontaktmann mit langen

Haaren, Business-Outfit, passenden Accessoires – und alles war erlaubt.

Träumen war erlaubt. Das konnte ihr keiner verbieten.

»Ein herrlicher Morgen«, sagte Kudrow und sah bewundernd das Pferd eines berittenen Polizisten an, das den Reitweg entlangtrabte.

Keiko blickte betont unhöflich in die andere Richtung und hoffte, daß er den Hinweis verstehen würde. Diese Hoffnung erstarb, als er aufstand und sich zu ihr setzte.

»Ich muß Ihnen sagen, daß er nicht kommt«, sagte Kudrow und lächelte, als er plötzlich ihre volle Aufmerksamkeit hatte.

»Sie scheinen mich mit jemandem zu verwechseln«, erwiderte Keiko, und die Hand an ihrer Handtasche schob sich unauffällig hinein, um das Rasiermesser zu fassen.

Kudrow beobachtete schweigend, wie das Pferd in einen leichten Galopp fiel und hinter den Bäumen verschwand. »Nein, Miss Kimura, Sie sind genau die Person, die ich meine.«

Das Rasiermesser klappte auf, als Keiko Kimura den Mann jetzt direkt ansah. Sie würde den Hieb aus der Rückhand durch seine Kehle führen, die Luftröhre durchtrennen und so einen Schrei verhindern. Es würde eine Schweinerei geben und ganz sicher Aufmerksamkeit erregen, ihr aber Zeit zur Flucht verschaffen.

Die Bewegung in der braunen Ledertasche war fast unsichtbar, aber nicht unsichtbar genug, Kudrow zu entgehen. »Wenn Sie eine Waffe haben, möchte ich Sie dringend bitten, sie nicht zu benutzen. Ich bin kein Polizist.«

Keiko runzelte die Stirn.

»Ich will Sie nicht verhaften oder aufhalten«, erklärte

Kudrow herzlich. »Ich will Sie nur von einer Änderung in Kenntnis setzen.«

Keiko umklammerte den Griff aus schwarzem Knochen fest und stellte sich dumm. »Änderung?«

»Bei Ihrer Aufgabe.«

Aus den Runzeln wurden Falten, dann Furchen über der Nase, so daß ihr Gesicht mit den schwarzen Gläsern wie eine dämonische Maske wirkte.

»Ich verstehe Ihre Überraschung, und Sie haben sicher viele Fragen, so daß ich Ihnen die Situation gern erläutern möchte. Sie können nicht mehr für Mr. Atsako oder seinen Auftraggeber – wahrscheinlich Kimodo, wenn ich richtig informiert bin – arbeiten. Diese Leute gehören jetzt Ihrer Vergangenheit an. Jetzt arbeiten Sie für mich, Miss Kimura.«

Keiko entschied sich, ihm nach dem Durchschneiden der Kehle noch ein paar senkrechte Narben im Gesicht beizubringen, von unterhalb der Augen bis zu den Mundwinkeln, damit dieses überhebliche Schwein ewige Clownstränen weinte. Niemand ... niemand ... hatte das Recht ihr zu sagen, für wen sie arbeitete.

»Sie leiden unter Wahnvorstellungen«, stellte Keiko fest. Es kamen ständig Jogger und Spaziergänger vorbei, so daß keine Zeit für eine Attacke blieb. Nun, sie würde auf den richtigen Moment warten, ihn reden lassen, bis eine Lücke entstand.

»Ganz und gar nicht«, widersprach Kudrow. »Wissen Sie, ich brauche die gleiche Dienstleistung, für die Sie hergeschickt worden sind. Der Unterschied ist nur, daß Ihr Auftraggeber, wenn ich richtig informiert bin, Sie allein mit materiellen Mitteln bezahlt. Ich dagegen, Miss Kimura, kann Ihnen das geben – und darüber hinaus noch etwas, das Ihnen niemand sonst auf der Welt verschaffen kann. Ich, Miss Kimura, kann Ihre Träume verwirklichen.«

Meine Träume? Wenn er nicht allmächtig ist, kann das nicht sein, dachte sie. Aber als er bestätigend nickte und sie dabei über die Brillengläser hinweg in seine kleinen Augen sehen konnte, erkannte sie, daß er ihre Träume kannte. *Aber wie –*

»Amerika, Miss Kimura«, sagte Kudrow und neigte den Kopf in Richtung eines Teenagers auf Rollerskates. »Ihr Lieblingsgeschmack, wenn das stimmt, was ich in den letzten vierundzwanzig Stunden gelesen habe.«

Keikos Finger liebkosten den Messergriff, ihre Augen folgten dem Jungen, richteten sich dann wieder auf Kudrow. »Was haben Sie gelesen?«

»Oh, hauptsächlich Täterprofile vom CIA. Berichte über Ihre Tätigkeiten, Ihren Hintergrund.«

Wer war dieser Mann? fragte sich Keiko. Eine Frage würde Interesse verraten, und sie hatte kein Interesse an ihm. Dennoch machte sie das, was er sagte, neugierig.

»So viele mögen diesen Jungen, Miss Kimura«, bemerkte Kudrow und seufzte. »Stellen Sie sich vor, Sie könnten Ihr größtes Verlangen stillen, wann immer Sie wollen ... innerhalb gewisser Grenzen, versteht sich. Sagen wir, zweimal im Monat. Ohne Sorge, ohne Risiko. Einfach genießen und dann verschwinden, um später an einem anderen Ort unter einem anderen Namen wieder aufzutauchen, ohne daß ein Bericht existiert. Keine Fingerabdrücke. Keine Polizei.«

Bot er ihr etwa an ... »Wie sollte das möglich sein?«

»Ah, das interessiert Sie, wie ich sehe.« Kudrow nickte zufrieden. »So etwas kann arrangiert werden. Ich habe das schon früher gemacht. Die Welt ist ein großes Netz aus Drähten, Miss Kimura, und alle laufen an einer Stelle zusammen.«

Jetzt mußte sie fragen. Jetzt hatte sie Interesse. »Wer sind Sie?«

»Wissen Sie eigentlich, wie leicht es gewesen wäre, Sie zu verhaften?« fragte Kudrow beiläufig. »Statt dessen biete ich Ihnen das an, wonach Sie sich sehnen. Und dafür brauchen Sie nur das zu tun, was Sie sowieso tun sollten.«

»Der junge Amerikaner?«

Kudrow nickte. »Mit einer Ergänzung. Er hat einen Beschützer, der verschwinden muß, um an ihn heranzukommen.«

Verschwinden? Einfach nur töten? Wo blieb da der Spaß?

»Dann« – Kudrow zog einen Umschlag aus der Tasche und schüttete mehrere gefaltete Blatt Papier in Keikos Schoß. Seine Fingerabdrücke befanden sich nicht darauf, nur auf dem Umschlag, den er sofort wegsteckte – »holen Sie das, was ich brauche, aus Simon heraus.«

»Simon?« Keiko strich die oberste Seite glatt und überflog sie.

»Simon Lynch«, sagte Kudrow.

»Sechzehn Jahre alt, ein Meter achtzig groß, fünfzig Kilogramm schwer, blonde ... *blonde* ... Haare, grüne Augen und ... autistisch?«

»Eine Herausforderung, Miss Kimura, nicht wahr?«

Eine Herausforderung? Wer zum Teufel wollte eine Herausforderung? Keiko wußte, was ›autistisch‹ bedeutete. Das bedeutete nicht unbedingt blöd. Aber es war ein Hinweis auf etwas, was einen ohnehin attraktiven jungen Mann schlicht unwiderstehlich machte. Er war mit großer Wahrscheinlichkeit noch jungfräulich.

Jungfräulich ... Keiko kämpfte gegen ein Zittern an, das ihre Hände befallen wollte. *Jungfräulich* ... konnte es noch besser werden? Konnte es das?

Bei dem Gedanken sah sie hoch und bemerkte einen zweiten kecken Teenager, der an ihr vorbeijoggte, seine Laufshorts bewegten sich im Rhythmus seiner Schenkel, hoben und senkten sich, wo seine Schenkel ...

Oh, dieses Land ...

»Ein süßes Leben, Miss Kimura, das ist es, was ich Ihnen anbiete. Geld. Freiheit.« Kudrow schwieg und suchte nach dem richtigen Wort. »Schoßtiere.«

Keiko faltete die Blätter zusammen, konzentrierte sich auf diese nebensächliche Aufgabe und versuchte dabei, ihren Atem unter Kontrolle zu bekommen, sagte sich, daß das kein Traum war, daß sie in Amerika war und ihr gerade jemand angeboten hatte, ihre Träume zu erfüllen. Jemand, der über ihre Träume Bescheid wußte. Jemand, der sie verstand.

»Treffen Sie eine Entscheidung, Miss Kimura«, sagte Kudrow mit freundlichem Ernst. »Nehmen Sie an, oder töten Sie mich mit dem Rasiermesser in Ihrer Tasche.« Die schwarzen Sonnengläser fuhren zu ihm herum: Ein Insekt, das seine Beute betrachtet, als wäre es ein Gottesanbeter-Männchen, das nach der Paarung plötzlich eine Waffe zückt und das Machtverhältnis zu seiner Partnerin umkehrt. »Wir haben gute Quellen.«

Keiko griff in ihre Tasche, spürte den Messergriff aus dem Knochen irgendeines unglücklichen Tieres, ließ die Waffe zuschnappen und legte ihre leere Hand zu der anderen in den Schoß.

»Ich denke, ich nehme an.«

»Gut.« Kudrow hätte ihr die Hand geben können, aber

das war bei dieser Abmachung nicht erforderlich, und er verspürte ehrlich gesagt auch nicht den Wunsch, diese Frau zu berühren. »Lassen Sie uns über die Einzelheiten sprechen.«

Nelson Van Horn hörte das Kartenschloß an der Tür des Com-Raumes piepen und sah Denise Green eintreten. Sie lehnte sich mit dem Rücken an die geschlossene Tür und schüttelte den Kopf.

»Ist es zu glauben?«

»Nein«, sagte Van Horn, »ist es nicht.«

»Jefferson?« fragte Denise. »Ich weiß nicht –«

»Warum sind Sie hier?« fragte Van Horn. »Haben Sie diesen Monat nicht samstags frei?«

Denise nickte. »Viele, die frei haben, sind heute hier. Ich glaube, die Leute wollen einfach hier sein, bei ihresgleichen.«

Van Horn nickte. Das konnte er sehr gut verstehen.

»Ich habe gerade für ihn gearbeitet«, sagte Denise.

Van Horn dachte an seine eigene Begegnung mit dem Special agent und daran, daß er ihn gebeten hatte, darüber mit niemandem zu sprechen. Ungewöhnlich nur deshalb, weil Vertraulichkeit immer verlangt wurde. Das gehörte zu ihrem Job.

»Er war wie immer, einfach Jefferson«, überlegte Denise.

»Ja«, sagte Van Horn. Aber war er wie immer gewesen? Immer noch grübelte Van Horn darüber nach, woher der Mann die beiden Kiwi-Texte hatte.

Die wichtigste Frage aber war: Sollte er Lomax davon erzählen?

»Ich muß noch einiges erledigen, Denise.«

»Ja, sicher, ich wollte nur kurz reinschauen. Falls Sie zum Mittagessen gehen, ich bin noch eine Weile hier.«

»Okay.«

Die Tür piepte, als sie sich schloß und absperrte. Van Horn rollte ein Stück zurück und ließ den Kopf in den Nacken sinken, sah an die Decke, während er hin und her überlegte, ob er das Vertrauen des Special agent brechen sollte oder nicht. Eines Mannes, der von seiner und jeder anderen Sicherheitseinrichtung im Land gesucht wurde.

Er gelangte zu keinem Ergebnis.

Heute mußte das Mittagessen warten.

Eine Stunde nach dem Gespräch mit Keiko Kimura war Kudrow wieder in seinem Büro und telefonierte mit Abteilungschef Willis.

»Beschatten Sie seine Familie, Freunde, alle, die ihm nahestehen«, wies Kudrow ihn an.

Diesmal reagierte der sonst so willfährige Willis nicht mit einem zackigen »Ja, Sir«.

»Unsere Möglichkeiten sind bald erschöpft.«

Überrascht umkrampfte Kudrow den Hörer. »Ihre Möglichkeiten interessieren mich nicht. Beschaffen Sie sich neue, wenn es sein muß.« Er wartete, ob es weitere Zeichen des Widerstandes geben würde und ob er Willis' unglückliche Affäre mit der Frau eines tschechischen Diplomaten erwähnen mußte. Sie war keine Spionin, aber die einfache Tatsache war für alles gut, was man andeuten wollte. »Haben Sie verstanden?«

»Ja, Sir«, kam Willis' resignierte Antwort.

Kudrow legte ohne ein weiteres Wort auf. Es war keine Andeutung mehr nötig. Willis hatte bewiesen, daß er sehr wohl noch wußte, wer hier das Sagen hatte. Bei allem.

Pooks Underhill war mit sechsundsiebzig der Anführer der Dominospieler bei den täglichen Treffen im Palmer Park in Chicagos Süden. Er war der Meister. Der König. Mit allen Wassern gewaschen. Jeder wußte, daß er bei den gepunkteten schwarzen Rechtecken der Beste war.

Und jeder wußte, daß er mogelte.

»Ich hab dich, alter Knabe«, frohlockte Pooks, schlug sich aufs Knie und zeigte bei einem strahlenden Lächeln, daß ihm eine ganze Anzahl Zähne fehlte, was ein Loch in sein dunkelbraunes, ledriges Gesicht grub. »Ich hab dich, ich hab dich!«

Die Leute spielten mit ihm, um das Rätsel aller Rätsel zu lösen und herauszubekommen, wie er mogelte.

Pooks Gegner, ein dicker Mann, der gut zwanzig Jahre jünger war, ließ den Kopf hängen, als das Triumphgeheul seines Gegners anhielt.

Das Rätsel würde ein Rätsel bleiben.

Plötzlich beugte sich Pooks mit ernstem Gesicht über den Tisch, kniff ein Auge zusammen und streckte die Hand aus. »Fünf. Komm schon, Sie schulden mir fünf.«

Sein Gegner zahlte, und Pooks erhielt das obligatorische Schulterklopfen von den Umstehenden, während sein Gegner davonschlich. Aber ein Schlag auf die Schulter wurde von einem Flüstern begleitet.

»He, Pooks, da ist ein Junge, der will mit dir reden«, sagte Jersey Chuck und deutete auf eine Baumgruppe, die drei überquellende Müllcontainer abschirmte. Vögel pickten an den verstreuten Abfällen herum. Ein nervöser weißer Junge sah ihnen zu.

»Wer ist das?« fragte Pooks.

»Woher zum Teufel soll ich das wissen? Er hat mich zu Tode erschreckt, als ich kam. Wer, glaubst du, hat die Container umgeworfen?«

Pooks alte Augen wandten sich dem Jungen zu. »Ich kenne ihn nicht.«

»Nun, er hat nach dir gefragt«, sagte Jersey Chuck.

Pooks erhob sich von der Bank, vergewisserte sich, daß er seinen Gewinn sicher in der Tasche verstaut hatte, und ging zu dem Jungen hinüber. »Wer bist du? Was willst du von mir?«

Simon drehte sich um, und seine unsteten Augen huschten über den Mann, der vielleicht ein Freund war. Er hielt seine Karten auf Brusthöhe. »Simon sucht Pooks Underhill.«

»Bist du Simon?« fragte Pooks und bückte sich, um einen Blick auf das Gesicht des Jungen werfen zu können. Er merkte, daß das nicht ging. »Verdammt, Junge, du bist der zappeligste Kerl, den ich je gesehen habe.«

»Simon sucht Pooks Underhill«, wiederholte Simon und gehorchte damit der Anweisung der obersten Karte.

»Nun, Zappelphilipp, wenn du Simon bist, hast du Pooks gefunden.«

Die oberste Karte wurde umgeblättert. »Ein alter Freund will dich sehen.«

»Ein alter –« Der Junge wandte sich ab und ging auf einen Pritschenwagen zu, der auf dem Parkplatz stand. »Wo willst du hin?«

Simon blieb auf halbem Wege stehen, schlug eine andere Karte auf und zeigte ›diese Richtung‹.

»Scheiße«, sagte Pooks. So etwas Verrücktes war ihm noch nie passiert. »Ein alter Freund, sagst du. Nun, wir werden sehen.«

Als Pooks den Pritschenwagen erreichte, war Simon schon eingestiegen. Pooks blieb an der Beifahrertür stehen und warf erst einen vorsichtigen Blick an dem Zappelphilipp vorbei auf den Fahrer.

»Wenn das nicht der ausgekochteste Hurensohn aller Zeiten ist!« Pooks entblößte lächelnd wenige gelbe Zähne und kroch mit ausgestreckter Hand fast durch das Seitenfenster.

»Schön, dich zu sehen, Pooks«, sagte Art und schüttelte dem alten Mann die Hand.

»Du Hurensohn – Scheiße.« Pooks sah Simon an. »Er ist nicht von dir ...«

Art schüttelte den Kopf und überprüfte noch einmal den Parkplatz. »Hör zu, Pooks, ich brauche Hilfe.«

»Ich sehe fern, Mister«, sagte Pooks. »Das solltest du auch tun.«

»Ich habe nichts Unrechtes getan«, versicherte Art und dachte bei sich, wie absurd es war, daß er einem Mann gegenüber seine Unschuld beteuerte, den er vor fast zwanzig Jahren deshalb geschnappt hatte, weil er einen Kreditkarten-Betrug in großem Stil aufgezogen hatte. Allein dieser Umstand genügte, seinen Magen zum Brennen zu bringen.

»Teufel, denkst du, ich hätte geglaubt, daß du irgendwas machst, das nicht hundertprozentig ist und geradeaus führt? Oh, nein.« Pooks schüttelte den Kopf. »Du bist der Mann, Jefferson.«

»Und du bist der Pooks«, sagte Art.

Pooks Aufmerksamkeit richtete sich wieder auf Simon. »Wer ist das?«

»Jemand, den ich beschütze.«

Pooks beugte sich vor und versuchte wieder, einen Blick auf Simons Gesicht zu werfen. »Sieht er einen nicht gerne an?« fragte er und zog sich zurück.

»Das ist eine lange Geschichte«, sagte Art. »Hör zu, Pooks, ich brauche Hilfe.«

»Auf dem Weg nach Mexiko?« fragte Pooks verschwörerisch. »Kanada? Afrika?«

»Nein, ich brauche nur ein bißchen Hilfe, bis das hier aufgeklärt ist. Einen Ort, wo ich bleiben kann. Ein anderes Auto. Vielleicht ein paar Kreditkarten, wenn du jemanden dafür weißt. Das Notgepäck des Flüchtlings.«

Pooks lachte laut. »Wo ist die versteckte Kamera?« fragte der alte Mann und gab vor, dorthin zu winken.

»Kannst du mir helfen, Pooks?«

»Zum Teufel, Jefferson, ich bin der Pooks. Ich kenne ein paar Leute, die haben könnten, was du brauchst.« Pooks warf Art und Simon einen Seitenblick zu. »Aber ihr seid zu auffällig. Der große Bruder und ein nervöser weißer Junge. Das sieht man nicht alle Tage. Nicht hier in der Gegend.«

Art hatte das auch schon gedacht. Er zeigte auf eine Papiertüte zu Simons Füßen. »Meine letzten zwanzig Dollar.«

Pooks seufzte und zog ein Bündel Fünfer aus der Tasche, von denen er zehn abzählte und Art reichte.

»Du spielst immer noch Domino, wie ich sehe.«

»Ich schlage immer noch alle«, korrigierte Pooks. Er öffnete die Beifahrertür und stieg ein. Simon rückte dicht an Art heran.

»Alles gut«, beruhigte ihn Art. »Pooks ist ein Freund. Erinnerst du dich?«

Simon blätterte durch seine Karten, bis er die richtige hatte, und rückte wieder ab.

»Was soll das?« fragte Pooks ärgerlich.

Art fummelte am Zündkabel herum, und der Motor sprang hustend an. »So findet er sich zurecht.«

Pooks nickte und bewunderte das System, als Simon die Karten wegpackte. »Verdammt gute Idee, junger Mann. Pooks sollte das auch so machen.«

»Pooks ist mein Freund«, sagte Simon.

»Hölle, ja!« antwortete Pooks, schlug sich aufs Knie und sah Art an. »Also gut, Art, bringen wir euch zwei mal in Deckung.«

Mutter und Tochter waren durch ein Stück kugelsicheres Glas getrennt, ansonsten verband sie nur ein Mikrophon. Tränen rollten Jennifer Preston über die Wange, und ihre Mutter hörte sie unentwegt schniefen.

»Nicht«, sagte Anne, »sonst fange ich auch noch an.«

»Ich kann es nicht glauben«, sagte Jennifer und betupfte ihre Nase mit einem Taschentuch, als sie ihre Mutter so sah, eingesperrt, in blauer Anstaltskleidung, ein Beamter ein paar Fuß hinter ihr, der Wache stand.

»Ich auch nicht«, antwortete Anne.

»Wie konnte er dir das antun?«

Annes Nicken erstarrte, und ihre Miene wurde kühl. »Moment mal. Das war nicht er. Irgend jemand tut *uns* das an.«

Jennifer wandte zweifelnd den Blick ab, dann sah sie ihre Mutter wieder an. »Warum ist er dann auf der Flucht? Warum stellt er sich nicht? Flucht sieht so nach –«

»Das darfst du nicht einmal denken!« unterbrach Anne

wild ihre Tochter. »Art ist ein guter Kerl. Ein anständiger Mann. Denkst du, er will, daß ich hier sitze? Denkst du das wirklich?«

»Warum rennt er dann weg?«

»Jennifer, rennen heißt nicht immer wegrennen«, erinnerte Anne ihre Tochter.

»Ich setze ihn nicht mit Dad gleich«, erwiderte Jennifer. »Gott, du immer mit deinen Analysen.«

»Das ist mein Job«, erwiderte Anne, und sie lachten beide für eine tröstliche Sekunde. »Baby, du mußt Art vertrauen. Er hat bestimmt einen Grund dafür, daß er so handelt, wie er jetzt handelt.«

»Und welchen?«

Während Anne über die Frage nachdachte, erkannte sie, daß sie keinen Grund wußte. Sie sah ihrer Tochter in die Augen und sagte zuversichtlich: »Er wird es mir sicher eines Tages sagen.«

Er konnte die tiefen Löcher an der Spitze von vier der sechs Kugeln sehen und das kalte Metall der Mündung an der Stirn spüren. Sein Daumen strich über den Abzug.

Seine Augen schlossen sich.

Eins.

Zwei.

Drei.

Druck ab.

Brad Folger saß auf dem Rand der Wanne im oberen Badezimmer und sah sich abdrücken, wußte, daß er es getan hatte, glaubte es, aber als er die Augen aufschlug, sah er, wie sein Daumen immer noch die schlanke Kurve aus Metall liebkoste.

Sein Atem ging stoßweise, und sein Herz fühlte sich an wie eine durchgehende Dampflok. Ein Dröhnen, das ein Lachen sein konnte, hallte in seinem Kopf, er ließ die Pistole auf die Badematte fallen und brach zusammen, die Hände auf die Ohren gepreßt, die Ellbogen abgewinkelt.

Feigling. Du hast es nicht tun können.

Das Dröhnen in seinem Kopf schien ihm zuzustimmen.

Nach einiger Zeit wurde sein Atem ruhiger, der Herzschlag langsamer, die Geräusche wurden leiser, und als Brad Folger sich hinsetzte und die Hände von den Ohren nahm, hörte er etwas, das ihn nicht töten, aber ihm das Herz brechen konnte.

»Daddy! Daddy!« Der Ruf kam von der anderen Seite der Badezimmertür und wurde vom Donnern einer kleinen Faust auf Holz begleitet. »Ich muß mal.«

Brad Folger wischte sich den Mund ab und trocknete sich die Augen. »Warum gehst du nicht unten, Schatz?«

»Da war Tommy drauf, und jetzt stinkt es.«

Folgers finsteres Gesicht hellte sich auf. Er hob die Pistole vom Boden auf und steckte sie so in den Hosenbund, daß sein Hemd sie bedeckte. Dann stand er auf und sah sich im Spiegel.

Du bist ein Feigling, sagte er sich. *Aber nicht, weil du dir nicht das Hirn wegpusten konntest.*

Als er die Tür öffnete, lief seine dreijährige Tochter mit einem ausgestopften Pinguin in der Hand an ihm vorbei, drehte sich um und wartete.

»Kann ich bitte ungestört sein?«

Folger lächelte seine kleine Tochter an, nickte, verließ das Badezimmer und schloß die Tür.

»Feigling«, sagte er laut, ruhig, ohne Selbstmitleid, aber mit einer neuen Empfindung. Wut.

Es überraschte ihn, daß er so empfand. Überraschte ihn und machte ihn dankbar.

Mr. Pritchard sah sich in einem Büro, das voller Trophäen und Plaketten war, zusammen mit Sanders das Videoband an. Die Szene ließ sie erstarren, Pritchard preßte die Knöchel einer Hand an sein Kinn, und Sanders stoppte das Band schließlich mit einem Klicken der Fernbedienung.

»Er ist klug«, kommentierte Sanders. »Er weiß, daß sie seine Freunde beobachten, also geht er zu jemandem, der als Racheengel angesehen wird.«

»Wie heißt er?« fragte Pritchard.

»Underhill. Walter Underhill. Er ist ein Ex-Häftling, den Jefferson vor langer Zeit geschnappt hat. Er hat zehn Jahre gesessen, weil er über Post mit gestohlenen Kreditkarten gehandelt hat. Er hat immer noch Verbindungen, ist aber kaum noch aktiv.«

Pritchard betrachtete gedankenverloren das stehende Bild von Jefferson und Underhill auf dem Vordersitz des Pritschenwagens, der Unschuldige zwischen ihnen. Die Szene war mit Teleobjektiv gefilmt, so daß das Bild körnig war, aber Pritchard konnte deutlich sehen, daß Simon Lynch in der Nähe des gesuchten FBI-Agenten saß.

»Sie sind ein fähiger junger Mann, Sanders. Warum hatten Sie den Verdacht, daß er weggehen würde?«

»Unsere Überwachung hatte ergeben, daß der Volvo in der Auffahrt stand«, erklärte Sanders. »Sonst stand er immer in der Garage. Daher wußte ich, daß jemand irgendwohin wollte. Blieb nur noch die Frage, wann.«

Ein einfacher Peilsender, schnell und unauffällig angebracht, als eine Frau auf einem Spaziergang an dem Auto vorbeikam, hatte den Rest übernommen. Blieb eine Frage: »Werden Sie den Wagen untersuchen?«

Sanders schüttelte den Kopf. »Dafür gibt es keinen Grund.«

»Und die Gegenseite?«

»Das wissen wir noch nicht genau. Aber sie sind ganz bestimmt auf der Suche.«

Pritchard wußte, daß einer den ersten Schritt tun mußte. Aber wenn seine Leute ihn wagten, war es nur ein Anfang. Wenn die andere Seite ihn machte, war es das Ende.

In diesem Fall wäre spät nicht besser als nie, dachte er. Spät *war* nie.

Die einzige Möglichkeit, die sie hatten, war, sofort oder zumindest bald zu handeln.

»Haben sie schon, was sie brauchen?«

»Nein.«

Er überlegte einen Moment und dachte an den Einwand eines der Jungen. »Sagen Sie mir Bescheid, sobald sie es haben.«

»Ja, Sir«, antwortete Sanders und schaltete den Videorekorder aus, so daß das Bild zu einem winzigen Lichtpunkt wurde, bevor es verschwand.

KAPITEL 16

Höhen und Tiefen

Kurz vor zehn traf Brad Folger für die Abendschicht im Puzzle-Center ein: Der Assistent des Stellvertretenden Direktors machte Telefondienst. Eine Degradierung, gegen die er sich nicht wehren konnte.

Er war überrascht, Pedanski dort anzutreffen, der vor dem Telefontisch hin und her schaukelte, die Hände vor dem Gesicht, die Daumen unter dem Kinn, einen Finger an jedem Nasenflügel. »Was machst du denn hier, Leo? Ich dachte, ich sollte Vic ablösen?«

Pedanski drehte sich nicht um, sah ihn nicht einmal an. »Ich habe eine Doppelschicht eingelegt und Vic gesagt, er soll sich mal ausruhen.«

»Oh.« Folger hängte sein Jackett über einen Stuhl und sah Pedanski an. »Was ist los?«

»Sie haben einen Anruf nicht eingetragen«, sagte Pedanski zum Tisch. »Der Computer hat die Angaben gespeichert, aber Sie haben nichts eingetragen. Es gehört zu meinen Aufgaben, das Protokollbuch zu überprüfen.« Er drehte den Stuhl herum, so daß er Folger gegenübersaß, die Hände im Schoß.

»Sieh mal, Leo, ich weiß, daß ich es hätte tun müssen, aber –« Aber was? fragte sich Folger. Er hätte den Anweisungen gehorchen müssen. Es war alles *»zum Wohle der Nation«*.

Als er sich dieses Mantra von G. Nicholas Kudrow

vorsagte, erkannte er, warum er nichts eingetragen hatte. Er stand nicht hinter dem, was da passierte, aber er konnte keinen Rückzieher machen. Er wollte nicht lügen, aber er konnte nicht die Wahrheit sagen. Die Stimme am anderen Ende der Leitung hatte einem Menschen gehört, einem echten Menschen, der keine Ahnung davon hatte, daß die Leute in der Regierung, für die er arbeitete, ihm auflauerten. Zum Wohle der Nation, natürlich.

Wenn Brad Folger ein Mann mit Rückgrat gewesen wäre, hätte er diesem Mann erzählt, was vorging. Statt dessen hatte Brad Folger, der Feigling, eine Pistole an seinen Kopf gehalten und versucht, der Verantwortung ein für allemal zu entkommen.

Jetzt, wo es kaum noch eine Rolle spielte, war er wütend, denn er wußte, daß er das, was da vorging, nicht verhindern konnte.

Hören Sie, er heißt Kudrow und hat diesen kleinen Prügelknaben Rothchild, der nur eine Taste seines Computers zu drücken braucht, um auf der anderen Seite der Erde eine Stampede von Büffeln auszulösen, und beide zusammen zerstören diesen FBI-Agenten, damit Kudrow einen Zurückgebliebenen in die Hände bekommt, der unseren Sicherheitscode geknackt hat ... Und sobald Folger das irgendeiner Stelle erzählt hätte, kämen die Männer in den weißen Kitteln mit der Zwangsjacke. Sie würden ihn in einer Gummizelle befragen. *Sie kannten doch Mike Bell, Bradley Folger, und wir haben da gewisse Informationen erhalten, daß Sie in einen tödlichen Unfall mit Fahrerflucht verwickelt waren ...*

»Mr. Folger?«

Er fuhr auf. »Was? Ja, oh, sehen Sie, es tut mir leid, ich habe es nicht protokolliert, aber –«

»Tut Ihnen leid?« fragte Pedanski überrascht. »Nein, Mr. Folger, darum geht es nicht. Es geht darum ... nun ... warum hat uns ein FBI-Agent angerufen?«

Warum? Pedanski spielte ihm nichts vor, dachte Folger. Was würde er darum geben, nicht zu ... nicht zu ...

Hitze stieg ihm ins Gesicht, brannte in seinen Augen und floß als warme Tränen auf seine Hände, als er sie vors Gesicht schlug. Pedanski beobachtete erschrocken und mitleidig, wie er auf einen Stuhl sank und den Kopf auf einen vollgestellten Tisch legte. Sein Körper wurde von Schluchzen geschüttelt, und ehe er es verhindern konnte, lag er vor dem Papierkorb auf den Knien und erbrach das wenige, was er hinuntergewürgt hatte. Als die Übelkeit abebbte, saß er mit dem Rücken an die Tür gelehnt auf dem Boden und sah Pedanski an, der wie erstarrt in seinem Stuhl saß.

Er fühlte sich besser, aber noch nicht gut genug. Er mußte noch mehr loswerden.

»Ich muß Ihnen etwas sagen«, sagte Folger zu Pedanski. Und das tat er in der nächsten Stunde.

Nelson Van Horn wartete, bis sich die Eingangstür hinter ihm geschlossen hatte, und griff nach dem Lichtschalter, als die Lampe im Wohnzimmer anging.

»Scheiße!«

An der Schwelle zum Eßzimmer stand mit rasiertem Kopf und Drei-Tage-Bart Art Jefferson, die Dienstwaffe, eine Smith & Wesson, in einer Hand. Sie zielte auf Van Horn.

»Lassen Sie Ihre stecken«, empfahl Art. Er schluckte hart.

Van Horn streckte Art die offenen Hände entgegen. »Was wollen Sie?«

»Ich brauche etwas.«

»Art ...« Van Horn sah von Arts ungewohnt bedrohlichem Gesicht zu seiner Pistole, und ihm fielen zwei Dinge auf. Das Bedrohliche in Arts Gesichtsausdruck war in Wirklichkeit Angst, und die Mündung zielte nicht auf ihn, sondern ein paar Zentimeter daneben. »Sie werden mich nicht erschießen, und ich Sie nicht, also stekken Sie das Ding weg, und wir reden.«

Art rührte sich nicht vom Fleck. »Wem kann ich vertrauen, Nels?«

Van Horn überlegte, ob er antworten sollte.

»Ich bin reingelegt worden«, sagte Art.

»Im Ernst? Von mir?«

»Nein, aber Ihre Aufgabe ist es, mich festzunehmen.«

»Sie sind mein Chef. Geben Sie mir den Befehl.«

»Nach mir wird gefahndet.«

»Nicht schuldig, solange die Schuld nicht erwiesen ist. Geben Sie mir den Befehl.«

Art senkte die Waffe ein wenig. »Nehmen Sie mich nicht fest, veranlassen Sie andere nicht dazu, tragen Sie nicht zu meiner Verhaftung bei.«

»Befehl verstanden«, sagte Van Horn mit einem Nikken und rollte auf Art zu. »Stecken Sie die Pistole ein.«

Sie verschwand unter einem weiten blauen Sweatshirt in einem Schulterholster.

»Das ist schon besser.«

Art setzte sich auf einen Stuhl in einer Ecke und lehnte den Kopf an ein weiches Kissen. »Ich brauche etwas, Nels.«

»Hat das alles mit diesen verschlüsselten Kiwi-Texten zu tun?«

»Ja.« Art zog ein Stück Papier aus der Tasche und gab es Van Horn. »Setzen Sie eine 800 vor die Nummer und finden Sie heraus, wo das ist.«

»Das stammt aus dem Text, den ich neulich entschlüsselt habe. Das Zeug, das ich nicht kopieren durfte.«

»Ja. Der Anschluß – können Sie das tun?«

»Natürlich kann ich das.«

»Wollen Sie es tun?«

»Sie können es mir befehlen.«

»Ich bitte.«

Nach ein paar Sekunden des Überlegens nickte Van Horn und seufzte. Er war jetzt einer, der Beihilfe zur Flucht leistet. *Nun, das ging schnell.* »Hübscher Haarschnitt«, meinte Van Horn.

»Ich versuche, nicht wie mein altes Selbst auszusehen.«

»Sie sehen aus, wie Ihr nacktes Selbst. Aber wie kann ich Sie erreichen, wenn ich die Informationen habe? Ich nehme mal an, Sie werden nicht im Hilton wohnen.«

Art setzte sich auf. »Ich habe mir folgendes überlegt.«

Pooks Underhill kannte mehrere Schlafplätze, aber er hatte Art sein »nettestes« Quartier angeboten, zwei Zimmer im dritten Stock, 15 Meter vom Dan Ryan-Highway entfernt mit einem Fenster nach Norden zur Eisenbahn hin. Es war das Gebiet der alten Südseite, wo Backsteingebäude vorherrschten und sich die Verlorenen und Außenseiter versammelten und die, die verschwinden wollten, das tun konnten.

Art stieg drei Treppen mit knarrenden Stufen hoch und klopfte zweimal an die Tür von 3B.

»Wer ist da?« fragte eine bekannte Stimme.

»Ich bin's.«

Pooks öffnete die drei Schlösser, ließ Art rein und schloß schnell wieder ab.

»Ist dein Freund aufgekreuzt?« fragte Art.

Pooks zeigte auf einen Schuhkarton auf der matten Tischplatte. »Kreditkarten, zwei Telefone und die Schlüssel für einen Chevy Nova. Er parkt vor Haus Nummer fünfundfünfzig.«

Erleichtert legte Art seinem Helfer die Hand auf die Schulter. »Wenn das hier vorbei ist, werde ich mich revanchieren.«

Pooks antwortete mit einer Grimasse und einem Händedruck. »Scheiße, Mann, Jefferson, du hast den Pooks davon abgehalten, noch tiefer in die Scheiße zu geraten, als du mich geschnappt hast. Damals war ich alt und dumm. Heute bin ich älter und klüger.«

Art nickte und warf einen Blick auf die Schlafzimmertür. Sie war einen Spalt offen. »Wie war es mit ihm?«

»Gut«, sagte Pooks knapp.

»Hast du ihm die Haare geschnitten?«

»Ja«, antwortete Pooks mürrisch, »und braun gefärbt. Ja, dein kleiner Freund ist völlig o.k.«

»Was ist mit dir?« fragte Art.

»Ich habe ihm gezeigt, wie man Domino spielt«, sagte Pooks. »Und der Rotzjunge schlägt mich!«

Art kicherte und lehnte sich auf den Tisch. »Er hat den Pooks geschlagen!«

»Jefferson, wenn du ein Sterbenswörtchen darüber verlierst ...« Pooks hielt dem Special agent eine knochige Faust vor die Nase.

»Niemals«, versprach Art dem alten Mann. »Wie lange hat er gebraucht?«

»Im ersten Spiel!«

Art krümmte sich vor Lachen.

»Dann ist er aufgestanden, hat alle meine Dominosteine mit ins Schlafzimmer genommen und allein damit gespielt. Kannst du dir das vorstellen?«

»Ja«, sagte Art und wischte sich die Augen. »Ja, das kann ich, Pooks. Spielt er noch damit?«

»Irgendwas macht er damit«, sagte Pooks und winkte ab. »Es ist mir egal.«

Art überließ Pooks seiner Niederlage, möglicherweise der ersten in zehn Jahren, öffnete die Schlafzimmertür und sah mit großen Augen und schwindendem Lächeln auf das, was sich da abspielte.

»O mein Gott.«

Simon stand am einzigen Fenster des Zimmers auf einem Stuhl und sah Richtung Norden, wo sich der scharfe Umriß des Searstowers in der Ferne abzeichnete, und auf der Fläche der Frisierkommode neben dem Fenster entstand derselbe Umriß in verkleinerter Form aus Dominosteinen. Eine etwa ein Meter große, nahezu perfekte Wiedergabe.

Als Art hereinkam, wandte Simon den Kopf; seine Augen waren jetzt, da die Haare kürzer waren, besser zu sehen. »Schwarz ist oben.«

»Ja«, sagte Art und bewunderte das Stück, »Schwarz ist ganz oben.«

»Erst schlägt er mich, und dann baut er das da«, bemerkte Pooks aus dem Flur. »Wo zum Teufel hast du ihn aufgegabelt, Jefferson?«

In einem blauen Haus in der Vincent Street, in dem sein Vater und seine Mutter ermordet wurden. Art hätte es so erklären können, aber er tat es nicht. Er gab keine Antwort, sondern erfragte statt dessen: »Pooks, kannst du noch ein bißchen hierbleiben? Auf ihn aufpassen?«

»Mußt du noch mal weg?«

»Ich muß noch etwas erledigen«, antwortete Art. Oder versuchen, es zu tun. Verdammt, es war so *viel* zu tun.

»Teufel, schließ einfach die Tür ab und sag ihm, er soll dableiben«, schlug Pooks vor. »Er hört gut.«

»Es kann eine Weile dauern«, sagte Art. »Ich will ihn nicht zu lange allein lassen.«

Pooks bemerkte einen seltsamen Ausdruck auf Arts Gesicht, den er dort nie erwartet hätte: Hilflosigkeit. »Was hast du vor?«

Art überlegte, ob er es dem alten Betrüger sagen sollte. Was konnte es schon schaden? »Ich muß meiner Frau eine Nachricht zukommen lassen. Sie haben sie eingesperrt. Sie muß erfahren, was vorgeht. Warum ich das hier mache.«

»Deine Frau?« wiederholte Pooks gedankenverloren und kratzte sich mit alten Fingern, die wie dürre Äste waren, das Kinn. Seine Augen verengten sich wie vor langer Zeit, wenn er sich Tricks ausdachte und überlegte, wie man sie anbringen konnte. Nach einem kurzen Moment lächelte er. Er kannte sich noch aus.

»Jefferson.«

»Ja?«

»Deine Frau ...«

»Anne«, warf Art ein.

Pooks nickte und begann zu grinsen. »Anne. Hat sie einen Onkel?«

KAPITEL 17

Hoods. Inc.

Im Gegensatz zum Vortag, als der kollektive Unglaube auch viele Mitarbeiter, die eigentlich frei hatten, an den Arbeitsplatz gelockt hatte, waren die Büros heute, fand Nels Van Horn, selbst für einen Sonntag spärlich besetzt. Vielleicht trat heute der gegenteilige Effekt ein. Möglich, daß die Leute heute auf Abstand gingen, so, wie man einem üblen Geruch oder einem unerträglichen Geräusch ausweicht.

Einer der wenigen anwesenden Agenten winkte Van Horn grüßend zu, als er durch den Flur zum Com-Raum rollte. Er winkte zurück und fuhr mit unruhigem Blick weiter, wobei er sich fragte, ob es wohl jemandem auffallen würde, daß er an seinem freien Tag gekommen war, und wenn es jemandem auffiel, ob er sich Gedanken darüber machen würde, und wenn er sich Gedanken darüber machte, ob er –

Nun hör schon auf damit. Du willst schließlich keine Bank ausrauben.

Nein, du hast nur ein anderes Verbrechen vor. Das ist alles.

Schließlich brachte Van Horn seine innere Stimme zum Schweigen und öffnete die Tür zum Com-Raum.

Er rollte zum Hauptarbeitsplatz, schaltete den Computer ein und legte das Stück Papier, das Art ihm gegeben hatte, auf die F-Tasten des Keyboards. Als der Bildschirm aufflackerte, fing er an, Befehle einzugeben. Nachfragen, um genau zu sein. Normale, alltägliche Nachfragen.

Dachte er.

Selbst die Wachen hatten sich geweigert, Anna mit den Beinen an den Tisch zu fesseln, wie Breem es gern gesehen hätte, so daß sie ihm jetzt am Befragungstisch gegenübersaß. Am liebsten hätte sie ihm einfach ins Gesicht geschlagen.

Aber dann stieg in Anne der Verdacht auf, daß Angelo Breem – der genauso war, wie ihr Mann ihn beschrieben hatte – sein krasses Vorgehen hier als reine Pflichterfüllung ansah. Vielleicht handelte er ja in dem Bewußtsein, nur seine Arbeit korrekt zu erledigen. Er war nicht derjenige, der ihr Leben zerstören wollte. Er wurde genauso benutzt wie sie. Genauso wie Art.

Aber ganz bestimmt genoß er es.

»Ich rate Ihnen, nichts zu sagen«, schlug Bertram Hogan vor, der Rechtsanwalt, den Chas ihr besorgt hatte. Er saß entspannt neben ihr, das ganze Gegenteil zu ihrer angespannten Verteidigungshaltung.

»Sie brauchen nichts zu sagen«, erinnerte Breem sie, der sich Notizen machte. »Lassen Sie mich die Beweise darlegen: Kontoauszüge aus drei Ländern. Telefonprotokolle, die Gespräche von Kermit Fiorello an das Handy Ihres Mannes verzeichnen. Und Kermit Fiorello selber. Wo ist er? Wir wollen ihn verhaften, und er ist verschwunden, genau wie Ihr Mann. Beide gleichzeitig weggerannt. Aber nein, Sie haben nichts zu sagen. Allerdings sollten Sie bedenken, daß Schweigen auch belastend sein kann.«

»Das ist doch alles kalter Kaffee, Breem«, sagte Hogan gelangweilt.

»Die Geschworenen hassen Leute, die Angst haben, auszusagen«, fuhr Breem fort und machte sich weiter Notizen. »Das ist eine Tatsache.«

Hogan beugte sich zu Anne hinüber und berührte ihren Ellbogen. »Sagen Sie nichts.«

Anne dachte darüber nach, dann sagte sie: »Ich möchte etwas sagen.«

»Gut.« Breem hörte auf zu schreiben, das war seine Masche bei jedem Fall, um seinen Gegner in dem Glauben zu lassen, er brauchte keine weiteren Beweise. Er widmete Anne seine ganze Aufmerksamkeit. »Ich höre.«

»Sie können jede Mülltonne in der Stadt, im Land, in jedem Klubhaus, Gericht, Gefängnis und in jeder Polizeistation durchsuchen. Sie können landauf, landab suchen. Sie können jeden alles fragen und jede Antwort hören, auch wenn es Lügen sind. Und nach alledem werden Sie keinen einzigen Beweis mehr gegen meinen Mann und mich haben als jetzt. Weil Sie von einer Lüge ausgehen. Sie kennen doch die eine unumstößliche Tatsache über Lügen, Mr. Breem?«

Breem seufzte enttäuscht, weil sie ihm nur eine Rede hielt.

»Lügen haben kurze Beine, aber die Wahrheit wartet immer im Hintergrund darauf, entdeckt zu werden.«

Die Sonne ging schon unter, als Bob Lomax den Wagen an den Randstein fuhr und beschloß, die letzten paar Blocks bis zum Green Oaks Social Club zu Fuß zu gehen.

Green Oaks war kein Senioren-Treffpunkt für Canasta-Spieler, sondern hier trafen sich seit Jahrzehnten die Herrscher von Chicagos Unterwelt, um sich zu unterhalten, über Geschäfte zu reden, sich zu beklagen und subtile Bemerkungen fallenzulassen, die dazu führten, daß jemand verprügelt wurde. Es hatten schon sechs Razzien stattgefunden, und vom Chef im Büro bis zu den niedrigsten Wachen vor der Tür hatte schon jeder ein Gefängnis von innen gesehen.

Und doch existierte der Club weiter, sogar mit gewisser Duldung von seiten der Behörden. Hier konnte man immer einen der Bosse finden, wenn ein Haftbefehl vorlag oder ein paar Fragen beantwortet werden mußten. Der Club war eine der beständigsten Einrichtungen in Chicagos langer Verbrechergeschichte.

Lomax näherte sich über den Seitenweg, von sieben Kapuzenmännern genau beobachtet, die sich hinter ihm aufstellten.

Am Eingang blieb er stehen. Ein Mann von ansehnlicher Statur stand ihm im Weg. »Ist Milo da?«

Der große Kerl kicherte und tauschte Blicke mit dem Rest der Mannschaft. »Du machst wohl Witze, Lomax.«

Lomax hob zwei Finger, griff sich die Nase des Mannes und zog ihn dicht an sich heran. »Sieh dir mein Gesicht an. Aus der Nähe. Sehe ich aus, als würde ich Witze machen?«

Zwei Minuten später prostete Milo Prosco an einem Ecktisch neben dem Billardtisch Lomax zu, der die Geste höflich erwiderte.

»Sie haben meine Jungs etwas überrumpelt«, sagte Prosco in den leeren Raum. Er war nicht der oberste Boß, aber ein gemachter Mann, ein Insider, dem ein großer Teil der Bauindustrie in und um Chicago gehörte, so daß es hieß, jeder, der bauen wolle, solle sich zuerst mit ihm besprechen, bevor er die Genehmigung einholte. Bob Lomax versuchte seit zehn Jahren, ihn zu überführen. »Einfach unangemeldet hier hereinzuspazieren.«

Lomax genehmigte sich wie sein Gegenüber einen kräftigen Schluck. »Tut mir leid wegen Tinys Nase.«

»Sie wird ordentlich verheilen«, sagte Prosco und spielte den Zwischenfall herunter. »Also kein Haftbefehl. Welchem Umstand verdanke ich dann diesen Besuch?«

»Fiorello«, antwortete Lomax.

Prosco nahm einen weiteren großen Schluck Bourbon und blähte die Wangen. Er schien nicht geneigt, einen Kommentar abzugeben.

»Er ist unauffindbar, und ich frage mich, ob Sie dasselbe Problem haben.«

»Das klingt ja fast inoffiziell«, bemerkte Prosco fragend. »Etwas, was nicht in die Berichte kommt?«

»So habe ich mir das vorgestellt«, bestätigte Lomax.

Prosco sah eine Zeitlang zur Decke, dann kippte er den Rest Whiskey hinunter. »Meine Jungs können ihn auch nicht finden.«

»Sie wissen, was Breem denkt.«

»Breem. Ha! Dieser Idiot würde Scheiße noch nicht mal erkennen, wenn sie aus seinem eigenen Hintern kommt.« Prosco beugte sich vor und hob den Zeigefinger. »Lassen Sie mich eines sagen. Kermit haßte den Neger. Konnte ihn nicht ausstehen. Er hat sich einen Riesenspaß mit ihm erlaubt, indem er aussagte und ihn bloßstellte. Ein großer Witz, Mann. Aber er würde ihm nie was antun. Keinesfalls.« Die Polsterung knackte, als Prosco sich zurücklehnte. »Soviel weiß ich. Was ich nicht weiß, ist, wo der Kerl steckt. Wenn Sie ihn finden, sagen Sie es mir.«

Keine Überraschung, nur eine Bestätigung dessen,

was Lomax sich schon gedacht hatte. Eine Kelle voller Antworten in das Loch gegossen und noch unzählige, die fehlten.

G. Nicholas Kudrow entspannte sich mit dem neuesten Militärthriller von Tom Clancy auf dem Schoß und einer Tasse Kaffee neben sich in seiner Ecke, während der Tag sich dem Ende zuneigte und eine neue Woche heraufzog. Als das braune Telefon auf seinem Schreibtisch klingelte, ließ er es noch zweimal klingeln, bevor er sein Buch beiseite legte und ranging.

»Kudrow.«

»Jemand schnüffelt herum«, sagte Rothchild.

»Oh?«

Rothchild erklärte das Vorgefallene in weniger als einer Minute.

»Warum sollte er so etwas tun?« fragte Kudrow. »Wurde er überwacht?«

»Sein Name steht nicht auf der Liste.«

»Jetzt aber«, erwiderte Kudrow. »Ich werde Willis entsprechende Anweisungen erteilen.«

Ein Lachen, gemischt mit Husten, drang durch die Leitung. »Jefferson merkt nicht, wann er geschlagen ist.«

»Er wird es schon merken«, entgegnete Kudrow zuversichtlich. »Bald genug.«

KAPITEL 18

Luchsaugen

Wie nicht anders zu erwarten, hatte sich eine lange Schlange vor dem Auto-Imbiß gebildet – eine Prozession verzweifelter morgendlicher Pendler, die eine Tasse heißen Kaffee brauchten, um einen weiteren Montag zu überstehen. Nelson Van Horn trommelte im Rhythmus einer Fleetwood-Mac-Melodie mit den Daumen aufs Lenkrad seines Lieferwagens und stellte erst das Radio leise, als er den Schalter erreicht hatte.

Die drei Autofahrer vor ihm nahmen ihre Bestellungen aus dem Fenster entgegen, Muffins, Kekse und Pappbecher mit dampfendem Kaffee und Orangensaft. Als Van Horn an der Reihe war, reichte er abgezählt das Geld hinein und bestellte. Dann fuhr er zu einer Lücke nahe am Ausgang und zog sein Wurstbrötchen und Schokoladenkekse aus der Tüte. Dann legte er etwas hinein.

Als er wegfuhr, warf er die Tüte aus dem Fenster in ein Gebüsch neben der Ausfahrt.

»Schmutzfink, Schmutzfink«, sang Georgie, als er den Vorfall von einem Wagen, der in einer Seitenstraße parkte, durch sein Fernglas beobachtete.

»Ich würde sagen, daß das eine todsichere Sache ist«,

bemerkte Ralph. Er stellte die Videokamera und den Rekorder an.

Jetzt brauchten sie nur noch zu warten.

Sie mußten nicht lange warten. Zwanzig Minuten, um genau zu sein. Ein verrosteter Chevy Nova fuhr auf den Parkplatz und hielt nahe an dem Gebüsch. Die Fahrertür ging auf, und ein glatzköpfiger Schwarzer bückte sich nach der Tüte. Auf dem Beifahrersitz saß ein weißer Junge mit dunklen Haaren.

Ralph hob ein Funkgerät an den Mund, als der Nova nach links blinkte und an ihnen vorbeifuhr. »Fox Five.«

»Hier Fox Five«, kam die Antwort.

»Washington Boulevard Richtung Osten, roter Chevrolet Nova, '81, Kennzeichen –« Ralph unterbrach sich, um das Nummernschild zu lesen.

»Egal. Sie kommen gerade vorbei. Wir hängen uns dran.«

Ralph schlug Georgie auf die Schulter. »Los geht's.«

»Ein paar kosmetische Veränderungen«, sagte Georgie, als er sich in den Verkehr einfädelte.

»Sie sind es.«

»Wem melden wir, wenn sie ankommen, wo sie hinwollen?« fragte Georgie.

»Dem, der unter dieser Nummer abnimmt«, antwortete Ralph und deutete auf seine Hemdentasche. Er war froh, daß sie nicht handeln mußten. Das ganze Unterfangen hatte einen Beigeschmack von Verzweiflung, und ihn störte noch mehr der Verdacht, daß die, die am verzweifeltsten waren, die Schüsse einfingen.

»Ich ziehe es vor, der Bote zu sein«, sagte Georgie und sprach damit unwissentlich aus, was Ralph dachte.

»Ich auch.«

Plötzlich sah Georgie seinen Kumpel an und fragte: »Hast du irgendeinen Ort für dich, wenn sie dich je den Löwen zum Fraß vorwerfen?«

»Da kannst du drauf wetten.«

Anne hatte ihren Onkel Frederick seit zehn Jahren nicht gesehen und war zutiefst überrascht, als sie hörte, daß er gekommen war. Ihre Überraschung wurde zu Verwirrung, als sie durch das kugelsichere Glas den Mann sah, der da saß.

Er zwinkerte ihr zu und nahm den Hörer ab. Anne setzte sich hin und ergriff den ihrigen.

»Annie, du siehst stark aus. Stark.« Die alten Augen bewegten sich und vermittelten schweigend mehr als die Worte.

»Danke«, sagte Anne vorsichtig.

»Du siehst aus, als könntest du einen Sundae gebrauchen.«

Ein Eiscrèmebecher mit Sirup und Früchten? Annes Blick veränderte sich, und sie betrachtete den Fremden, der kein Fremder war, mit anderen Augen. *Einen Sundae!*

»Dein G-man könnte wahrscheinlich auch einen gebrauchen«, sagte Pooks Underhill, während er nach den Beamten Ausschau hielt. Als niemand herübersah, nickte er Anne zu.

Anne nickte und preßte ihre Fingerspitzen an das Glas. »Ich hoffe, es geht ihm gut.«

»Aber sicher«, sagte Pooks.

»Und Simon«, ergänzte Anne hoffnungsvoll.

»Ich bin sicher, daß es ihm gutgeht.«

Anne nickte, und ihre Augen glänzten. »Ich freue mich, daß du gekommen bist, Onkel Frederick. Worüber können wir noch reden?«

»Oh«, antwortete Pooks, »über viele Dinge.«

KAPITEL 19

Der Fremde

Wie konnte es *eine Nummer nicht geben*?

Diese Frage quälte Art, während er und Simon die Treppe zu 3B hochstiegen.

Wenn man eine Nummer anruft, und jemand geht dran, dann gibt es diese Nummer.

Dann fiel ihm plötzlich etwas anderes ein.

Das ist wie bei den Kontoauszügen mit Annes Namen. Es gibt sie und gibt sie doch nicht.

Anscheinend spielte die Realität im Augenblick keine Rolle mehr. Zumindest nicht die vertraute.

Fast hätte er an die Tür geklopft, ehe ihm einfiel, daß Pooks nicht da war. Noch nicht zurück war von einem Ausflug, den Jefferson am liebsten selber erledigt hätte. Vielleicht wurde er in diesem Moment beobachtet.

Art schloß die drei Schlösser mit den Schlüsseln auf, die Pooks ihm dagelassen hatte, und verschloß sie nach Pooks Angewohnheit und aus Vorsicht wieder hinter sich.

Er war bei Nummer zwei, als Simon sagte: »Da ist ein Fremder.«

Art sah über seine Schulter hinweg einen Mann im Schlafzimmer sitzen, der Simons Bauwerk auf der Frisierkommode betrachtete.

»Scheiße«, sagte Art, zog seine Waffe und drängte Simon zum Sofa, während er auf den Fremden zielte und rasch den Flur durchquerte. »Wer sind Sie?«

»Ich heiße Pritchard.« Voller Hochachtung sah Pritchard auf Simons Bauwerk und verglich die Nachbildung mit dem kohlschwarzen Rechteck vor den Wolken im Norden.

»Was wollen Sie?« fragte Art. Er war jetzt im Schlafzimmer und ging um das Bett herum, wobei er Schrank und Badezimmer überprüfte, die beide leer waren. Er stand jetzt hinter Pritchard und wiederholte: »Noch mal: Was wollen Sie?«

Pritchard riß sich von dem Bauwerk aus Dominosteinen los, stand auf und drehte sich zu Art um. »Stecken Sie das weg. Sie werden ebensowenig auf mich schießen, wie Sie es am Samstag auf Agent Nils Van Horn getan haben.«

Art senkte die Pistole ein wenig und neigte fragend den Kopf.

»Das war keine so kluge Idee«, fuhr Pritchard fort. Er ging um das Fußende des Bettes herum und warf einen Blick in das Wohnzimmer, lächelte kurz, als er Simons Hinterkopf sah, und fuhr dann fort. »Bis dahin haben Sie alles richtig gemacht. Mr. Underhill zu schicken ...«

»Wer zum Teufel sind Sie?« fragte Art wieder, der jetzt mehr als nur den Namen wissen wollte.

Pritchard sah die Pistole an. »Glauben Sie, ich würde alleine hier drin sitzen, wenn ich Sie verhaften wollte?«

»Ich mache mir nicht nur um die Leute Sorgen, die mich verhaften wollen.«

Pritchard lächelte. »Wenn ich ihn hätte haben wollen, glauben Sie, Sie wären dann einen Schritt weiter als durch die Tür gekommen?«

Der Fremde war kein guter Junge, und er war kein

Schurke. Art war äußerst verunsichert, weil er ihn nicht einordnen konnte. Er ließ die Waffe sinken, behielt sie aber in der Hand.

»Ich bin unbewaffnet«, sagte Pritchard.

»Ich fühle mich besser so«, entgegnete Art.

»Nun gut.« Pritchard warf einen Blick auf Simon. »Wie geht es ihm?«

»Gut«, antwortete Art mißtrauisch. »Warum sollte das Ihre Sorge sein?«

»Ich bin nur aus dem Grund hier, weil es meine Sorge ist. Und die einer weiteren Anzahl von Leuten.«

»Leute?«

Pritchard nickte. »Sie wirken überrascht.«

»Verzeihen Sie, wenn ich echtes Wohlwollen bezweifle, aber um mein Leben steht es im Moment nicht sehr gut, und um *seins* noch schlechter.«

»Einige Leute machen sich Sorgen.«

»So.«

Pritchard merkte, daß er noch mehr sagen mußte. »Sagen Sie, Agent Jefferson, wer steckt Ihrer Meinung nach dahinter?«

Art sah Pritchard wachsam an.

»Die Kontoauszüge und so weiter. Wir wissen Bescheid. Wer, denken Sie, tut Ihnen das an?«

Art seufzte und wußte nicht, wie er diesen Pritchard einordnen sollte, fühlte sich aber immer weniger durch ihn bedroht. »Jemand in der Abteilung für Nationale Sicherheit.«

»Ich verstehe. Also Ihre Regierung?«

»Nein, ich sagte *jemand*«, korrigierte ihn Art. »Oder mehrere. Ich weiß es nicht.«

»Jemand mit beträchtlichen Befugnissen?«

»Ich denke schon«, sagte Art.

Pritchard hob einen Finger an die Lippen. »Lassen Sie mich sehen. Eine Person oder mehrere Personen mit einiger Autorität in einem wichtigen Regierungsapparat intrigieren, um Sie zu zerstören und Simon zu bekommen. Ist das richtig?«

»Ziemlich nah dran.«

»Hmmm.« Pritchard verschränkte die Arme vor der Brust, die Haltung eines Vertrauten oder eines Schuldigen. »Glauben Sie das?«

»Ja.«

»Es kann also nicht sein, daß das genaue Gegenteil zutrifft?« fragte Pritchard.

»Was meinen Sie damit?«

»Könnten nicht ein paar mächtige Leute um eines höheren Zieles willen gegen Sie konspirieren?«

Art bedachte Pritchard mit einem zweifelnden Seitenblick.

»Sie glauben das Gegenteil«, erinnerte Pritchard ihn. »Sind Sie so zynisch, daß Sie das, was ich sage, als bloßes Hirngespinst abtun?«

»Die Regierung selbst arbeitet doch für das höhere Ziel«, sagte Art.

Pritchard kicherte. »Mein Gott, Sie scheinen kein Realist zu sein. Bitte ...« Er trat näher an den verdächtigen Special agent heran. »Haben Sie je erlebt, daß ein Schuldiger straffrei ausgeht?«

»Oft.«

»Oder daß ein Unschuldiger ins Gefängnis muß?«

Eine Bestätigung dieser Vermutung vertrug sich eigentlich nicht mit Arts Berufsauffassung, aber gerade jetzt konnte er nur mit Ja antworten.

»Betrug, Verschwendung, Bestechung«, zählte Pritchard auf. »Das alles sind Mittel dieser Regierung, die für ein *höheres Ziel* arbeitet. Agent Jefferson, trotz der Hoffnungen ihrer Gründer ist die Regierung eine große Maschine, die sich um Gut und Böse nicht kümmert. Es kümmert sie nicht. Es kann sie nicht kümmern. Die Regierung hat keine Gefühle. Das ist es, was die Massen, die sich über die Übel der Regierung beklagen, und jene, die sie wegen ihrer Leistungen rühmen, nicht verstehen. Die Regierung ist nicht mehr als ein Begriff, den man aus den Gedanken von Männern gewonnen hat, die schon vor langer Zeit gestorben sind.

Und –«, fuhr Pritchard fort, »sie ist von Leuten besetzt, die die Dinge aus *ihren* Gründen tun. Einige gut, andere schlecht, einige unentschieden. Es gibt kein Ministerium für Schandtaten, keine Abteilung für rechtschaffene Unternehmungen, Agent Jefferson. Die Leute erfüllen nur die Vorgaben ihrer jeweiligen Rolle.«

»Stimmt«, sagte Art. »Für wen arbeiten Sie?«

Wieder kicherte Pritchard, diesmal leise, und neigte den Kopf. »Wir haben keinen Auftrag, Agent Jefferson. Wir greifen ein, wenn die Lage es erfordert.«

Art steckte endlich die Waffe weg und trat hinter Pritchard. Er stand im Türrahmen, so daß er Simon sehen konnte. »Und was erfordert sie?«

»Sie werden nicht überrascht sein, wenn ich sage, daß es um den jungen Mann da drin geht.«

Jetzt verschränkte Art die Arme vor der Brust. »Warum? Was macht ihn so wichtig für Sie? Dasselbe, weswegen ihn die sogenannte schlechte Seite haben will?«

»Wenn wir ihn aus dem Grund haben wollten, erinnern Sie sich ...« Pritchard formte aus seiner Hand eine Waffe, hielt sie sich an die Schläfe und sagte: »Peng. Peng. Sobald Sie durch die Tür waren.«

»Warum dann?«

»Um ihn zu retten.«

»Das ist genau das, was ich versuche«, beharrte Art.

»Sie werden scheitern«, sagte Pritchard traurig, aber voller Überzeugung.

Art schüttelte den Kopf. »Wenn das hier erst einmal aufgeklärt ist –«

»Dann wird er noch gefährdeter und verwundbarer sein«, warf Pritchard ein. »Wo wird er leben? Bei Ihnen und Ihrer Frau? In einem Heim? Einer Pflegeeinrichtung? Alles Orte, wo man sich wahrscheinlich sehr gut um ihn kümmern wird. Und wo man ihn leicht findet.«

Art sah ins Wohnzimmer. Simon war von der Couch aufgestanden und stand, wie Art sah, in aufgeregter Haltung in einer leeren Ecke des Raumes nahe der Tür. Suchte er wieder den roten Schaukelstuhl? Würde das nie aufhören?

Sorge über den Stuhl, in dem sein Vater saß, wenn er ihm vorsang, und die Geheimnisse, wie man einen absolut sicheren Code knackt, beides in einem Geist. Dem eines Zurückgebliebenen? Oder eines Genies?

Graue Materie, die mehr wert war als ihr Gewicht in Gold.

»Das hier ist nicht zu Ende, sobald Sie Ihr Leben wieder im Griff haben«, sagte Pritchard. »Diejenigen, die ich vertrete, greifen nicht in jedem Fall ein, in dem ein Unschuldiger betroffen ist, nur bei solchen, bei denen unser Eingreifen das Ende einer Bedrohung herbeiführen kann.«

»Dann halten Sie diese Leute auf«, sagte Art. »Wer immer dahintersteckt, legen Sie Ihnen das Handwerk.«

Pritchard schüttelte den Kopf. »Aktive Maßnahmen dieses Umfangs würden uns entlarven. Entlarvung würde uns nutzlos machen, Agent Jefferson. Wir bewegen uns oft außerhalb der Grenzen des Gesetzes, wie auch Ihre Gegner. Wir aber tun es mit guten Absichten. Aber im grellen Licht eines Urteils würde das keine Rolle spielen.«

»Also, was zum Teufel können Sie tun?« fragte Art.

Pritchard trat in die Tür und blickte zu Simon hinüber. »Geben Sie ihn uns.«

Art schüttelte den Kopf.

»Wir werden ihm ein neues Leben aufbauen«, versuchte Pritchard zu erklären. »Wir sind bei anderen Unschuldigen schon ähnlich vorgegangen.«

»Ich kenne Sie nicht, Mister«, erwiderte Art kühl. »Sie spazieren hier herein und erzählen mir, Sie gehörten zu einer Gruppe, die klingt wie eine Bande von Möchtegern-Supermännern, und sagen mir, ich soll Ihnen Simon geben. Er gehört mir nicht.«

»Dann wird er Ihnen in Kürze noch viel weniger gehören«, sagte Pritchard.

Simon kam aus der Ecke und ging zu Art. Als er die Füße des Fremden so nahe bei denen seines Freundes sah, blieb er stehen. Seine Hand tastete nach den Karten unter seinem Sweatshirt.

Pritchard hockte sich hin. »Du hast da ein hübsches Gebäude gebaut.«

Simon drehte sich um und sagte: »Ich war oben auf dem Stuhl.«

Pritchard erhob sich und sagte zu Art: »Bringen Sie mich zur Treppe?«

»Warum?«

»Ich nehme an, daß er sich an das erinnert, was er hört. Da gibt es etwas, was er nicht hören sollte.«

Art dachte nach, erinnerte sich an Pooks' Bemerkung, daß Simon dablieb, wenn man es ihm sagte, und brachte seinen jungen Freund dann in die unordentliche Küche. »Simon, ich muß diesen Mann zur Treppe bringen. Ich werde abschließen. Du bleibst hier und machst nicht auf, ja? Nur ich kann die Tür öffnen. Hast du das verstanden?«

»Art kann die Tür öffnen«, bestätigte Simon in der ihm eigenen Art.

Art klopfte ihm auf die Schulter und führte Pritchard in den Flur, wo er die Schlüssel in den drei Schlössern drehte.

»Welche Treppe?« fragte Art.

»Ich parke in der Allee«, sagte Pritchard.

Sie gingen hinunter und wandten sich zum Hinterausgang.

Durch den vorderen Eingang trat Keiko Kimura und ging hoch zu 3B.

An der Tür blieb sie stehen und lauschte auf die sich entfernenden Schritte und die scharrenden Schritte in der Wohnung. Sie fragte sich, wer Jeffersons Besucher war, aber es spielte keine Rolle. Sie waren weg, vielleicht für eine Minute, vielleicht für eine Stunde. Sie brauchte nur eine Minute.

Sie zog einen kleinen Schlüsselbund aus der Tasche, den ihr der Hausmeister gerne überlassen hatte, nachdem Keiko ihm die Kehle durchgeschnitten hatte. Für etwas anderes war keine Zeit. Und kein Verlangen. Der Mann war zu alt gewesen und zu dunkel. Sie steckte jeden Schlüssel ins Schloß und öffnete die Tür zu einem schäbigen Zimmer. Es war leer. Sie schloß die Tür und ging weiter hinein, suchte die Ecken mit den Augen ab, hörte das schlurfende Geräusch von links. Da war eine offene Tür, durch die sie jetzt den Jungen sah.

Unwillkürlich befeuchtete sie ihre Unterlippe mit der Zungenspitze.

»Hallo«, sagte Keiko und trat ins Schlafzimmer. Dort stand der junge Amerikaner, seine Füße scharrten nervös über den alten Holzboden, und sein Finger berührte eine Frisierkommode, auf der ein Gebilde aus Dominosteinen stand, das dem Original vor dem Fenster täuschend ähnlich war. Sie trat zu Simon und wischte das Bauwerk mit einer Handbewegung vom Tisch, so daß es in hundert Teilen an die Wand flog.

»Du bist ein Fremder«, sagte Simon und zog sich zum Fenster in der Ecke zurück.

»Nein, ich bin dein Freund«, sagte Keiko und griff mit blaulackierten Fingernägeln nach ihm. »Und du kommst mit mir.«

Pritchard blieb vor der Treppe zum Ausgang stehen und sah Art an. »Ich gebe Ihnen eine Nummer, die Sie anrufen können.«

»Warum konnten Sie das nicht oben machen?«

»Die Tatsache, daß unser junger Freund eine Telefonnummer weiß, die er besser nie gesehen hätte, hat alles ins Rollen gebracht.« Pritchard zog eine Karte hervor und hielt sie so, daß Art sie sehen konnte. »Prägen Sie sich diese Nummer ein. Sie können sie aus jedem Teil des Landes anrufen. Beim dritten Klingeln drücken Sie die Fünf.«

Art sah sich die Nummer an, prägte sie sich ein, wußte aber nicht, warum.

Pritchard wußte es besser. »Sie werden anrufen.«

»Was macht Sie so sicher?«

»Weil Sie nie aufhören zu suchen.«

Das brachte Art auf eine Frage. »Hören sie auf, wenn Sie ihn haben?«

Pritchard wußte es nicht. Zumindest würden sie nicht wissen, wo sie suchen sollten. Aber das war kein Nein auf Arts Frage. »Bitte, glauben Sie nicht, daß Sie ihn alleine retten könnten.«

»So gut bin ich nicht«, bestätigte Art.

Pritchard war sich nicht sicher, ob Art es insgeheim nicht doch glaubte.

Die Nägel gruben sich in die Ärmel und in seinen Arm, und Simons Kopf flog zurück, als sich eine zweite Hand über seinen Mund legte, um den Schrei zu ersticken.

»Halt's Maul!« befahl Keiko und griff mit der Hand, die Simons Mund bedeckte, nach dem Rouleau und zog es runter. »Laß uns gehen! Sofort!«

Simon sträubte sich. Das war eine Fremde. Er durfte nicht weggehen. Nur Art konnte die Tür öffnen. Nur Art konnte ihm sagen, daß er gehen sollte.

»Komm schon«, sagte Keiko grob und zerrte an seinem Arm.

»Du bist eine Fremde«, wiederholte Simon laut und befreite seinen Arm aus dem Griff der Frau. Ihre Nägel kratzten ihn, und es tat weh, und mit der anderen Hand griff sie nach seinem Gesicht.

»Du kommst jetzt, du kleiner –«

Geh nie mit einem Fremden mit. Simon wußte das, und als ihre Finger seine Wange berührten, versuchte er, sie wegzustoßen. Aber sie kamen zurück. Er stieß sie wieder weg. Die Finger waren einen Moment später wieder an seinem Gesicht.

»Du bist eine Fremde!« sagte Simon sehr laut und

schlug nach den Händen, die nach ihm griffen, schlug hart, schlug und schlug, bis seine Arme droschen und seine Fäuste geballt waren. »Du bist eine Fremde!«

Keiko versuchte, eine seiner Fäuste, die sie stießen wie ein lästiges Hofhuhn, einzufangen, aber als sie es geschafft hatte, kam die andere und traf ihr Kinn.

»Du verdammter kleiner –«

Simon spürte den Schmerz in seiner Hand kurz vor dem schärferen Schmerz in seinem Gesicht wie damals, als der rothaarige Mann –

»Dummkopf!« schimpfte Keiko, als ihre Faust ein zweitesmal Simons Wange traf und ihn zu Boden schlug.

Eine Frau in einem Haus, das hundert Meter weiter westlich lag, hob den Kopf von einem Fernrohr. »Hast du das gesehen?«

Ihr Partner, ein älterer Mann, nickte und behielt den Blick auf einem kleinen Video-Bildschirm, auf dem das Bild des Rouleaus gelblich in der untergehenden Sonne schien. »Da stimmt was nicht.«

»Ruf ihn an«, sagte die Frau.

Pritchard wollte Art gerade die Hand geben, als sein Handy klingelte. Er klappte es auf und hörte zu, sagte nichts und sah dann Art an. »Jemand ist bei Simon.«

»Wer?« *Es könnte Pooks sein,* sagte sich Art. *Es könnte ...*

»Eine Frau.«

»Verdammt!« sagte Art, drehte sich um und rannte die Treppe hoch.

Pritchard ließ sein Handy mit einem ärgerlichen Geräusch zuschnappen und widerstand dem Impuls, Art zu folgen. Er war aus der Tür und bei seinem Auto, bevor Art oben ankam.

»Komm schon!« befahl Keiko, drängte, forderte, bettelte, während sie Simon, der sich mit Händen und Füßen gegen sie wehrte, an seinem Hemd in den vorderen Raum und zur Tür zerrte. Sie erreichte die Tür, öffnete sie und wurde umgerannt, als Art hereinstürmte.

Er stolperte über sie und rollte zur Küche, während ihr Griff sich löste, als sie auf den Rücken fiel.

Art prallte gegen den Tresen, der die Küche vom Raum trennte, sah sich um und zog seinen Revolver, während Simon in Richtung Schlafzimmer kroch.

Zwei Meter von ihm entfernt rappelte sich eine Frau mit schwarzen Haaren auf, die eine schwarze Pistole in der Hand hielt.

Scheiße!

Art warf sich nach rechts, als sie schoß. Es war keine einzelne Kugel, sondern eine ganze Salve von Schüssen, die die Küchenschränke durchsiebten und seiner Spur die Wand entlang folgten. Er gab Simon einen Schubs, so daß er ins Schlafzimmer flog, und schoß zweimal blindlings zurück.

Ein Schuß traf den Türrahmen neben Keikos Gesicht und übersäte sie mit Holzsplittern. Sie rollte zurück und feuerte eine letzte Salve in die Couch ab, während sie in den Flur stolperte und auf die Beine kam.

Als Art die sich entfernenden Schritte hörte, richtete er sich langsam von Simons Körper auf, auf dem er gelegen hatte. Die letzten Kugeln hatten das Sofa und die Wand zwischen Wohn- und Schlafzimmer durchlöchert.

»Simon? Bist du okay?«

Simon kauerte sich sitzend in einer Art fötalen Position zusammen, wie Art es noch nie gesehen hatte.

»Bist du in Ordnung?«

»Sie war eine Fremde«, sagte Simon.

Art stand auf und überprüfte den vorderen Raum, griff sich schnell die Sachen, die Pooks für ihn besorgt hatte, und half Simon auf die Beine. »Wir müssen gehen, Simon.«

»In den Keller. Das laute Geräusch, und Mummy und Daddy sind nicht –« Er brach den Satz mit ein paar kurzen Atemstößen ab.

»Verdammt«, fluchte Art, nahm Simons Hand mit festem Griff und führte ihn aus der Wohnung, wobei er sich ständig umsah. Als sie auf die Straße traten, hörte er von allen Seiten Sirenengeheul.

KAPITEL 20

Der Eintrittspreis

Kimura ...

Jetzt verstehe ich überhaupt nichts mehr, dachte Lomax.

Dieser Tag laugte ihn aus, alles laugte ihn aus. Das war Bob Lomax' Stimmung zu dem Zeitpunkt, als er müßig aus dem Fenster auf den Verkehr unter sich schaute. Das wirklich Häßliche an der Sache war, daß er nicht wußte, wie er das ändern konnte, nicht mal wußte, wie er das alles verstehen sollte.

Sicher, er konnte den Verdacht gegen seine Nummer Zwei ignorieren, er konnte die Antworten bei dem Abschaum suchen, den er eigentlich schnappen wollte, und er konnte Breem bei jeder Gelegenheit verfluchen.

Aber wozu? Art war immer noch da draußen, auf der Flucht, und Lomax hatte nicht die leiseste Ahnung, was da eigentlich vorging.

Und schon wieder eine Lücke, die gefüllt werden mußte: Kimura.

»Verdammt«, sagte der leitende Special agent und klopfte mit der Faust an das kühle Glas, wo verwischte Fettspuren zurückblieben.

»Sir?«

Lomax fuhr herum und war überrascht, daß Van Horn hereinrollte.

»Ich habe geklopft, aber es kam keine Antwort.«

»Kommen Sie rein«, sagte Lomax.

Er zuckte mit den Schultern und fuhr gegen den Schreibtisch. Nach den Jahren, die er den verdammten Rollstuhl schon fuhr, hatte er immer noch kein Gefühl dafür.

»Was führt Sie her?«

Van Horn holte tief Luft. »Sir, Art Jefferson war am Samstag abend bei mir zu Hause.«

Nach einem kurzen, verblüfften Schweigen mußte Lomax kurz auflachen. *Art, du Hurensohn.* »Und warum?«

Er hatte als erstes eine Zurechtweisung erwartet oder zumindest die Frage, wo der Flüchtige sich jetzt befand. Kein *Warum.* »Er wollte etwas von mir.«

»Geld? Oder was?«

»Er wollte einen Telefonanschluß ermitteln.«

Lomax schüttelte den Kopf. »Er ermittelt also immer noch. Seltsames Verhalten für einen schuldigen Mann.«

»Sie denken doch nicht ...«, fragte Van Horn den Assistenten des Special agent.

»Oh, nein, Nels. Ich wünschte nur, ich wüßte – welchen Anschluß?«

»Deshalb bin ich hier. Ich habe Art versprochen, nichts zu sagen. Aber nach dieser Schießerei, nun, Sir, ich mache mir Sorgen.«

Schießerei. Das traf die Sache nicht ganz, wie Lomax wußte. Nur zwei der Einschüsse stammten aus Arts Dienstwaffe. Die anderen dreißig hatte jemand anderer abgefeuert, jemand, der auf Art und Simon Lynch geschossen hatte.

Dann waren da noch die Fingerabdrücke von Art, Simon, Pooks Underhill, einem Unbekannten und, man höre und staune, von Keiko Kimura.

Was zum Teufel ist in sie gefahren, daß sie auf meine Nummer Zwei Jagd macht?

»Ich mache mir ebenfalls Sorgen, Nels.«

»Wie auch immer, er war bei mir und hat mir diese Nummer gegeben, damit ich den Anschluß ermittle.« Van Horn reichte dem Special agent ein Stück Papier. »Es ist eine 800er Nummer, aber sie existiert nicht.«

»Wie bitte?«

»Sie ist nicht gespeichert, Sir. Ich habe alles versucht.«

»Also ein Fehler«, überlegte Lomax.

»Ich glaube nicht, Sir«, sagte Van Horn.

»Wieso nicht?«

»Weil er diese Nummer aus einem Text hat, der mit Kiwi verschlüsselt wurde. Aus einer Zeitschrift.«

Woher? In Lomax' Kopf wirbelten Bruchstücke durcheinander. Kimura. Vince Chappell. Mayfly verraten. Und jetzt Kiwi. »Von Anfang an, Nels. Erzählen Sie mir alles, was Sie wissen. Alles.«

Als Kudrow eintraf, war Rothchild gerade zum Mittagessen gegangen. Die Bildschirme glimmten schwach, und die Dunkelheit, die sie nicht verdrängen konnten, umgab ihn wie ein Leichentuch. Ihn tröstete der Geräuschpegel.

Deswegen war er hier, damit er an seine Stellung erinnert wurde.

Kudrow ließ sich in Rothchilds Stuhl sinken und spürte dessen Wärme. Er betrachtete die zahllosen Kontrollvorrichtungen der Geräte und fand mit Leichtigkeit die heraus, die Rothchild ihm einmal erklärt hatte. Erst den linken Schalter, und ein Sichtfenster erschien auf dem großen Bildschirm vor ihm, dann die Taste daneben, und ein Bild erschien auf dem Schirm.

Ich kann es, sagte sich Kudrow. Wenn die Dinge schiefgingen, konnte er immer noch das machen, konnte mit einem Tastendruck den Präsidenten der Vereinigten Staaten beobachten, wie er an seinem Schreibtisch im Oval Office saß und seinen Geschäften nachging, als wäre er ungestört. *Wenn du in der Nase bohrst, habe ich es auf Band. Wenn du den russischen Präsidenten anrufst, auch. Wenn du unfreundlich von einem Freund sprichst, auch.*

Art Jefferson mochte sich ihm noch entziehen. Simon Lynch war noch außerhalb seiner Reichweite. Aber das hier nicht.

Das hier habe ich. Und ich werde sie haben.

»Sie haben also diese beiden Seiten Kiwi-Text für ihn entschlüsselt«, sagte Lomax. »Erinnern Sie sich, was da stand?«

Van Horn schüttelte den Kopf. »Nur an die Nummer, als Art sie mir Samstag gab. Die habe ich wiedererkannt. Und –«

»Und was?« drängte Lomax. Jetzt war nicht die Zeit für Verschwiegenheit.

»Nun, ich habe mich da an etwas aus der Akademie erinnert. Ein Kurs, den ich vor einem Jahr besucht habe, bevor ich den Com-Raum übernommen habe. Der Kerl, der diesen Kurs gegeben hat, hat viel Wert auf Anekdoten gelegt und uns erzählt, daß die Leute, die die Codes entwickeln, Teile davon als Rätsel in Zeitschriften verstecken und eine Nachricht darin veröffentlichen. Es ist ein Test, ob jemand etwas findet, was sie übersehen haben. Er sagte, das sei seit den Sechzigern üblich.«

»Und –«

»Und ich habe mich an eine Sache auf den Kiwi-Seiten erinnert, die Art mir gezeigt hat. Eines war eine Fotokopie mit einer Seitenzahl darauf und, wie ich glaube, dem Namen einer Zeitschrift, der *Stümper*.«

»Und als der sorgfältige Agent, der Sie sind, haben Sie die Sache überprüft«, ergänzte Lomax.

»Heute morgen. Nachdem ich von der Schießerei gehört hatte. Falls Art Hilfe brauche.«

»Natürlich braucht er Hilfe. Und?«

»Der Kiwi-Text war vor über zwei Jahren als Puzzle in diesem *Stümper*. Es ist eine von diesen Intellektuellen-Zeitschriften.«

Wenn Lomax ein Intellektueller gewesen wäre, hätte er ihm diese Bemerkung übelnehmen können. Aber er war alles andere als aufgebracht. »Wer hat es da reingesetzt?«

»Darüber gibt es keinen Bericht«, antwortete Van Horn.

Also gut, eine Telefonnummer, die es nicht gab, aus einem Puzzle, das nicht erschienen war, das Ganze in einem Code, der mittlerweile von jedem Zweig der Regierung der Vereinigten Staaten benutzt wurde. Es machte einfach alles keinen Sinn.

»Hilft uns irgend etwas davon eine Spur weiter?« fragte Van Horn.

»Wenn ich das wüßte.« Lomax spielte mit dem Papier herum, das Van Horn ihm gegeben hatte. »Haben Sie da mal angerufen?«

»Nein.«

Lomax nahm den Hörer ab. »Was kann schon passieren, wenn man eine Nummer anruft, die es nicht gibt?«

Er tippte die elf Zahlen ein und hörte nach einer Sekunde das erste Klingelzeichen.

Das Klingeln der Telefons würde nie mehr richtig fröhlich beantwortet werden, dachte Pedanski, während er drei Klingelzeichen abwartete. Kurz vor dem vierten, als Band und Fangschaltung sich eingeschaltet hatten, nahm er ab.

»Hallo, Sie haben das Puzzle-Center erreicht«, meldete er sich und unternahm nicht einmal den Versuch, Begeisterung zu vermitteln.

»Ich rufe wegen Art Jefferson an«, sagte die Stimme, ehe Pedanski fortfahren konnte.

Oh, Scheiße.

»Wer spricht da, und wo sind Sie?« fragte die Stimme, halb Lehrer, halb Armee-Ausbilder, als erwarte sie eine Antwort.

Pedanski erstarrte.

»Hallo ...«

Die Anzeige an der Fangschaltung leuchtete auf, und Pedanski legte auf. Sein Atem ging keuchend und gab mehr Sauerstoff ab, als er einatmete. Ein verlorener Kampf.

Pedanski sagte sich, daß er nicht hyperventilierte, daß er nur Angst hatte und langsamer atmen mußte, und dabei glitten seine Finger über die Tastatur und ermittelten den Anschluß, von dem aus er gerade angerufen worden war.

Er gehörte zum FBI.

»Scheiße.«

»Büro Chicago.«

Pedanski schaffte es, zwischen den raschen Atemzügen zu schlucken.

Büro des leitenden Special agent.

»Oh, Gott ...« *Tief atmen, ganz tief atmen, langsam.* Es half nichts. Pedanski griff sich eine Tüte mit den Resten eines Kuchens, schüttete sie aus und hielt sie sich vor den Mund, atmete ein und aus, bis seine Atmung sich beruhigt hatte.

Oh, Mann, das geriet außer Kontrolle. Mr. Folger hatte recht.

Aber wenn Folger recht hatte, lag jemand anderer falsch. Ganz falsch.

Art hielt kurz an einem Elektrogeschäft, ehe er ein Motel in der Nähe des Flughafens wählte, und sobald sie in dem kleinen Doppelzimmer waren, schaltete er den Kassettenrekorder ein und stellte ihn neben einen Stuhl am Fenster.

»Simon«, sagte Art und klopfte sich auf die Schenkel, »komm her.«

»Daddy soll singen.«

»Ja, das tut er«, versicherte Art und rückte Simon zurecht, der sich in seine Arme kuschelte. Die Rouleaus waren halb geöffnet und gaben den Blick auf die Silhouetten der Gebäude in der Ferne frei, in Licht gebadet gegen den dunklen Himmel.

»Daddy soll singen«, sagte Simon erwartungsvoll und lehnte seinen Kopf an Arts Brust.

Art griff herüber und drückte die Play-Taste.

»Weißt du, wieviel Sternlein stehen ...«

Simon steckte den Daumen in den Mund, und die Augen fielen ihm zu.

Art dachte an die Ereignisse des Vortages. Und an das, was ihn erwartete.

Anfangs hatte er gedacht, Pritchards Auftauchen sei ein Teil des Versuches, Simon aus Pooks' Wohnung zu holen, aber diese Theorie hatte keinen Sinn ergeben.

Eher schon glaubte Art, daß das Zusammentreffen der Ereignisse Zufall gewesen sei. Das mußte er glauben.

»Weißt du, wieviel Sternlein stehen ...«

Die Frau, die ihn fast getötet hätte oder die er fast getötet hätte. Er kannte sie nicht. Aber er hatte sie aus den Informationen in der Chappell-Akte trotzdem erkannt. Keiko Kimura. In den Staaten, wie Lomax es ihm gesagt hatte. Und wie er es mittlerweile aus eigener Anschauung wußte.

Sie wollte Simon.

Ein anderer auch.

Oder gehörten sie zusammen?

Das Band spielte weiter, aber das Lied war verklungen, nur ein Summen war noch zu hören, und Simons Atmung nahm den Rhythmus des Schlafes an, langsam und tief.

Art konnte noch nicht zur Ruhe kommen. Er sah aus dem Fenster auf die funkelnde Skyline und dachte darüber nach, was Pritchard gesagt hatte. *Sie hören nie auf zu suchen.*

Pritchard schied jetzt als Feind aus und war nur noch ein geheimnisvoller Fremder; Art hatte weniger Mühe, ihm zu glauben, seit Keiko Kimura ihn und Simon fast getötet hatte. Seine phantastischen Erklärungen waren aus dem Bereich des Möglichen in den des Wahrscheinlichen übergegangen.

Oder konnte es stimmen, was Pritchard gesagt hatte: Gut und Böse nebeneinander? Es war eine dogmatische Voraussetzung. Dann müßte sie auch für die Regierung gelten.

Vertrauen in die Menschheit. In seiner gegenwärtigen Lage fiel Art das schwer. Den Glauben an die eigenen Fähigkeiten hingegen hatte er noch nicht eingebüßt.

Er durfte nicht zulassen, daß Simon sein ganzes Leben als Gejagter verbringen mußte, immer auf der Flucht. Wie sein Leben auch aussehen mochte, so nicht.

Während es Nacht wurde und Simons Atmen ihn beruhigte, sah Art auf das ruhige, unschuldige Gesicht an seiner Brust hinunter und begriff, was auf dem Spiel stand. Er wußte, was er am nächsten Morgen zu tun hatte.

KAPITEL 21

Das Brandzeichen

Sie trafen sich ausgerechnet in einem Spielzeuggeschäft. Als Pedanski eintraf, sah er aus wie eine wandelnde Leiche, und Folger stand die Neugier im Gesicht geschrieben, als sie einen Gang entlangschlenderten, wo pausenlos Computerspiele liefen, die so postiert waren, daß sie sich genau auf der Augenhöhe von Neunjährigen befanden.

»Sie brauchen es mir nicht zu sagen«, sagte Folger, »Sie kennen diesen Gang gut.«

Pedanski lächelte, wenn auch mit einem schalen Gefühl. »Vik hat die andere Hälfte meiner Schicht übernommen.«

»Klingt gut«, sagte Folger. »Hören Sie, danke, daß Sie mir gestern zugehört haben. Ich weiß, daß ich Sie nicht damit –«

»Das muß aufhören«, unterbrach ihn Pedanski mit brüchiger Stimme. Er wandte sich einer Reihe von Spiel-Kassetten zu, nahm eine mit bunten Action-Bildern in die Hand und tat so, als wäre er wirklich an dem Kleingedruckten interessiert.

Folger blieb mitten im Gang stehen und trat dicht an Pedanski heran. »Was ist passiert?«

»Ein weiterer Anruf«, sagte Pedanski. Er stellte die Schachtel zurück und nahm eine andere heraus. Sein Blick trübte sich, und er schob schnell die Brille hoch, um die hervorquellenden Tränen abzuwischen, bevor sie ihm über die Wangen rollten. »Ich habe das nicht gewollt, als ich zu Z kam und angefangen habe, für Mr. Kudrow zu arbeiten.«

»Das hat keiner von uns«, sagte Folger.

Auf der Schachtel, auf die Pedanski sich jetzt konzentrierte, sauste eine pelzige Kreatur auf einem jetgetriebenen Dreirad über felsiges Gelände. »Was Sie mir über den FBI-Agenten erzählt haben –«

»Jefferson«, warf Folger ein, während Pedanski schniefte.

»Das sollte nicht sein.«

Folger sah am Ende des Ganges einen Jungen, der ein Spiel ausprobierte, das in seiner Höhe hing. Es waren keine Preise ausgezeichnet. Die interessierten Folger auch nicht. Darum würden sich andere kümmern. »Viele Dinge sollten nicht sein.«

»Nun«, sagte Pedanski und trommelte mit den Daumen auf hohlen Karton, »ich habe genug. Ich bin raus. Ich gehe.«

»Das können Sie nicht«, sagte Folger und sah Pedanski wieder an. Als er dem jüngeren Kollegen im Puzzle-Center sein Herz ausgeschüttet und seine und Kudrows Sünden gebeichtet hatte, hatte er eine verschwiegen. »Er läßt Sie nicht gehen.«

»Wie will er mich daran hindern?«

»Er kann Sie töten. So wie Dean.«

Pedanski fuhr zusammen und drehte sich zu Folger um. »Was hat er?«

»Er hat ihn getötet. Er hat ihn erschossen, weil er gesagt hat, daß er jemandem draußen Informationen verkauft. Spionage.« Folger spürte, wie sein rechtes Lid zu zucken begann und legte zwei Finger darauf. »Darauf kann die Todesstrafe stehen.«

Es war ein schwacher Versuch zu scherzen, nicht einmal Galgenhumor, ausgelöst durch Nervosität und Angst.

Craig? Pedanski hatte gehört, was Folger gesagt hatte, und hätte diese Behauptung eigentlich ungläubig zurückweisen müssen. Das tat er mitnichten. Er konnte es glauben. Er konnte sich vorstellen, wie Mr. Kudrow kaltblütig einen Mord beging. Was ihn noch mehr verschreckte, war, daß er, wenn er ehrlich war, Kudrow so etwas immer schon zugetraut hatte. Gewiß hatte er ihn früher für seine Hingabe an eine Aufgabe auch noch bewundert.

Jetzt verabscheute er ihn – und auch einen Teil seiner eigenen Naivität.

Plötzlich drückten sich Leo Pedanskis Daumen hart in die Schachtel, gruben sich von beiden Seiten hinein, bis er sie in zwei Hälften zerrissen hatte und auf den Boden fallen ließ.

»Verdammt soll er sein«, knurrte Pedanski. »Ich will ihn leiden sehen.«

»Ich kann Sie gut verstehen«, sagte Folger. Das waren keine leeren Worte. Die Wut, die ein gesundes Maß überstieg, suchte sich ein Ziel für die ersehnte Rache, von der jeder träumte. Wenigstens träumte.

Aber Folger erkannte an Pedanskis Profil, dem steinernen Gesicht, den glasigen Augen, den zusammengebissenen Zähnen, daß er mehr tat als träumen. Er konnte sich den Schmerz, den er G. Nicholas Kudrow zufügen wollte, lebhaft vorstellen.

Pedanski wandte Folger sein wütendes Gesicht zu und sagte: »Ich will ihn verletzen. Ich will ihn ruinieren.«

»Wie denn, Leo? Er hat keine Spuren hinterlassen. Das macht er nie. Sie und ich sind Verwaltungsangestellte, die viel erzählen können, aber wir haben keine Beweise. Himmel, ich stehe auf der Kippe, trinke bei der Arbeit. Wie ich ihn kenne, hat er schon psychologische Berichte bei der Hand, wo genau das drinsteht.«

Pedanski überlegte, sein Hirn arbeitete genauso wie sonst, wenn es sich Regeln ausdachte, die den gewieftesten Analytiker scheitern ließen, übersprang Unwesentliches, bedachte nicht nur die beste Möglichkeit, sondern auch sonstige Möglichkeiten.

Die Hintertür.

»Wenn du sie nicht schlagen kannst«, hatte ihm einmal ein Betrunkener in einer Bar geraten, »finde jemanden, der sie für dich schlägt.«

»Rothchild«, sagte Pedanski ohne Triumph, ohne zufriedenes Glitzern in den Augen.

Folger dachte, er hätte verstanden, und schüttelte den Kopf. »Er hilft uns nicht. Er hat Kudrow schon lange seine Seele verkauft.«

»Vielleicht verkauft er sie noch einmal«, schlug Pedanski vor und konnte an Folgers Gesicht ablesen, daß er diesmal verstanden hatte. Aber das brachte den Zweifel nicht zum Verstummen.

»Wer würde zuhören?«

»Ich glaube, ich weiß jemanden«, antwortete Pedanski.

Er brauchte nur ein paar Minuten, um Folger zu überzeugen. Die Entscheidung war leicht. Wut stärkte ihre Überzeugung.

Sie betrachtete die Wunde im Spiegel, drehte den Kopf aus dem grellen Licht des Hotelbadezimmers und dann wieder ins Licht, prüfte, wie ihre linke Wange in dem wechselnden Licht wirkte.

Bei jedem Licht schrecklich, entschied Keiko Kimura und bedeckte die Verletzung, wo ein Splitter des Türrahmens ihre Haut aufgerissen hatte wie eine heiße Rakete. Sie war rot, geschwollen und ein bis eineinhalb Zentimeter lang, wenn nicht sogar zwei, die Ränder rosa aufgeworfen wie die Stelle zwischen ihren Beinen, die sie oft genug im Spiegel betrachtet hatte. Nur daß der Schnitt, eine perfekte Diagonale unter dem linken Auge, nicht für vortreffliche oder erfreuliche Zwecke genutzt werden konnte. Er war ein Brandzeichen. Und würde sicher eine Narbe hinterlassen.

»Dieser verdammte Joe«, schimpfte sie in den Spiegel und stellte sich dort Art Jeffersons hartes dunkles Gesicht vor, ehe sie eine Sekunde später ihre Hand hineinstieß, so daß die herabrieselnden Teile ein klimperndes Geräusch im Waschbecken erzeugten.

Sie betrachtete ihre Hand und sah, daß sie sich unterhalb des Daumens geschnitten hatte, der sich rötete, ehe ein Tropfen herausquoll. Sie führte den Schnitt an ihre Lippen und leckte das Blut ab, während sie das sternförmige Loch im Spiegel betrachtete. Sie stellte sich vor, was sie Art Jefferson antun würde. Was sie alles tun würde, statt ihn einfach nur zu töten.

Eine Reihe von Telefonzellen säumte die Wand eines Geschäftes in der Oak Park Village Mall. Art suchte sich eine am Ende aus und wählte, bevor er sich umdrehte, so daß er Simon in dem Nova, der fünf Sekunden entfernt stand, sehen konnte. Das bedeutete jetzt Trennung für ihn: nicht mehr Entfernung, sondern die Zeit, die er brauchte, um zu ihm zu kommen.

Dieser Anruf würde dem ein Ende machen. Diese Hoffnung hatte er, gepaart mit Bedauern.

Es klingelte einmal, scheinbar lauter als sonst, und Simons Kopf im Auto war gesenkt, nickte leise. Vielleicht hätte er das alles verhindern können. Vielleicht hätte Simon Lynch ein gutes Leben haben können, sein eigenes Leben, wenn Art es nur früher erkannt hätte. Die richtigen Schlüsse gezogen hätte.

Vielleicht.

Das zweite Klingeln, und beim dritten Klingeln drückte Art, ohne den Blick von Simon abzuwenden, die Fünf, was ein heulendes Sirren in seinem Ohr erzeugte, als wenn hundert Mücken gleichzeitig sich auf eine Ader über seinem Ohrläppchen gestürzt hätten.

Als der schleifende Ton verschwand, meldete sich jemand.

»Ja?«

»Ich möchte mit Pritchard sprechen.«

Was folgte, war kein Schweigen, eher ein Geräusch fehlender Tiefe, aber es dauerte nur einen Moment.

»Ich bin froh, daß Sie anrufen.«

»Sie haben es doch gewußt«, erinnerte ihn Art. »Ich bin bereit, Ihnen Simon zu übergeben.«

Jetzt entstand das Schweigen durch gründliches Überlegen. Dann sagte Pritchard: »Wissen Sie noch, was Simon auf der Frisierkommode gebaut hatte?«

»Ja«, entgegnete Art, und ihm fiel auf, daß Pritchard so präzise sprach, so überlegt, als hätte er den Anruf erwartet und schon vorbereitet, was er vorschlagen würde. Ein Aufsagen ohne Tiefe, wie ein langsamer Fluß, der leise und dünn über einen runden Felsen strömt. Vielleicht war das einfach seine Art.

»Sie waren schon mal da, nehme ich an.«

»Ja«, bestätigte Art.

»Der Teil für das Publikum ist geschlossen.«

»Ich weiß.« Art hatte in der Zeitung gelesen, daß die Aussichtsplattform seit Wochen geschlossen war.

»Können Sie dorthin kommen?«

Ein seltsamer Ort, um Simon jenen zu übergeben, die – es fiel Art immer noch schwer, kein Zyniker zu sein und es wirklich zu glauben – ihm ein neues Leben ermöglichen würden.

»Wann?«

»Morgen abend um neun.«

»Das geht.«

»Gut.«

»Moment«, sagte Art. Sie hatten sich auf Ort und Zeit geeinigt, aber er hatte noch eine Bedingung. Er kleidete sie Pritchard gegenüber nicht in eine Forderung.

»Ich denke, damit müssen wir klarkommen.«

»Ich denke, das werden Sie.«

»Morgen, Agent Jefferson«, sagte Pritchard dann und legte auf.

Art legte auf, rückte seine Baseball-Kappe zurecht und sah zum Auto und dem kleinen Beifahrer hinüber. Etwas mehr als ein Tag, und Simon wäre weg. Er hatte den Jungen noch nicht einmal richtig kennengelernt.

Pritchard stand nicht auf, nachdem er aufgelegt hatte. Er saß da, und Sanders sah ihn an und wartete auf Anweisungen, und nach einer unangenehm langen Pause räusperte sich der junge Mann schließlich.

»So sind Sie, seit Sie Jefferson kennengelernt haben.«

»Wie bin ich?«

»Nachdenklich«, erklärte Sanders. »Zutiefst nachdenklich.«

»Nun, Mr. Sanders, Sie sind ein aufmerksamer Beobachter.« Und Sie haben recht, dachte Pritchard.

»Was ist los?«

»Etwas, was Jefferson gesagt hat, geht mir nicht aus dem Kopf.« Pritchard nahm eine erloschene Zigarre aus dem Aschenbecher neben seinem Stuhl und steckte sie sich zwischen die Zähne. »Dieser Unschuldige ist anders. Die Leute werden weiter hinter ihm her sein. Ihn weiterhin suchen.«

»Das verstehe ich nicht.«

»Wir müssen besondere Vorkehrungen treffen. Es kann nicht so gemacht werden, wie Jefferson sich das vorstellt.«

Sanders' Gesicht verriet Verwirrung.

»Sanders, geben Sie die Information an die Gegenseite weiter«, wies Pritchard ihn an.

Sanders' Augen wurden groß wie Untertassen. »Aber das bedeutet, daß sie Bescheid wissen. Sie können es verhindern. Das verstehe ich nicht, Sir. Ich kann nicht –«

Pritchard hob eine Hand. »Es ist keine Lösung, wenn die Suche nach dem Unschuldigen immer weitergeht. Es muß eine endgültige Lösung geben.«

Jetzt verstand Sanders. Aus der Deckung treten.

Wie, das war die Frage, über die Pritchard, ein ehemaliger Armee-Inspekteur, Ausbildungsleiter und Weitsprungmeister aus Fort Bragg, seit zwei schlaflosen Nächten und zwei endlosen Tagen nachgrübelte. Wie man eine endgültige Lösung finden könnte.

Die Antwort fiel ihm durch ein Sprichwort über Absolutheit oder Sicherheiten ein. Tod und Steuern, daran erinnerte er sich. Eines von beiden nützte ihm nichts. Das andere war Simon Lynchs einzige Hoffnung.

Solange Art Jefferson sich so verhielt, wie Pritchard dachte, daß er sich verhalten würde. Wenn nicht, würde die Hoffnung für einen zum Tod von beiden werden.

»Ich erwarte folgendes«, sagte Pritchard.

KAPITEL 22

Der Köder

Bob Lomax hängte sein Jackett an den Garderobenständer in seinem Büro und lächelte höhnisch zu seinem Schreibtisch hinüber.

»Sir?« sprach ihn ein Agent durch die noch offene Tür an.

»Ja?« Lomax drehte sich nicht um.

»Das hat ein Kurier für Sie abgegeben«, sagte der Agent, und als der Assistent des Special agent sich umdrehte und einen argwöhnischen Blick auf das unhandliche Päckchen warf, setzte der andere hinzu: »Ich habe es durchleuchten lassen.«

Lomax nahm das Päckchen und schätzte es nach Form und Gewicht. »Von wem?«

»Der Stempel sagt Fort Meade.«

Lomax hob das Kinn und ging zu seinem Schreibtisch, während der Agent die Tür hinter sich schloß, als er ging. Sobald er saß, öffnete Lomax den Umschlag mit seinem Brieföffner und leerte den Inhalt im Vertrauen darauf, daß das Päckchen nach der Durchleuchtung nichts Beunruhigendes enthalten konnte, in einem Schwung aus – wie erwartet Papier. Er warf einen forschenden Blick in den Umschlag, ob etwas hängengeblieben war, und wandte sich dann dem Papierstapel zu. Ein dickes Gummiband hielt die Seiten zusammen.

Obenauf lag ein weißes Papier, das Anschreiben war an ihn gerichtet:

> Agent Lomax
> *Sobald Sie das beiliegende Material gelesen haben, werden Sie wissen, daß ein Verbrechen begangen worden ist. Ich war beteiligt, aber keinesfalls bei der Planung. Das betrifft einen Versuch, Agent Art Jefferson in Mißkredit zu bringen, mit so unglaublichen Mitteln, daß sie nicht erwähnt oder dokumentiert werden können. Was ich Ihnen sagen kann, sind die Drahtzieher und etwas über einen Mann namens Rothchild. Sie kennen ihn als Kirby Gant.*

Gant? Der Name kam ihm bekannt vor, aber nach einem Moment erinnerte sich Lomax, daß der Kirby Gant, den er meinte, tot war und, wenn er sich richtig erinnerte, irgendwo auf dem Meeresgrund lag. Wie konnte es ihn dann betreffen?

Vierzig Minuten später telefonierte Special agent Bob Lomax, nachdem er nicht einmal die Hälfte dessen überflogen hatte, was der Bote ihm gebracht hatte, mit dem Büro von Staatsanwalt Angelo Breem und verlangte ein Treffen innerhalb der nächsten Stunde.

Das Haus, in dem Nelson Van Horn wohnte, war leer, wie jeden Morgen um diese Zeit, so daß das Telefon, als es klingelte, von einer Einrichtung der Moderne beantwortet wurde.

»Hallo, hier ist Nels. Ich kann gerade nicht ans Telefon kommen, aber wenn Sie Name und Telefonnummer hinterlassen, rufe ich Sie so bald wie möglich zurück ...«

Piiiep.

»Hallo, ich hinterlege eine Nachricht. Heute abend, neun Uhr, Aussichtsplattform. Bringen Sie mit, was Sie haben.«

Es wurde aufgelegt, der Amtston klang durch das Haus, dann Stille.

Zwanzig Minuten später klickte Rothchild ein Feld auf seinem Bildschirm an und spielte Kudrow einen abgehörten Anruf vor.

»Wer war das?« fragte Kudrow.

»Jefferson wird nervös«, vermutete Rothchild. »Jetzt hat er schon Angst, seine Stimme hören zu lassen. Müdigkeit und Verfolgungswahn, vermute ich. Er wird schwach. Also gibt er jemandem ein paar Dollar, damit er das in irgendein Telefon spricht.«

»Woher kam der Anruf?«

»Aus der Nähe von O'Hare«, antwortete Rothchild. »Heute abend um neun. Und wie passend – die Aussichtsplattform ist wegen einer Neugestaltung geschlossen. Bu-hu.«

»Van Horn wird da sein«, bemerkte Kudrow.

»Ein Krüppel und ein Zurückgebliebener«, überlegte Rothchild. »Nicht viel Rückendeckung für Jefferson.«

»Womöglich kommt es zu einer Schießerei wie in der Wohnung«, gab Kudrow zu bedenken. »Sie werden alles abriegeln. Hundertunddrei Etagen – das ist sehr weit bis zum Ausgang.«

Rothchild deutete hinauf. »Es gibt einen Hubschrauberlandeplatz auf dem Dach.«

Das hieße, man müßte für den Transport sorgen und Leute auf das Dach des höchsten Gebäudes der Welt bringen. »Wie sieht es mit den Sicherheitsmaßnahmen aus?«

Rothchild lehnte sich zurück und verschränkte die Hände hinter dem Kopf. »Punkt neun Uhr werden die Fahrstühle plötzlich nicht mehr funktionieren. Zu dem Zeitpunkt befinden sich die Wachleute gerade im ersten Stock. Ein langer Weg nach oben.«

»Was ist mit den Kameras?«

»Ein Unglück kommt selten allein«, sagte Rothchild leichthin. Das hier machte ihm Spaß. Fast noch mehr als Sex. »Haben Sie die Wettervorhersage für Chicago gehört? Vom See her kommt Nebel auf. Niemand wird etwas sehen. Rauf aufs Dach und weg.«

Das Ende. Endlich. Kudrow hatte den Vorgeschmack seit Tagen auf den Lippen, bitter, wenn es ihm kurz vor dem Erfolg weggeschnappt wurde, jetzt süß in der Erwartung. Die ganze Geschichte mußte ein Ende finden.

»Arrangieren Sie das«, sagte Kudrow und nickte Rothchild beim Abschied zu, aber wenn er in die Zukunft hätte sehen können, hätte er den Mann angespuckt.

»Sie haben den Köder geschluckt«, berichtete Sanders fast überrascht Mr. Pritchard. »Woher haben Sie das gewußt?«

»Wunschdenken, Sanders.« Pritchard schnitt das Ende einer frischen Zigarre ab und nahm sich Zeit dabei, sie anzuzünden. »Das macht das Verhalten verzweifelter Leute vorhersehbar.« Er nahm fünf lange Züge, ehe er die aromatische Tabakrolle von den Lippen nahm. »Sind wir bereit, einzugreifen?«

»Wir sind bereit.«

Pritchard nahm die Zigarre wieder zwischen die Zähne und legte seine Füße auf den Tisch. Jetzt hing alles von Jefferson ab.

Nachdem Bob Lomax eine Stunde lang zugesehen hatte, wie Angelo Breem langsam die Papiere durchsah, stand er von der Couch auf, auf der er in erzwungenem Schweigen gesessen hatte, und schlug mit der flachen Hand auf die Papiere vor Breems Nase.

»Verdammt, Breem, was soll das werden?«

Breem starrte so lange auf Lomax' Hand, bis dieser sie von den Papieren zurückzog. Erst dann sah Breem auf. Seine Augen strahlten nicht mehr vor Selbstsicherheit. »Das sieht mir echt aus.«

»Um Himmels willen, Mann, was denn sonst? Wer hätte einen Grund, sich so etwas auszudenken?«

Jefferson, wollte Breem antworten, aber selbst wenn das stimmte, war es unmöglich, daß ein FBI-Agent auf der Flucht das hier bewerkstelligen könnte. Tatsächlich paßte Jefferson jetzt nicht mehr. Etwas anderes beschäftigte ihn, ein strahlender blanker Dime im Gegensatz zu einem stumpfen Penny.

Er hatte den Dime nicht als einziger entdeckt. Lomax hatte ihn sogar schon poliert, bevor er ihn ihm hinhielt. »Sie wollen sich einen Namen machen, Breem? Hier haben sie das Mittel dazu.«

Es war mehr als das, erkannte Breem. Manche Sachen waren groß. Andere monumental. Und das hier war der Mount Everest mit Stufen an der Seite und Wegweisern zum Gipfel. Er wäre ein Narr, nicht emporzusteigen.

Scheiß auf Jefferson, dachte er. *Scheiß auf Fiorello. Laß die kleinen Fische.* Angelo Breem hatte einen Hai an der Angel.

Make-up hatte den leuchtenden Rotton der nässenden Narbe etwas gedämpft, aber nicht ganz verschwinden lassen. Gut so. Sollte es als Erinnerung bleiben.

Keiko steckte zwei Mini-Uzis wie die, mit denen sie Jefferson in der Wohnung hatte erschießen wollen, in ihren Beutel. Dazu zwei Pistolen sowie reichlich Munition für alle Waffen.

Aus der Gesäßtasche zog sie dann ihre Lieblingswaffe, das Rasiermesser, und klappte es auf, so daß das Licht auf der Klinge blitzte, als sie diese durch die Luft schwang.

»Nahe genug, Joe«, sagte Keiko. »Vielleicht ein Schuß in die Beine, um dich langsamer zu machen, und dann –« Wusch. Wusch. Wusch. Die Klinge zerschnitt die Luft, dann ließ sie das Messer zuschnappen und steckte es wieder in die Gesäßtasche ihrer Jeans. Sie führte die Finger an den Schnitt in ihrer Wange. Er fühlte sich warm an. Wie Blut.

KAPITEL 23

Jäger und Gejagter

Rothchild hatte sich einen zwei Jahre alten Dodge-Pritschenwagen ausgesucht. Allerdings hatte er dieses Gefährt weder auf seinen eigenen Namen noch auf den eines anderen ihm bekannten Menschen eingetragen. Es war auf einen Nonsens-Namen eingetragen. *Wie weit man an einer Schnur aus Buchstaben doch kommen kann,* dachte er oft.

Als sein Arbeitstag am Nachmittag zu Ende war und ihn nur noch ein Tag vom Wochenende trennte, verließ Rothchild sein unterirdisches Quartier mit einer Zufriedenheit, die seine Schritte beschwingt werden ließ. Er lächelte sogar den Portier an, als er zu seinem schwarzen Pritschenwagen ging, der auf einem nahen Parkplatz stand. Er stieg ein, warf den Motor an und setzte, ohne sich umzuschauen, zurück. Was machte es, wenn er gegen ein Hindernis stieß? Heute war ein Tag, der nicht für Sorgen gemacht war. Heute war ein Tag, den er in seinem Gedächtnis rot anstreichen würde. Er hatte seine größte Herausforderung bestanden. Seinen wichtigsten Plan zu einem erfolgreichen Ende gebracht.

Er hatte eine Flasche Champagner, die er für einen Tag wie diesen aufgehoben hatte, wie er sich erinnerte, während er an den Wachtposten vorbei durch die Kurven fuhr und auf die Straße nach Fort Meade einschwenkte. Ja, eine Flasche Schampus, wie die ach so weltgewandten Charaktere in den Kinofilmen immer sagten. Schampus und ein Mädchen. Ersteres hatte er. Letzteres konnte er mieten.

Als er aus Meade raus war, überlegte er, was für ein Mädchen er sich heute nacht holen könnte. Eine mit Oberweite für einen heftigen Fick zwischen die Brüste oder eine kleinbrüstige Nutte, die er wie eine Gummipuppe im Bett herumschieben konnte?

Die Qual der Wahl. Vielleicht beide. Ja. Beide. Das würde er schaffen, und er konnte es ganz sicher arrangieren.

Mit einer Hand am Lenkrad verlor sich Rothchild in einem Tagtraum aus Lust und Exzessen und dachte an nichts anderes. So bemerkte er die vier Autos nicht, die wendeten und ihn von vorn und hinten einkreisten.

Es war eine alte Royal, die er aus einem Aktenschrank gekramt hatte, etwas so Altes, daß er erstaunt gewesen war, daß sie in der Pralinenschachtel, wie sie das Gebäude nannten, erlaubt war. Aber sie war es, die schöne alte Maschine, die Brad Folger jetzt auf seinen Schreibtisch stellte, nachdem er die Tür verschlossen hatte.

Er atmete ein, hielt die Luft an und legte ein Blatt Papier in die Maschine, atmete aus, als er mit einem Finger in die Tasten der Maschine tippte. Ja, sie war alt, sie war langsam, sie war ein Denkmal der Unwirtschaftlichkeit, aber in einer Hinsicht war sie ihren modernen Nachfolgern voraus: Sie hatte keine Drähte.

Brad Folger wollte, daß diese letzte Information niemandem zugänglich war, bis die Zeit gekommen war.

Als er fertig war, steckte er sie in einen Umschlag und schrieb Pedanskis Namen darauf.

Es war kein Abschiedsbrief. Zumindest nicht seiner.

Das schöne daran, da zu sein, wo man nicht sein sollte, war, daß es niemanden kümmerte, solange man keine Dummheiten machte. Art wußte das aus Jahren der Zeugenbefragung, wenn es um Dinge ging, von denen man dachte, daß der Zeuge sie gesehen haben mußte, aber: oh, ja, das kam mir nicht so seltsam vor, daß der Mann mit einem Gewehr über die Straße ging ...

Es war verblüffend einfach gewesen, den Dienstaufzug bei der Angestelltengarage zu erreichen. Es war nach fünf, so daß nur noch wenige Arbeiter herumhingen, und alle Anstrengung hatte darin bestanden, Simon und sich einen Helm aufzusetzen und zu warten, bis der Flur zum Fahrstuhl leer war.

Art hatte nicht mal versucht, die Aufzüge in der Halle zu benutzen. Sie waren überfüllt. Von Leuten, die die Nachrichten sahen und denen ein großer Schwarzer und ein nervöser weißer Junge auffallen würden, auch wenn sie anders aussahen als auf den Fotos, seines aus der Büroakte, Simons aus einem Bilderrahmen im Haus seiner toten Eltern.

Aber zwei Helme waren eine gute Tarnung in einem Haus, in dem gerade Renovierungsarbeiten stattfanden. Obwohl Simons Haltung – gesenkter Kopf, nicht gerade im Stil eines Machos – hätte auffallen können, tat sie es nicht. Glück? Der richtige Zeitpunkt? Art wußte es nicht. Einmal im Aufzug, einem Expreßlift zu den oberen zwanzig Stockwerken, drückte er auf den Knopf mit der 103 und atmete erleichtert auf, als sich die Türen schlossen.

Trooper Wayne Dupar von der Staatspolizei Indiana schaltete sein Blaulicht ein, als er hinter den Taurus neuesten Modells einschwenkte, in dem drei Personen saßen, Männer, wie ihm schien. Er folgte dem Wagen, als dieser in der nächsten Haltebucht stehenblieb.

Er gab seine Position an die Zentrale weiter und wußte, daß eine andere Streife, die in der Gegend war, vorbeikommen würde, dann stieg er aus und stapfte auf die Fahrertür zu, die Hand an der Pistole.

»Guten Abend, meine Herren«, sagte Dupar.

Georgie hatte schon das Fenster runtergekurbelt und die Brieftasche gezückt. »War ich zu schnell?« *Gib mir einfach den Strafzettel, schnell.*

Dupar bückte sich und sah den Beifahrer an, der ihm zulächelte. Auf dem Rücksitz saß ein ernster Mann mit einer Tasche neben sich. Dupar war mehr als einmal als Beobachter in einem Hubschrauber mitgeflogen und erkannte die Tasche sofort als Pilotentasche.

So, so, wir planen also einen kleinen Flug –

»Nein, Sir, Sie waren nicht zu schnell, aber uns liegt ein Bericht wegen Nötigung über einen Wagen wie Ihrem vor, etwa fünfzehn Meilen zurück.«

»Nötigung?« wiederholte Georgie mit Anzeichen des Schreckens. »Ich schwöre Ihnen, das war ich nicht.«

»Nun«, sagte Dupar gedehnt, »davon muß ich mich selbst überzeugen. Ich werde Ihnen ein paar Fragen stellen und Sie einem Alkoholtest unterziehen.« Er sah die anderen beiden Männer an. »Auch Sie, meine Herren.«

»Was?« protestierte Ralph und beugte sich vor.

»Manchmal ist einer der Beifahrer gefahren, und dann tauschen sie«, erklärte Dupar quälend langsam und gründlich. »Wie gesagt, ich muß mich davon überzeugen, daß Sie alle in der Lage sind, zu fahren.«

Hurensohn. Ralph sah auf die Uhr. Zwanzig Minuten. Sie mußten in zwanzig Minuten auf dem Flugplatz sein. »Können wir die Prozedur vielleicht beschleunigen? Wir haben einen Termin.«

Dupar kratzte sich ein-, zwei-, dreimal am Kinn. »Sir, Eile erzeugt Unfälle. Ich will Sie nicht alle in einen Unfall verwickelt sehen. Das will ich nicht. *Nein* ... Ich will, daß Sie lebendig hier wegfahren und in guter Verfassung, o.k.?«

Schön. Na, sehr schön. Dann laß uns doch, verdammt. Ralph nickte und setzte sich wieder gerade hin.

Officer Dupar zeigte dem Fahrer schneeweiße Zähne und fragte, wobei er jede Silbe überdeutlich aussprach, als spräche er zu einem Ausländer: »Womit wollen wir anfangen, Sir?«

»Was glaubst du?« fragte der leitende FBI-Agent und zeigte seinen beiden Mitarbeitern bei der hastig arrangierten Unternehmung das erst ein paar Stunden alte Foto. »Ich denke, das ist er.«

Die anderen beiden betrachteten das Foto des Mannes in dem schwarzen Dodge-Pritschenwagen, dann einen älteren Schnappschuß von Kirby Gant alias Mr. Tag.

»Wenn er es nicht ist«, sagte einer der beiden, »ist es sein Zwillingsbruder.«

Sein Chef legte die Fotos in die Ecke des Überwachungswagens, nahm den Hörer ab und wählte die Nummer, die man ihm gegeben hatte.

»Ja?« meldete sich jemand nach dem ersten Klingeln.
»Mr. Breem ...«

Die Fahrstühle in der Halle waren für Keiko gerade richtig, als sie ein paar Minuten nach acht eintraf, es war schon dunkel, und die Ruhe in dem großen Gebäude fand sie aufregend. Es gab nichts Aufregenderes als einen scharfen Schrei, der durch die Stille schnitt und sie zerbrach.

Sie stellte sich vor, daß Jefferson schrie, als der Fahrstuhl sich in Bewegung setzte. Sie schloß die Augen und ließ es in ihrem Kopf Wirklichkeit werden.

Ihr Magen drückte von der Aufwärtsbewegung, das Geräusch schien ihr echt, und sie spürte, wie Wärme in ihr aufstieg und sich zwischen ihren Schenkeln festsetzte. Da sie allein war, rieb sie ihre Schenkel aneinander, überrascht, daß der Gedanke an jemanden, der so alt war, sie erregte.

Vielleicht war Schmerz Schmerz und Lust einfach Lust, egal, welches Alter. Bald würde sie es wissen. Wenn dem so war, hätte sich ihr Horizont beträchtlich erweitert.

KAPITEL 24

Kein Toter mehr

Es gab nichts, womit man diese Aussicht vergleichen konnte, dachte Art. Nichts. Als Simon und er zwischen Sägeböcken und anderen Zimmermannswerkzeugen hindurchgingen und zum Ostfenster der Aussichtsplattform kamen, schien die Welt unter ihnen nur aus wallendem Nebel zu bestehen, der vom Lake Michigan herüberkam und durch Tausende von Lichtern erleuchtet wurde. Aus diesem See erhob sich der Sears Tower, eine rechteckige schwarze Insel in einem sternenübersäten indigoblauen Himmel, der Mond darüber nur eine schmale Sichel.

Simon ließ Arts Hand los und preßte sein Gesicht an die Scheibe, wo sein Atem sich in Ovalen niederschlug. Er hob den Kopf, den Blick, und sein Schaukeln wurde langsamer, ruhiger, je länger er sich die Welt hoch oben über der Welt da unten besah.

»Das ist oben«, sagte er und ging an dem Fenster entlang, das die ganze Höhe der Wand einnahm, wobei seine Hände sich über das transparente Glas bewegten wie bei einem Pantomimen, der einen Ausgang aus der Glasschachtel sucht, in die er eingeschlossen ist.

»Oben ...«

»Wir sind ganz oben«, stimmte Art ihm zu und genoß den Moment, in dem Simon einen anderen Ort entdeckte, vielleicht sogar ein anderes Universum als das, was er sonst kannte. Wenn er überhaupt eines kannte.

Simon drehte den Kopf, als wollte er ein Ohr an das Glas pressen, sah hoch und versuchte, den bestmöglichen Blickwinkel auszumachen. »Wir sind im Himmel.«

Art folgte Simon, als er die Ecke des abgetakelten Raumes erreichte. »Was siehst du?«

»Simon sieht oben.«

Was sollte das heißen? fragte sich Art. Wußte Simon schon Bescheid? Spielte es eine Rolle?

»Oben«, sagte Simon wieder.

Art legte ihm eine Hand auf den Rücken und sah auf seine Uhr. Es war fast neun.

In dieser Nacht würde alles enden, und Rothchild war verschwunden. Kudrow war von der »Pralinenschachtel« in Rothchilds Büro gegangen, um die Entwicklung zu verfolgen. Aber der Mann, den es nicht gab, hatte schon Feierabend gemacht und war nach Hause gegangen, als wäre es ein Tag wie jeder andere. Das wäre in den meisten Fällen in Ordnung gewesen, aber diesmal nicht. Rothchild hätte das wissen müssen, dachte Kudrow. Das hätte er, verdammt noch mal, doch wissen müssen.

Also fuhr Kudrow zurück in die »Pralinenschachtel«, passierte Wachtposten, an denen er gerade erst vorbeigekommen war, und strebte zurück in sein Büro, wo er ein kleines Telefonbuch aus dem Safe holte, in dem auch die Handbücher zu Kiwi lagen. Auf dem Rücken dieses Telefonbuches, wo mehr Gekritzel als Lesbares stand, fuhr Kudrow mit dem Finger zur dritten Nummer von unten. Sie war, wie die meisten, durchgestrichen.

Er wählte im Stehen.

»Hallo?«

Es sah aus, als hätte eine unsichtbare Hand Kudrows Kinn gehoben, aber das war seine Reaktion auf die fremde männliche Stimme am anderen Ende.

»Hallo? Wer spricht da?«

Kudrow schnürte sich unwillkürlich die Kehle zusammen, aber ein ›verwählt‹ wäre an die Person, die am anderen Ende der Leitung war, verschwendet gewesen.

Niemand ging an Rothchilds Telefon außer Rothchild. So lautete ihre Abmachung. Das war die Regel.

»Wer zum Teufel spricht da?«

Möglicherweise hatte man seinen Atem in der Leitung gehört und vielleicht auch seinen Herzschlag, dachte Kudrow, der so schnell in seiner Brust hämmerte, wie nie zuvor, außer vielleicht bei einem Belastungstest.

Der Muskel war außer Kontrolle geraten, genährt von Adrenalin und anderen Chemikalien, die auf Befehl seines Gehirns in die Blutbahn geschickt worden waren. Das war nackte Panik.

»Ist da jemand?«

Kudrow legte auf und ließ die Hand auf dem Hörer liegen, als könnte dieser sonst seinen Platz verlassen, stand, so still er konnte, fühlte das Bum, Bum, Bum, Bum in seiner Brust weitergehen, bis er dachte, das Herz bräche durch wie eine Bohrmaschine, die ein Loch in seine Brust riß und das Blut gegen sein schneeweißes Hemd spritzen ließ.

Er fragte sich, ob er jetzt gleich einen Herzinfarkt

erleiden würde, und dann fragte er sich, ob er sich ein solches Ende nicht wünschen sollte.

Der leitende FBI-Agent drehte einen Stuhl herum und setzte sich Kirby Gant in seiner Küche gegenüber.

»Kann ich etwas zu trinken haben?« fragte Rothchild mit einer Demut, wie er sie schon lange Zeit nicht mehr erprobt hatte.

»Haben Sie was da?« fragte der Agent.

»Fruchtsaft, im Kühlschrank«, antwortete Rothchild, und einer der Dutzend FBI-Typen in seiner Wohnung goß ihm ein Glas ein. Er trank das Glas halb aus und stellte es dann auf den Küchentisch.

»Danke.«

Der leitende Agent nickte. »Nun, wie sollen wir vorgehen? Entspannt oder auf die harte Tour?«

Rothchild war schon über seine Rechte belehrt worden. Er wußte, daß er einen Anwalt für die Vernehmung verlangen konnte. Und er wußte, daß kein Anwalt im Land das für ihn tun konnte, was er selber für sich tun konnte.

»Sie heißen Kirby Gant«, begann der Agent, als er keine Antwort bekam. »Stimmt das?«

Oh, der alte Kirby. Kirby war tot. Kirby konnte Rothchild nichts nützen. Gar nichts.

»Sie wollen nicht mit Kirby sprechen«, sagte er dem Agenten, »Sie wollen Rothchild.«

Weil Rothchild der war, der Bedeutung hatte und die Spielregeln kannte. Kirby hatte sie ihm beigebracht.

»Rothchild kann Ihnen viel interessantere Dinge erzählen.«

Art sah wieder auf die Uhr. Neun Uhr und ein paar Sekunden. Wie eine Libelle aus sumpfigem Wasser flog in diesem Augenblick ein Hubschrauber aus dem Nebel heran, verlor an Höhe, als er den Tower ansteuerte. Pünktlich.

Da sind sie, dachte Art und ließ die Hand von Simons Schulter auf seinen Rücken gleiten, wo sie sich in sanften Kreisen bewegte.

Auch Simon hatte den Hubschrauber entdeckt und versuchte, darauf zu zeigen, stieß mit dem Finger aber ans Glas.

»Er kommt«, sagte Art und wußte, was er als nächstes sagen mußte. »Das sind Freunde, Simon.«

Freunde? Wie konnten das Freunde sein? So waren Freunde nicht. Das war oben. Freunde waren wie Dr. Anne und Art.

»Komm«, sagte Art, drehte Simon vom Fenster weg und führte ihn zurück zum Ausgang der Aussichtsplattform.

Das hämmernde Geräusch des Hubschraubers erschütterte die Scheiben, als er vorbeiflog, sich nach Norden wandte und die Nase für den Landeflug senkte. Das Geräusch faszinierte Simon, so daß Art ihn vorwärtsschieben mußte, während sie sich zwischen Paletten mit Baumaterial zur Mitte des Raumes vorarbeiteten.

Ein anderes Geräusch erregte Arts Aufmerksamkeit: das leise Quietschen einer Tür, die geöffnet wurde und wieder ins Schloß fiel. Art verlangsamte seinen Schritt, als sie sich dem Flur vor den Fahrstühlen näherten, der direkt auf die Aussichtsplattform führte. Er ließ eine Hand auf Simons Rücken liegen, aber die andere schob sich unter sein Sweatshirt und ergriff den kühlen Griff der Smith & Wesson. In diesem Moment kam Keiko Kimura mit einer Waffe in jeder Hand um die Ecke.

KAPITEL 25

Einer gegen einen

Art tat zwei Dinge auf einmal, drei sogar, wenn man seinen laut ausgestoßenen Fluch mitzählte. Er packte Simon mit festem Griff am Sweatshirt und hob ihn ein paar Zentimeter weiter hinter eine Palette mit kleinen T-Trägern, mit der anderen Hand zog er seine Waffe.

Er hätte geschossen, wenn Keiko Kimura nicht dieselbe Idee gehabt hätte, und als die erste Salve aus ihrer Waffe losging, ließ er sich auf den Boden fallen und rollte zu Simon hinüber.

Keiko brauchte sich um die Zahl ihrer Fehlschüsse keine Sorgen zu machen. Sie hatte jede Menge Kugeln und deshalb beide Maschinenpistolen auf Automatik gestellt. Während sie den Abzug zog, schwenkte sie die eine nach rechts und die andere nach links, feuerte sechzig Löcher in Werkzeuge, Pfosten, Decke und Boden. Aber die größte Wirkung erzielte sie, als Querschläger das Ostfenster der Aussichtsplattform trafen und zerschmetterten. In über vierhundert Meter Höhe bei aufziehendem Nebel vom Lake Michigan her war die Windstärke außerhalb des Towers enorm. Besonders an den Fenstern. Sie waren so entworfen, daß sie dem Winddruck standhalten konnten, aber nicht, wenn sie von Dutzenden von Hohlkörperkugeln getroffen wurden, die von jedem Einschlag aus spinnwebenförmige Risse in alle Richtungen schickten. Die Fenster waren stark, aber nicht stark genug.

Der Wind, der hier oben mit fünfzig Meilen die Stunde blies, prallte gegen die plötzlich brüchigen Fenster, die nach innen explodierten und den unfertigen Raum mit Hunderttausenden kleiner Kristallsplitter übersäten. Keiko Kimura fiel auf den Rücken, als die Splitter sie trafen. Art, der Simon mit seinem Körper deckte, spürte den Schmerz, als Hunderte kleiner Splitter seine Haut durchstachen.

Und dann fegten die Windböen durch das 103. Stockwerk des Sears Tower.

Art rappelte sich auf die Knie und wurde von der Wucht des Windes fast umgeworfen. Der Sog fuhr in seinen Pullover und stülpte ihn über seinen Kopf, so daß er ihn ausziehen und beiseite werfen mußte. Er griff sich Simon und zog ihn an seinem Sweatshirt über den Boden in Richtung der Aufzüge, wobei er sich hinter Paletten duckte, bis er ein Stück offenen Raumes erreichte, wo eine Million kleiner Glühwürmchen im schwachen Licht zu tanzen schienen.

Die Fahrstühle lagen auf der anderen Seite der freien Fläche. Die Fahrstühle waren ein Ausweg. Kimura war dort aus der Tür gekommen.

Die Fahrstühle mußten es sein.

Keiko, die hinter einer Kiste mit schweren Keramikteilen kauerte, lud ihre Waffen nach und schüttelte, so gut sie konnte, die Glassplitter aus ihren Haaren.

Sie spähte über die Kiste und legte sich auf den Bauch, so daß sie den Hauptteil des Raums südlich der Tür überblicken konnte. Außer dem Heulen des Windes und dem Splittern weiterer Glaspartikel, die aus den Rahmen gerissen wurden, war nichts zu hören.

Keiko wußte, daß sie keine gute Stellung hatte. Die Stapel und Paletten mit Baumaterial verliefen in Reihen von Nord nach Süd und unterteilten den Raum alle drei Meter. Sie brauchte ein freies Schußfeld hinter den Reihen, so daß sie diese einsehen konnte. Eine nach der anderen. Um die Sicherheitszone für ihre Ziele stetig zu verkleinern.

Sie heckte rasch einen Plan aus, ging in die Hocke und bewegte sich leise nach Süden zum Anfang der Reihen.

Art half Simon auf die Knie und versuchte, ihm etwas mitzuteilen, aber er konnte den Wind nicht übertönen. Simon hatte die Hände auf die Ohren gepreßt und öffnete nur gelegentlich die Augen. Art mußte ihn zu den Fahrstühlen führen. Nein, tragen. Oder zumindest schleppen.

Diese Hexe! Wo war sie hergekommen? Art erlaubte sich die kurze Überlegung, dann packte er wieder Simons Sweatshirt mit einer Hand und machte sich geduckt auf den Weg zum T-förmig geschnittenen Flur mit den Fahrstühlen, wobei er seine Waffe in die Richtung hielt, wo er Keiko Kimura zuletzt gesehen hatte.

Er bewegte sich so schnell wie möglich, sah prüfend in die Reihen zwischen den Paletten und schätzte schnell den Raum zwischen den beiden Fahrstühlen ab, deren Türen sich auf den T-förmigen Flur öffneten. Hinter den Fahrstühlen bildeten zwei Nischen, die bald zugemauert würden, das T, und als Art kurz vor den Fahrstühlen einen Blick zurückwarf, konnte er nichts erkennen außer Schutt, der in kleinen Wirbelstürmen über den Boden gejagt wurde.

Er konnte Keiko Kimura nicht entdecken und sah das als Glück an, bis er auf den Fahrstuhlknopf drückte und entdeckte, daß kein Licht anging. Auch nicht auf dem Richtungsanzeiger.

Die Fahrstühle funktionierten nicht.

»Scheiße«, sagte er laut, und er hatte das Gefühl, der Wind blase ihm das Wort von den Lippen.

Jetzt war die Tür zum Flur und dann zur Treppe ihre einzige Chance. Wieder zog Art Simon auf die Füße und schlich zu jener Stelle zurück, wo das T in den Raum führte, seine Waffe auf den Weg vor sich gerichtet, die Augen ständig auf Wanderschaft, auf der Suche nach etwas, das –

Brrrrr-rrrrrrr-rrrrr-rrrrr.

Art wurde von der Salve völlig überrascht, die aus der Reihe kam, die direkt zum T hinführte, ihm heiße Stiche in den Arm versetzte und ihn zurücktaumeln ließ, wobei er trotz der Schmerzen in beiden Armen von den Fingern bis zur Schulter Simons Sweatshirt nicht losließ, bis er in einer der Nischen an einem Stapel Pappkartons zusammenbrach, Simon neben sich.

Keiko erhob sich auf die Knie und legte eine der Mini-Uzis auf einen Stapel Kisten. Sie leerte das Magazin, nahm die andere und hatte jetzt eine Hand frei. Sie bewegte sich die Reihe von Baumaterialien entlang und konnte jetzt trotz des schwachen Lichts die roten Tropfen auf dem Boden und an den weißen Gipswänden sehen.

Der Kontakt war hergestellt. Sie zog mit der freien Hand das Rasiermesser aus der Tasche, ließ es aufklappen und hoffte, nein, betete sogar, daß sie ihn nicht getötet hatte. Noch nicht.

Art sah seine Arme an und entdeckte sofort zwei saubere Einschußlöcher über beiden Bizeps. Er hielt die

Waffe immer noch lose in der Hand, aber als er versuchte, die Finger darum zu schließen, schoß ein heißer Schmerz durch seinen Arm, der ihn aufschreien ließ und ihn fast bewußtlos machte.

Leider konnte er sich im Windschatten der Nische laut und deutlich hören.

»Scheiße! Scheiße! Scheiße!«

Was jetzt? Was jetzt, verdammt? Art hätte gerne gewartet, bis sich eine Lösung bot, aber er wußte, daß dafür keine Zeit war. Entweder würde Keiko ihn bis dahin gefunden haben, oder er würde verbluten. Er mußte etwas tun, etwas, was Simon rettete. Aber was? Er war allein und verwundet.

Nun, verwundet schon, aber nicht allein ...

Nein. Nein. Art wiederholte das Wort wieder und wieder, sagte sich, daß es unmöglich war, daß er unmöglich ...

Dann stirbst du. Und er ...

Art sah zu Simon hinüber, der die Hände von den Ohren genommen hatte, blinzelte und zitterte und auf den Knien schaukelte, die Hälfte des Gesichts blutverschmiert. Mit Arts Blut.

Oh, Gott, warum?

Mach es! Sofort! Sonst ist es zu spät!

»Simon«, sagte Art und verzerrte das Gesicht, als er sich mit den Beinen vorwärtsstieß, bis er mit dem Rükken an der Wand lehnte. Er ließ die Waffe aus der Hand auf den Boden rutschen. »Simon. Kannst du mich hören?«

»Simon kann Art hören. Mein Freund Art. Da ist ein lautes Geräusch.«

Art nickte. »Simon, ich möchte, daß du etwas für mich tust, ja?«

»Für meinen Freund Art.«

»Simon ...« *Bitte, vergib mir.* »... hol deine Karten raus.«

»Sie sehen«, sagte Angelo Breem und räusperte sich, während er Annes bohrendem Blick auszuweichen versuchte, »es tut uns sehr leid, daß das passiert ist. Aber Sie müssen verstehen, hier handelt es sich um eine Verschwörung in großem Stil. Wir sind ebenso Opfer wie Sie und Ihr Mann.«

Anne war fassungslos. Hatte er das wirklich gesagt? Sollte das eine Entschuldigung sein? Hatte er taktvolles Verhalten bei den Nazis gelernt?

»Also ... Sie sind frei.«

Lomax, der hinter Anne stand, konnte nur den Kopf schütteln.

»Breem, Sie sind ein glattzüngiger Knabe.«

»Wie bitte?« sagte Breem.

Anne, noch in Anstaltskleidung, erhob sich langsam von ihrem Stuhl. »Was wollen Sie wegen Art unternehmen?«

»Nun ...«

Die Tür zu Breems Büro öffnete sich, und Janice Powach steckte den Kopf herein. »Agent Lomax, ich habe einen dringenden Anruf für Sie.«

»Bin gleich zurück«, sagte Lomax und verließ den Raum, um ans Telefon zu gehen. »Lomax hier.«

»Sir, hier spricht Nels Van Horn.«

»Was ist los?«

»Sir, da ist eine seltsame Nachricht auf meinem Anrufbeantworter. Hören Sie sich das an.«

Breem stotterte sich in seinem Büro durch eine Rede, welche Anstrengungen unternommen würden, Art zu finden und ihn wissen zu lassen, daß alle Anklagen gegen ihn fallengelassen worden waren. Anne fixierte ihn weiterhin. Bis Bob Lomax ins Büro stürmte und sie beim Arm packte.

»Bob? Was ist los? Wo gehen wir hin?«

Er zog sie zur Tür. »Sears Tower. Keine Zeit für Erklärungen. Kommen Sie.«

Keiko war jetzt vor den Fahrstühlen, wo das T begann. Sie wollte gerade hinter die Fahrstühle vordringen, als Art Jefferson aus einer der Nischen stürmte und mit hängenden Armen von rechts nach links in der anderen verschwand.

Sie gab ein paar Schüsse auf ihn ab, die tief gezielt waren, aber sie prallten von der Wand hinter ihm ab. Aber trotz des Heulens des Windes konnte sie einen schrecklichen Schmerzensschrei aus der Nische hören, in der Jefferson gelandet war.

Sie hatte sie. Erst ihn, den Jungen später.

Keiko bewegte sich vorsichtig auf die Nischen des T-förmigen Flurs zu.

Jeder Quadratzentimeter seiner Haut an den Armen fühlte sich an, als wäre er in siedendem Öl gebraten und dann mit einer Stahlbürste abgerieben worden. Art stemmte sich zur Rückwand der Nische, auch wenn sie nicht sehr tief war. Die Arme hingen ihm fast leblos an den Seiten herab, die Hände waren gut zu sehen, und Blut floß in Strömen über seine Haut. Er lag da, spähte aus der Nische hinaus und sah Keiko Kimura in den Raum schlendern, wo sie ihn und ihm gegenüber Simon sehen konnte.

Keiko sah Art fest an, eine Waffe auf ihn gerichtet,

und warf dann einen flüchtigen Blick über die Schulter auf den Jungen, der kniete und eine Art Buch um den Hals hängen hatte. Es sah so aus, als läse er darin. Gut. Er war beschäftigt.

Sie blickte wieder zu Art. Sie mußte schnell arbeiten.

»Hallo, großer Mann«, sagte Keiko, während der Wind ihr schwarze Strähnen ins Gesicht blies. Sie hob das Rasiermesser an ihre Wange und berührte damit ganz sanft die Wunde. »Keiko hat dir etwas mitgebracht.« Sie glitt in die Nische, sah Art jetzt voll an, wobei sie über seinen Füßen stand, die Maschinenpistole lässig gesenkt, auf das Rasiermesser konzentriert. »Weil du ihr etwas gemacht hast.«

Art sah, daß sie blaulackierte Fingernägel hatte, und sie sah ihn auf eine Weise an, die man als Lächeln hätte mißdeuten können, aber nur, weil sie die Zähne zeigte. Er deutete es als stummes Knurren.

»Ich werde dich schlimm schneiden, großer Mann«, sagte sie und trat einen weiteren Schritt auf ihn zu, stand jetzt zwischen seinen Beinen. »Wirklich schlimm.«

»Mayfly!« schrie Art ihr, so laut er konnte, ins Gesicht. und einen Moment lang war sie verwirrt.

Warum zum Teufel sagte er das?

Simon wußte, warum. Er hatte seine Karten hervorgezogen. Er hatte zugehört. Art hatte ›Mayfly‹ gesagt. Auf der Karte stand: WNN ART MAYFLY SAGT NIM DI PISTOL UNTR DM SHIRT VOR UND HALT SI WI ART DIR GZIGT HAT UND ZIL AUF DN RÜCKN DR FRMDN.

Art war sein Freund. Die Karte sagte ihm, was er tun sollte. Er zog die Pistole hervor und hielt sie mit einer Hand so, wie Art es ihm gezeigt hatte. Er sah über den langen, vorderen Teil, wie Art es ihm gezeigt hatte. Am

Ende des langen Teils konnte er den Rücken der Fremden sehen.

Er tat das, was die Karte ihm sagte. Aber da stand noch mehr.

»Sag deinem Gesicht auf Wiedersehen, großer Mann«, sagte Keiko, beugte sich zu Art hinunter, und die blitzende Klinge des Rasiermessers kam auf ihn zu.

»Kiwi!« schrie Art.

Keiko zögerte eine Sekunde lang.

Simon sah noch mal auf die Karte.

WN ART KIWI SAGT TU DI ANDR HAND AUF DI PISTOL WI ART S DIR GZIGT HAT UND LG DN FINGR AN DN ABZUG WI ART DIR GZGT HAT UND DRÜK AB.

Simon ließ die Karten fallen, so daß sie an dem Bindfaden an seinem Hals baumelten, legte die andere Hand so auf die Pistole, wie Art es ihm gezeigt hatte, legte den Finger an den Abzug und drückte ab –

PENG!

Da Keiko gebeugt stand, traf die Kugel sie nicht mitten in den Rücken, sondern trat durch ihr Rückgrat und durchschlug ihren Oberkörper, wobei sie ein lebenswichtiges Stück aus ihrem Herzmuskel riß. Keiko fiel Art Jefferson wie eine Marionette in die Arme, der man die Fäden abgeschnitten hat.

Das Rasiermesser landete auf seiner Brust. Er spürte, wie ein warmer Strahl aus Keiko Kimuras Brust auf seinen Bauch lief. Sie keuchte einmal, bewegte sich aber nicht. Er ließ sie von sich herunterrollen, indem er ein Knie anhob.

In der Nische gegenüber lag Simon auf einem Stapel Pappkartons, die Pistole auf dem Boden, und sein Kopf bewegte sich unablässig von einer Seite zur anderen. Art kämpfte sich hoch und ging zu Simon. »Bist du in Ordnung?«

»Das war ein lautes Geräusch«, sagte Simon.

Art kniete sich neben Simon und legte seine Wange an seinen Kopf. »Hast du deine Karten?«

Simon nahm sie in die Hand.

»Nimm die Karte, die du gerade gelesen hast, die mit ›Kiwi‹ und ›Mayfly‹ drauf, heraus.«

Simon gehorchte und riß die drei mal fünf Zentimeter dicke Karte mit einem reißenden Geräusch aus den Ringen des Buches.

»Falte sie zusammen«, sagte Art, und dann, als Simon fertig war, »und steck sie mir in die Tasche. Gut. Genauso.«

Niemand wird auf die Idee kommen, daß du es getan hast. Ich werde zu Gott beten, daß du vergißt, was du getan hast.

Simon sah die Pistole auf dem Boden an. »Laut«, sagte er.

Art richtete sich mühsam auf und bedeutete Simon, mit ihm zu kommen. »Wir müssen nach oben gehen.«

»Oben, oben, oben!« sagte Simon.

Art lächelte trotz der Schmerzen. *Laß das bedeuten, daß er es vergessen hat. Bitte.*

»Geh mir nach«, sagte Art. »Verstanden?«

»Simon geht Art nach.« Art war sein Freund. Er würde einem Freund nachgehen.

KAPITEL 26

Sturz

Art und Simon erreichten ohne große Mühe das Dach, und Art erkannte, daß Keiko anscheinend einige Zeit damit verbracht hatte, die Türen zum Dach zu öffnen, bevor sie ihnen aufgelauert hatte.

Als Art in den Wind trat, der wie ein endloser, unsichtbarer Strom über das Dach floß, fragte er sich plötzlich, ob der Hubschrauber, den er in einiger Entfernung mit drehenden Rotorblättern auf dem Dach stehen sah und aus dem sich jetzt drei Männer lösten und auf ihn zugelaufen kamen, nicht vielleicht für sie dastand. Wenn ja, hatte er gerade einen wertlosen Sieg errungen.

Er hatte recht und hatte unrecht.

Ein blonder Mann, die Haare vom Sturm zerzaust, trat auf Art zu, und er konnte als erstes sehen, daß er unbewaffnet war.

»Jefferson?« rief der Mann.

Art nickte, die Arme schwerfällig an den Körper gepreßt.

»Ich komme im Auftrag von Pritchard!«

»Wer sind Sie?« fragte Art.

»Das ist unwichtig!«

»Für ihn nicht!« sagte Art.

Der Mann sah Simon an, der sich hinter Art duckte und etwas in der Hand hielt. »Ich heiße Sean!«

Art wandte sich zu Simon um und hockte sich vor ihn. »Simon, das ist Sean! Er ist ein Freund!«

Ein Freund. Art sagte Simon, daß Sean ein Freund war. Ein Freund konnte einem sagen, wer ein Freund war. Simon nahm den Kugelschreiber, der an seine Karten geklipst war, und blätterte bis zur richtigen Stelle. Unter POOKS UNDRHILL schrieb er SCHON.

»Was bedeutet das?« fragte Sean.

»Das heißt, daß er Ihnen vertraut!« antwortete Art.

Sean und Art richteten sich wieder auf. »Wo ist Kimura?«

»Tot!«

»Wo?« fragte Sean nach.

»Auf der Aussichtsplattform. Bei den Fahrstühlen. Warum?«

Sean winkte den beiden Männern hinter sich zu, und sie verschwanden im Gebäude.

»Was soll das?« fragte Art.

»Hören Sie, Jefferson ... Sie müssen uns vertrauen!«

»Ich übergebe Ihnen Simon, verdammt! Was wollen Sie denn noch?«

»Anders wäre es nicht gegangen!«

Art sah Sean fragend an. »Wovon reden Sie?«

Die beiden Männer kamen mit Keiko Kimuras leblosem Körper und ihren Waffen zurück. Sie trugen die Leiche zum Hubschrauber und setzten sie in einen Sitz hinter dem Piloten, als wäre sie lebendig.

»Jefferson, glauben Sie mir, daß es ihm gutgeht! Egal, was Sie sehen!«

»Was?« fragte Art verwirrt, und etwas in Seans Augen ließ ihn nur teilweise begreifen. *Wenn Kimura gefunden wird, wissen sie, daß sie ihn nicht hat. So hingegen besteht die Möglichkeit, daß die Leute glauben, sie hätte ihn gekriegt ... und sie müßten nicht suchen.* Das tröstete Art, aber nur kurz. Aber wenn sie nicht mehr auftaucht, werden die Leute dann nicht –

»Wir müssen gehen«, sagte Sean.

Art versetzte Simon einen Rippenstoß, damit er nach vorne kam, und spürte dabei, wie der schlanke Körper sich an ihn preßte. Er verstand. Er verstand, was vorging. Zumindest teilweise.

»Simon! Ich will, daß du mit Sean gehst! Er ist dein Freund, ja?«

»Ja«, sagte Simon, und seine Stimme war in dem Lärm kaum zu hören.

Sean streckte die Hand aus, und Simon legte seine hinein. Sie gingen auf den Hubschrauber zu. Art trat vor, voller Abschiedsschmerz, und sagte: »Ich habe dich lieb, Simon!«

Simon blieb stehen, zog an Seans Hand und blickte zu Art zurück, wobei die grünen Augen aufsahen, bis sie die großen braunen für einen Moment trafen. In diesem Moment wußte Art, daß Simon ihn verstanden hatte.

Wenig später erhob sich der Hubschrauber in den heftigen Wind, verhielt einen Moment und wandte sich dann in Richtung Lake Michigan.

Diesmal erschreckte das Klingeln des Telefons im Puzzle-Center Pedanski nicht. Er erwartete den Anruf auf einer normalen Leitung.

»Pedanski.«

»Haben Sie den Umschlag gefunden, den ich für Sie zurückgelassen habe?« fragte Brad Folger.

»Ja.«

»Faxen Sie ihn jetzt«, wies Folger ihn an. »Erst an Senator Grant, dann an das Nachrichten-Komitee, dann an die übrigen.«

»Okay. Sind Sie –«

»Ich bin gerade über die Straße gegangen«, sagte Folger.

»Sie werden es gut machen.«

»Schlechter geht nicht«, sagte Folger und legte dann auf.

Fünf Minuten später begannen Faxgeräte in Dutzenden von Büros des Senats und im Haus identische Seiten auszuspucken. Die ersten Worte lauteten: »Wenn Sie das lesen, wird G. Nicholas Kudrow, Stellvertretender Direktor von COMSEC-Z der Abteilung für Nationale Sicherheit, Gegenstand einer FBI-Untersuchung wegen Verletzung der Abhör-Richtlinien, Erpressung, gefälschter Beweise, Betrugs und verschiedener anderer Verbrechen sein.«

Sobald sie über dem Wasser waren, legte Sean sich und Simon Rettungswesten an, die anderen Besatzungsmitglieder taten es ihnen gleich. Keiko Kimura blieb sich selbst überlassen.

»Fliegst du gerne, Simon?« fragte Sean.

Fliegen. Wie Vögel. Ganz oben. »Oben im Himmel!«

Sean nickte. »Ja. Du hast es verstanden.«

Der Beamte der Abendschicht sah auf, als ein gutgekleideter Mann und eine Frau auf ihn zukamen.

»Kann ich Ihnen helfen?«

Brad Folger nickte und holte tief Luft. »Ja. Vor einiger Zeit hat es einen Unfall gegeben ...«

Die Lichter sind kaum noch als Lichter zu erkennen, dachte Art, und er fragte sich, ob es an der Entfernung oder am Blutverlust lag, daß die Scheinwerfer des Hubschraubers schwächer wurden.

Weit über dem Wasser, wo der Hubschrauber jetzt sein müßte, erhellte ein Lichtblitz den Nebel, gefolgt von einer trudelnden orangefarbenen Spur, die sich hell vor dem dunklen Horizont abzeichnete, ehe sie im Nebel verschwand und ein Feuerband über den Himmel zog.

Art rannte gegen den Wind zum Ende des Hubschrauberlandeplatzes und war im Begriff zu schreien, Gott dürfe das nicht zulassen, als ihm einfiel, was Sean vor ein paar Minuten gesagt hatte – und er verstand. Von Toten konnte man nichts erwarten. Tote waren die einzigen, die ihren Frieden hatten.

Art war zu weit weg, und es war zu windig, um etwas zu hören, aber Art konnte sich vorstellen, wie die Trümmer des Hubschraubers ins Wasser stürzten und Teile an die Oberfläche trieben. Der See hatte schon Größeres geschluckt. Einiges davon behielt er für sich.

»Was war das?« fragte Anne Lomax und sah in den dikken Nebel über dem See. »Das sah aus wie Feuer.«

»Ich weiß es nicht«, sagte Lomax, aber es war ihm auch egal. Er dachte nur eins. Zum Tower zu kommen. Zu seiner Nummer Zwei.

Zuerst mußten sie die Fahrstühle wieder in Gang bringen. Dann folgte ein Spießrutenlaufen durch Beamte der Polizei von Chicago, die jeden von Etage 103 fernhalten wollten. Als sie endlich die Erlaubnis hatten, das Gebäude bis zum Dach zu durchqueren, geleitete Lomax Anne zum Hubschrauberlandeplatz, wo man Art zusammengekauert an der Treppe gefunden hatte.

»Oh, Gott«, sagte Anne und sank neben ihn auf die Knie.

»Die Sanitäter sind unterwegs«, sagte ein Polizist.

»Art! Art!« schrie Lomax Art ins Gesicht.

»Baby, hörst du mich?« drängte Anne.

Art öffnete halb die Augen. »Ich habe es versucht. Ich habe es versucht. Aber sie haben ihn geschnappt. Und der Hubschrauber ist ... ist ...«

Anne umfaßte sein Gesicht mit beiden Händen, als er die Augen schloß. »Art!«

G. Nicholas Kudrow saß, nachdem seine Frau zu Bett gegangen war, vor einem warmen Kaminfeuer an seinem Schreibtisch und nahm den Hörer ab. Es war spät, aber er mußte noch ein paar Anrufe erledigen.

»Hallo?« meldete sich eine schwere, erschöpfte Stimme.

Kudrow lächelte, ohne es zu merken, bevor er sprach.

»Senator Grant, hier ist Kudrow. Ich muß mit Ihnen sprechen wegen –«

Das abrupte Klicken und der Amtston machten Kudrow wütend, aber er sagte sich, daß es in jeder Machtposition diejenigen gab, die gelegentlich anfällig für Schwächen waren.

Er machte einfach weiter mit der nächsten Nummer in seinem Buch.

»Ja?« fragte eine Stimme, die ähnlich genervt klang.

»Senator Franklin, hier ist Kudrow. Ich –«

Diesmal wurde noch schneller aufgelegt. Beim nächsten Anruf war es dasselbe. Bei dem danach noch schneller.

Nach der sechsten schweigenden Zurückweisung ging Kudrow hinüber zum Feuer und warf sein Buch mit Namen und Nummern durch den Ofenschirm in die Flammen. Er beobachtete, wie es zu Asche wurde, sich aus dem, was es mal war, in etwas völlig anderes verwandelte.

Sein Leben war vorbei. Er wußte es. Nicht in dem Sinne von atmen und morgens aufwachen, sondern einfach vorbei, so wie er es gewohnt war. Er akzeptierte die Tatsache schnell, die beste Art, etwas zu akzeptieren, was schwierig werden würde.

Dies würde schwierig werden. Er mußte viel aufgeben. Seine Frau. Seine Familie. Sein Heim. Seine Karriere. Fast alles.

Außer seine Freiheit. Die konnte er behalten. Natürlich mußte er dafür sich selbst aufgeben, ein anderer werden, einen Ort finden, wo er unerkannt, ohne Angst vor Verhaftung leben konnte. Es gab solche Orte, wo man ihm das anbot, weil er etwas anbieten konnte.

Aber dafür brauchte er Geld. Er brauchte es jetzt. Bar. Totale Verfügbarkeit.

Er bewahrte es nicht zu Hause auf, und er konnte keine große Summe bei der Bank abheben. Für den sofortigen Gebrauch stand ihm nicht viel Geld zur Verfügung. Aber er wußte, wo er welches herbekommen konnte.

EPILOG

Sterne

Es war schon erstaunlich, wie eine Woche, ein paar Stiche und eineinhalb Liter Blut einen wieder auf die Beine bringen konnten. Wenn Art Jefferson in nächster Zeit auch keine großen Sprünge machen durfte, so war er doch am Leben und bei seiner Frau und erfüllte ein Versprechen aus der Zeit, ehe diese Hölle losgegangen war.

Und er wußte, daß es für Anne die Hölle gewesen war.

»Vorn links«, sagte Art vom ungewohnten Beifahrersitz aus. Anne folgte am Lenkrad seinen Anweisungen genau, die Augen auf die Landstraße vor ihnen geheftet, noch ohne das Glitzern, das er so geliebt hatte. Sie war immer noch voller Trauer.

»Wo fährst du mich hin?« fragte Anne.

Art, beide Arme eingegipst und in Schlingen vor seiner Brust, blieb ernst. Er hoffte sehr, daß sie verstehen würde.

»An einen hübschen Ort, den ich gern besucht habe«, sagte Art, so überzeugend er konnte. Das war nicht schwer. Simons Beerdigung mitzuerleben war schwer gewesen, zu sehen, wie ein leerer Sarg in die Erde neben das Grab seiner Eltern gesenkt wurde. Art hatte da angefangen sich zu fragen, ob das so richtig war.

Aber es war richtig. Für Simon.

»Was hat dich so weit raus geführt?«

Er blickte durchs Fenster auf die Bäume, die grünen Felder und die alten Scheunen, die aussahen, als wären sie kurz vor dem Zusammenbruch, sich jedoch hartnäkkig gegen die Elemente und die physikalischen Gesetze wehrten und stehenblieben. Es war Jahre her, seit er hier gewesen war, an diesem Ort auf dem Land, aber er liebte ihn.

Das war der richtige Ort, um es geschehen zu lassen.

»Bieg ab«, sagte Art. »Nach links. Eine Art Feldweg.«

Der Volvo schlingerte, als Anne auf den Weg aus Lehm und Kieseln einbog. »Wirklich?«

»Es ist die Fahrt wert«, sagte Art.

Der Weg führte durch ein Feld mit Zäunen zu beiden Seiten und dann nach rechts hinter eine Ansammlung alter Gebäude, deren Anblick befürchten ließ, daß der nächste Winter ihnen den Rest geben würde. Ein Minivan parkte hinter dem größten der Häuser, das mehr Winkel im Dach hatte, als Anne zählen konnte, und vor dem ein Auto stand ...

Anne trat auf die Bremse, die Bremsbeläge erzeugten eine Staubwolke, die auf den Volvo fiel.

»Simon«, schrie sie auf und umklammerte das Lenkrad so fest, daß Art jeden Moment damit rechnete, daß sie faustgroße Stücke herausbrechen würde.

»Nun, willst du hier rumstehen oder ihm guten Tag sagen?«

Anne sah Art an, erst streng, dann fragend, dann enttäuscht. Dann wurden ihre Augen zu zwei großen braunen Tümpeln, und sie sprang aus dem Wagen und rannte zu Simon.

Art mußte die Tür mit der Fußspitze öffnen und stieg dann aus. Als er die Front des Volvo erreichte und beobachtete, wie Anne Simon bei dem anderen Auto umarmte, trat Mr. Pritchard auf ihn zu, um ihn zu begrüßen.

»Agent Jefferson«, grüßte er. Er trug einen blauen Anzug, der für die Umgebung viel zu förmlich war. »Das war Ihre Bedingung, richtig?«

Art nickte und lehnte sich an die warme Motorhaube. Der Nachthimmel war klar, wolkenlos. Man konnte meilenweit sehen. »Sie haben vor zwei Tagen Kimuras Leiche gefunden. Das meiste haben die Fische gefressen. Ich habe die Bilder gesehen.«

»Morgen heben sie den Rest des Wracks, soweit ich weiß«, meinte Pritchard.

»Wie haben Sie das gemacht?«

Pritchard kicherte. »Ich wurde in der Luft geboren, Agent Jefferson.«

»Fallschirme?« fragte Art ungläubig. »Simon?«

»Ein Tandem-Sprung«, erklärte Pritchard. »Er wird immer kommerziell eingesetzt, wenn jemand wissen will, wie ein Sprung ist, ohne selber zu springen.«

»Sean?« überlegte Art laut.

»Ein äußerst erfahrener Mann, was das Verlassen von Fluggeräten mitten im Flug angeht.«

Das war also erklärt. Aber einige Fragen blieben offen. Zum Beispiel die, wie Keiko Kimura ihn hatte finden können. Art wußte nicht, ob es für ihn wirklich nötig war, auf alles eine Antwort zu erhalten. »Ich werde Sie nicht fragen, was ich fragen könnte«, sagte er schließlich.

»Ich hatte nie die Absicht ...«, sagte Pritchard und sah kurz auf die Gipsverbände, ehe er wieder zu Simon blickte.

»Ich hätte mich in ein paar Jahren ohnehin zur Ruhe gesetzt«, sagte Art. Seine Arme würden nie wieder uneingeschränkt bewegungsfähig sein. Das war nichts

Großes, aber Anlaß genug, um seine Karriere beim FBI zu beenden. »Haben Sie einen Platz für ihn gefunden?«

»Bei einer wundervollen Familie in einem anderen Land«, sagte Pritchard und fügte hinzu: »Es ist besser, wenn Sie nicht mehr wissen.«

»Glauben Sie mir, ich verstehe das.«

Pritchard lächelte. »Sie wissen ja, wenn Sie mal eine Teilzeitstelle suchen ...«

»Ich habe Ihre Nummer«, sagte Art. Er wußte, daß er nie anrufen würde.

»Wir gehen jetzt besser«, sagte Pritchard, »seine neue Familie brennt darauf, ihn kennenzulernen.«

Art nickte und sah, wie Pritchard ging und Anne Simon ein letztesmal umarmte. Er hätte zu ihm gehen und ihn auch noch aufhalten können, aber sie hatten ihren gemeinsamen Moment am höchsten Punkt der Welt gehabt, ein Augenblick, an den er gern zurückdachte.

Als Simon wieder im Minivan saß, kam Anne mit gesenktem Blick zu Art zurück. Es dauerte eine Weile, bis sie ihn anblickte.

»Ich glaube, ich verstehe«, sagte sie. »Ich glaube, du wirst es mir irgendwann erklären.«

»Das werde ich.«

»Wenn nicht, prügele ich dich windelweich.«

Art hätte sie gerne umarmt, seine Arme nach ihr ausgestreckt. Sie spürte es, lehnte sich gegen die Motorhaube und legte den Kopf an seine Schulter. So beobachteten sie, wie die Scheinwerfer des Minivans aufstrahlten und der Wagen die Straße hinunterfuhr und schließlich verschwand.

Anne schluchzte und wischte sich mit der Hand über die Augen, ehe sie zum Himmel hinaufsah.

»Eine schöne Nacht.«

Auch Art blickte zum Himmel empor, in das Sternenzelt, das von Horizont zu Horizont reichte. »Meine Großmutter sagte immer, am achten Tag hat Gott das Funkeln der Sterne geschaffen.«

Anne sah hoch und sagte: »Deine Großmutter war eine weise Frau.«

Der Mann trat kurz vor Mitternacht aus dem Schuppen hinter dem Farmhaus in Iowa, einen dicken Koffer fest in der Hand, die Zukunft gesichert.

Aber nicht die, die er sich vorgestellt hatte.

»Stehenbleiben!« sagte Darrell Dean, als der Fremde, der in der Hütte diesen Lärm gemacht hatte, hervorkam. Er hielt eine doppelläufige Schrotflinte auf die Brust des Fremden gerichtet, und als er sah, was der Mann in der Hand hatte, war Darrell sehr froh, sich die alte Jagdflinte geschnappt zu haben, ehe er nachgesehen hatte, was los war.

Vor Überraschung stolperte der Mann fast über seine eigenen Füße, und beim Anblick der Waffe sträubten sich ihm die Nackenhaare. Er hatte natürlich eine Pistole dabei, aber sie war in der Tasche, und er wagte jetzt nicht, danach zu greifen. Erst reden. Beruhigen.

»Ich nehme an, Sie fragen sich –«

»Stell ihn hin«, unterbrach Darrell ihn barsch und deutete mit der Mündung auf den Boden.

Der Mann gehorchte.

»Hände hoch und da rüber«, befahl Darrell mit leiser, aber scharfer Stimme, leicht nasal.

Er hob die Hände wie die Banditen in den zweitklassigen Western und bewegte sich seitlich weg von der Hütte, vom Koffer.

»Dahin«, sagte Darrell, der schon wußte, wie er das kleine Dilemma lösen konnte. Er hatte einen Dieb ertappt, o ja, auf frischer Tat. Aber er konnte den Sheriff nicht rufen, um den alten Vogel zu verhaften, weil cr ihm nicht sagen konnte, was er gestohlen hatte. Das war *das* Geld. Das Geld, das sein Bruder Craig ... erworben hatte.

Armes Schwein, dachte Darrell Dean und feuerte beide Läufe in den Bauch des Diebes, was ihn rückwärts in den Dreck warf.

Er stellte den Geldkoffer dahin zurück, wo er jahrelang erfolgreich versteckt gewesen war. Dann zerrte er den Körper des Diebes auf eines seiner Felder, rollte, nachdem er mit der Spitzhacke ein großes Loch ausgehoben hatte, G. Nicholas Kudrow hinein und bedeckte ihn mit Erde.

Bald würde er Korn auf der Stelle säen.

Band 12691

Robert Mendelsohn

Stirb nicht vor Mitternacht

Die Geschichte eines faszinierenden Mannes, der stets der Sieger war, bis das Schicksal sich gegen ihn wendet

Die Inselwelt der Karibik – ein Paradies, in dem jedoch erbitterte Machtkämpfe ausgetragen werden. Korrupte Polizeibeamte, reiche Farmer, leidenschaftliche Frauen – dies ist die Welt eines Abenteurers namens Cunningham. Ist er, der Gringo, das Idol der Frauen in einer Macho-Gesellschaft, oder sind sie nur von seinem Charme geblendet?
Sein Charisma ist unwiderstehlich, doch viele hassen ihn auch. Sein Gärtner, ein Voodoo-Priester, versucht ihn zu beschützen. Sein englischer Bankier will ihn vernichten. Aber einer haßt ihn am allermeisten, denn Cunningham ist der Liebhaber seiner Frau...

BASTEI LÜBBE

Band 12689

Herman Wouk

Die Caine war ihr Schicksal

Packendes Kriegsdrama, verfilmt mit dem unvergeßlichen Humphrey Bogart

Erzählt wird die Geschichte einer Meuterei an Bord eines Zerstörers. Der unfähige und obendrein feige Kommandant wird während eines Taifuns vom Ersten Offizier abgesetzt, als das Schiff durch falsche Befehle zu kentern droht. Der Freispruch der »Meuterer« durch das Kriegsgericht ist nur der juristischen Spitzfindigkeit eines jüdischen Rechtsanwalts zu verdanken. Als die Offiziere den Freispruch jedoch mit einem Sektgelage feiern, ändert der Anwalt seine Meinung und erklärt die Angeklagten für schuldig. Würde ihre Tat Schule machen, hätten sie das Rückgrat des amerikanischen Kreuzzugs gegen Hitler und Japan gebrochen. Ist also das Funktionieren des Apparats wichtiger als das Schicksal des einzelnen? Das ist die zentrale Frage dieses Buches.